中国古代诗歌的流变与赏析

姜明月 ◎ 著

图书在版编目（CIP）数据

中国古代诗歌的流变与赏析 / 姜明月著 . -- 北京：中国书籍出版社 , 2024.9.

ISBN 978-7-5241-0080-5

Ⅰ . I207.22

中国国家版本馆 CIP 数据核字第 2024T8N649 号

中国古代诗歌的流变与赏析

姜明月　著

图书策划	成晓春
责任编辑	吴化强
封面设计	守正文化
责任印制	孙马飞　马　芝
出版发行	中国书籍出版社
地　　址	北京市丰台区三路居路 97 号（邮编：100073）
电　　话	（010）52257143（总编室）（010）52257140（发行部）
电子邮箱	eo@chinabp.com.cn
经　　销	全国新华书店
印　　刷	天津和萱印刷有限公司
开　　本	710 毫米 ×1000 毫米　1/16
字　　数	255 千字
印　　张	12.75
版　　次	2025 年 5 月第 1 版
印　　次	2025 年 5 月第 1 次印刷
书　　号	ISBN 978-7-5241-0080-5
定　　价	78.00 元

版权所有　翻印必究

前　言

　　中国被称为"诗的国度",自3000年前文字的出现开始,无数诗人用自己的心血创作了浩如烟海的诗作,流派之纷呈、风格之迥异,令人惊叹。中国古代诗歌是中国古代文学艺术的精髓,是中国文化长河里的瑰宝,任凭时光流逝,岁月更迭,浓厚的诗情依旧在人的精神中熠熠生辉。

　　诗歌是一种语言艺术,它区别于造型艺术(雕塑、绘画、建筑等)、表演艺术(音乐、舞蹈、杂技等)、综合艺术(戏剧、电影、木偶戏等)的最突出的审美特征,就是运用规范化并美化了的语言文字来描绘形象,创造意境,反映生活的美丑属性,表现作者的审美感情。而欣赏者正是通过作者用语言文字所作的形象描绘,在大脑中呈现出生动、具体、可感的图景,并凭借自己的生活经验、审美能力和通感、联想、想象等心理活动,获得更多的审美感知和字面意义之外的丰富情感。诗歌和其他文学作品一样,不能像雕塑、绘画、戏剧那样让人看到形象实体,而只能通过语言这一中介,让欣赏者间接地感受到形象。但是,对形象的创造,同样要求以形写神、具体可感、以有限表无限,在高度概括的基础上创造出形神俱似的典型形象和意境。

　　作为一种源远流长的文学样式,从诗歌文体发展的角度来看,我国古代诗歌的演化经过了一段漫长的岁月。从原始歌谣期开始,中国古典诗歌从二言到三言再到四言、杂言,最终形成了以五言和七言为主的形式。从思想情感来看,以"诗言志"为纲领的中国古典诗歌,植根于《诗经》《楚辞》所开创的"风""骚"精神,沿着现实主义和浪漫主义两条线索前进。不同艺术风格流派的涌现,是诗歌艺术繁荣发展和日趋成熟的标志。而那些化抽象思辨为形象化表述的艺术风格论,则是我国诗歌审美情趣最生动、密集、多彩的具体显现。诗人用诗歌的形式,表达着各自不同的人生经历、情感追求、审美追求,形成了多样化的古典诗歌流派与风格。可见,古典诗歌的发展必然是经历了一个过程的,而想要弄清楚一种文学体裁的发展过程，自然不能将其与时间割裂开来，只有明确这种体裁在不同的时间内发生了怎样的变化，才能够探究出其变化背后的原因，从而掌握其发展的脉络。基于此，作者撰写了本书。

在撰写本书的过程中，作者参考了大量的学术文献，得到了许多专家学者的帮助，在此表示真诚感谢。本书内容系统全面，论述条理清晰、深入浅出，但由于作者水平有限，书中难免有疏漏之处，希望广大同行及时指正。

2023 年 6 月

目 录

第一章 先秦两汉时期的诗歌 1
第一节 《诗经》 1
第二节 《楚辞》 24
第三节 两汉乐府诗与《古诗十九首》 37
第四节 先秦两汉诗歌诗体流派 44
第五节 先秦两汉诗歌名作欣赏 46

第二章 魏晋南北朝时期的诗歌 52
第一节 建安风骨与正始诗风 52
第二节 太康诗歌 65
第三节 魏晋南北朝诗歌诗体流派 87
第四节 魏晋南北朝诗歌名作欣赏 90

第三章 唐代时期的诗歌 95
第一节 初唐时期的诗歌 95
第二节 盛唐时期的诗歌 106
第三节 中唐时期的诗歌 112
第四节 晚唐时期的诗歌 120
第五节 唐代诗歌诗体流派与名作欣赏 126

第四章　宋元时期的诗歌……131
第一节　宋　诗……131
第二节　宋　词……147
第三节　元代散曲……155
第四节　宋元诗歌诗体流派与名作欣赏……163

第五章　明清时期的诗歌……171
第一节　吴中四杰的诗歌……171
第二节　前后七子的探索……176
第三节　遗民诗人、钱谦益与吴伟业……181
第四节　古典诗歌现代化的开端……189
第五节　明清诗歌诗体流派与名作欣赏……192

参考文献……195

第一章 先秦两汉时期的诗歌

本书第一章为先秦两汉时期的诗歌，分别介绍了《诗经》《楚辞》、两汉乐府诗与《古诗十九首》、先秦两汉诗歌诗体流派、先秦两汉诗歌名作欣赏五个方面的内容。

第一节 《诗经》

一、《诗经》概述

《诗经》是我国古代诗歌的开端，荟萃了约500载岁月的305篇佳作。然而，关于其起源，数千年来始终是学界一桩悬而未决之"迷案"。其中，孔子的"删诗说"争议颇多。自司马迁的肯定，至唐代孔颖达的质疑，再至近世学者的重新肯定，学术史中对其评价仿佛历史的轮回，屡有反复。近年来，对于"删诗说"的重新肯定，或许与时代背景及历史观念的变迁息息相关，此亦折射出学术界对于历史的不断反思与重新评价的趋势。

"删诗说"这一概念，最初由司马迁在其所著《史记·孔子世家》一书中提出。据司马迁说，春秋时期诗歌有3000余篇，后来孔子十取其一，整理成集，只剩下了305篇。随后，孔颖达在疏解郑玄的《诗谱序》时，对古诗是否真有3000余篇表示了怀疑。此后，经过学者的深入研究与探讨，"删诗说"逐渐受到了质疑与否定。

蒋伯潜在《十三经概论》中对否定"删诗说"的理论进行了详细归纳，主要包括以下四点。

第一，引用孔颖达的言论，怀疑司马迁所提出的"古者诗三千余篇"的说法。这一观点认为，古代的诗歌数量可能并没有那么庞大。

第二，发生"季札观乐"的历史事件的时间比较早。公元前544年，吴国季札到鲁国观看乐舞，他所观赏的周乐，其分类、顺序等与《诗经》相似，而当时孔子仅七八岁，这表明《诗经》的形成早于孔子，因此不太可能是由孔子删减的。

第三，指出孔子在论述诗歌时经常提及"三百"这个数字，如"诗三百，一言以蔽之，曰：'思无邪'"①，表明这些诗歌并非由孔子进行删减。

第四，孔子以"思无邪"为标准，但《诗经》中仍包含了一些较为情感化的作品，如郑国和卫国的诗篇在《诗经》中依然存在，且这些爱情诗在当时已经被认为是一流作品，这反映了他的宽容和开放心态，也表明他并非像后世理解的那样严格。

肯定"删诗说"的学者提出了以下几点以作辩护。

第一，先秦时期的典籍流传情况不佳，因此对逸失的诗歌引用较少，这表明孔子所选的诗篇大多为经过认可的名篇，但也有一些逸失的诗篇被引用，这说明并非所有诗歌都被孔子收录。

第二，孔子自称"诗三百"，但这也可能是删定之后的说法。在《子路篇》中，孔子提到"诵诗三百，授之以政，不达"②，表明他重视精读而非数量。因此，不太可能选择过多的篇目作为教材。

第三，关于"季札观乐"一事，《左传》的记载与现存《诗经》的文本存在明显的出入。二者在乐章的排列次序上不尽相同，同时对于内容的评述也有所差异。如季札对观赏的乐曲评价与《诗经》的内容不符，这表明《诗经》的内容可能并非完全来自季札的观察。

方正己在《孔子删诗与季札访鲁》中详细阐述，季札所聆听乐曲的次序与《诗经》的整体排列存在相似之处，然而两者并非完全相同。他指出，《周南》《召南》一直到《齐风》八国之风与现存《诗经》的排列顺序是一致的，但是《陈风》《魏风》《豳风》《邶风》《秦风》《唐风》等篇目的顺序则存在差异。

现在《诗经》后七国国风的次序：《魏风》《唐风》《秦风》《陈风》《邶风》《曹风》《豳风》，这是孔子删诗时所定的。

八国风次序不变，是历史形成的，其规律是：以系于周、召二公的二南正风

---

① 栾锦秀．咬文嚼字读《论语》[M]．北京：中国青年出版社，2011：22．
② 张丰乾．训诂哲学[M]．成都：巴蜀书社，2020：111．

为先（"周"，国名；"南"，南方诸侯之国。"二南"放在诸国之前，是周召时代既已如此，孔子对其子伯鱼说："汝为《周南》《召南》矣乎？人而不为《周南》《召南》，其犹正墙面而立也与！"①）；次为商朝朝歌在周初分成的三小国邶、鄘、卫（邶 bèi，古国名，周武王克商，封朝歌以北为邶，南为鄘，东为卫，以监视纣子武庚。）；次为周东都王畿（东都洛邑600里之地）；次为王畿比邻之新郑；次为中州东邻之齐国。

八国的次序体现了：(1) 重现正风的王化教育；(2) 尊重历史，殷商都城故城三小国置前；(3) 尊重王室，《王风》紧随其后；(4) 按远近方位，王而郑，郑而齐。

改动的七国次序也有规律，由山西而至秦：魏（本舜、禹故都，今山西解州一带）、唐（本尧旧都，太行之西，太原，太岳之野）、秦（平王东迁，秦仲孙襄公以兵送之，封为诸侯）。

以下陈、郐，河南一带。结之以《曹风》《豳风》，其中《曹风》，季札观乐无此。曹，是武王土封其弟，与周公旦地位相若，故置于豳前。

豳，国名，在禹贡雍州岐山之北，周公旦作诗以戒成王，谓之豳风，后人又取凡为周公所作之诗以附焉。

终之以豳风，言变之可正也。惟周公能之，故系之以正。再参照《史记·吴太伯世家》：四年（鲁襄公二十九年），吴使季札聘于鲁，请观周乐。为歌周南、召南……歌邶、鄘、卫……歌王……歌豳……歌秦……歌魏……歌唐……歌陈……自郐以下，无讥焉。歌《小雅》……歌《大雅》……歌《颂》……

"歌"以下有"舞"，更进一步证明二者之不同。

《诗经》既为孔子所编定，因此，被尊为儒家"六经"之一。《诗经》同其他五经一样，本无"经"字，因有此说，故尊为"经"，从而成为专用名称（余五经为《尚书》《礼记》《乐经》《周易》《春秋》）。以"诗"为"经"，提高了诗的地位，类似于亚里士多德的诗界革命。在柏拉图的理想国中，哲学家是一等公民，战士是二等公民，农工商是三等公民，诗人则是不入流的六等公民，亚里士多德一反老师柏拉图之成见，将诗提到哲学的地位。

又有所谓"采诗说"：相传我国古代有采诗的制度，天子为了了解风土人情，

---

① 戴楠，任仲才. 论语 [M]. 北京：西苑出版社，2011：69.

考察政治得失以及出于娱乐的需要，派人到各地采集歌谣，然后由乐师加工整理。如班固在《汉书·食货志》中说："行人振木铎徇于路以采诗，献之太师，比其音律，以闻于天子。"

《诗经》的作品收集了从公元前11世纪至公元前6世纪约500年的作品，而其来源的地区又极其广阔，但"诗三百"的形式和用韵以及所体现的儒家的理性精神等都较为一致。从这一点上可以推测，《诗经》的产生，当是以上二说的统一，即先由乐师代代相传，当然也逐渐淘汰，至孔子的时代，已略具规模，最后由孔子删定。

孔子自己曾说："吾自卫反鲁，然后乐正，雅、颂各得其所。"① 这段资料为学者所共知，但是学者未把"正乐"与"删诗"视为一体。其实，古代诗、乐、舞是三位一体的，所以"正乐"就是"删诗"。"诗"的古字为象形文，模拟顿足击节之状。"六经无乐"，今文学说《乐》本无经，附于诗中；古文家说有，焚书后失之。

关于《诗经》的作者，一般认为，《诗经》非一时一人所作，而是在一个漫长的历史时期内，人们口耳相传的成果。《诗大序》认为"有主名"的作品有30多篇，大多不可靠。如它认为《七月》是周公所作，而《七月》却完全是一首农歌："七月流火，九月授衣……无衣无褐，何以卒岁？……"充满着深沉的哀怨，对农奴生活又极为熟悉，似乎不可能是周公所作。但也有学者认为确系周公所作，周公为告诫子侄成王，使之"先知稼穑之艰难"所作。

当然，还有一些其他的说法，如中国台湾学者李辰冬经过详细考证，提出《诗经》并非一部"总集"，而是由一人所作，即尹吉甫所作。尹吉甫为周宣王之大臣，也称兮伯吉父，尹是官名，姓吉，兮氏，字伯吉父。并考证《小雅·六月》为其自传。但无论如何，此说还是令人难以置信。

有些诗的署名问题已被现代学者接受。如赵敏俐在《论〈诗经〉在中国文学史上的创作论意义》一文中，列举"寺人孟子，作为此诗"（《小雅·巷伯》），"吉甫作诵，其诗孔硕"（《大雅·崧高》），并提出：个体诗人的出现，在中国诗歌发展史上具有重要意义。

《诗经》中已标明作者的共有五篇，另有"吉甫作诵，穆如清风"（《大雅·

---

① 孙立权，姜海平. 论语注译（最新修订版）[M]. 长春：吉林文史出版社，2011：110.

烝民》），此外，有许穆夫人作《鄘风·载驰》（《左传·闵公二年》）；秦国大夫作《秦风·黄鸟》（《左传·文公六年》）。

先秦典籍被秦火焚烧后所剩无几，《诗》靠口耳相传得以行。汉初传《诗》者分四家，即鲁之申培、齐之辕固、燕之韩婴、鲁人毛亨传毛苌。分别称作鲁诗、齐诗、韩诗、毛诗。鲁、齐、韩"三家诗"今已亡佚，独毛诗传世。汉儒说诗往往断章取义，后人戏之为毛瞎子（毛公）、郑呆子（因郑玄为毛传作笺），但其保存、整理之功不可抹杀。《毛诗正义》，毛亨传，郑玄笺，唐人孔颖达疏。其中有大序、小序之说，小序是列在各诗之前，解释各篇主题的文字，传为子夏、毛公所作；大序是指《关雎》小序之后，从"风，风也"开始的文字。《大序》，郑玄认为为子夏（子夏，公元前507—前400年。卜氏，名商，字子夏。春秋卫人，孔子弟子。长于文学，相传曾讲学西河，序《诗》传《易》，为魏文侯师）所作，朱熹以后都认为是卫宏所作。东汉卫宏可能是最后的辑录、写定者。

二、《诗经》的内容

《诗经》被视为周代社会的百科全书，孔子早就意识到其思想内容的丰富性和诗歌在社会中的作用。孔子以《诗经》作为基本教材来教授学生，认为学习诗歌至关重要，如"不学诗，无以言"[1]。此外，"小子何莫学夫诗？诗，可以兴，可以观，可以群，可以怨。迩之事父，远之事君；多识于鸟兽草木之名。"[2] 表明了孔子强调在修身的过程中要学习诗歌，因为诗歌能够激发情感和意志，帮助人明辨是非，即诗歌具有"兴、观、群、怨"四大作用。

"兴"即感发志意，使人修身，"兴，起也，言修身先当学诗"[3]，朱熹注"感发志意"[4]；"观"则观察风俗的盛衰，考察得失，季札在观赏乐曲时，也展示了这些作用（使工为之歌《周南》《召南》，曰："美哉！始基之矣，犹未也，然勤而不怨矣。"为之歌《郑》，曰："美哉！其细已甚，民弗堪也，是其先亡乎！"为之歌《齐》，曰："美哉！泱泱乎！大风也哉！表东海者，其大公乎？国未可量也。"[5]）；"群"意味着与他人相互学习切磋；"怨"则是批判时政，对政治进行反思。

---

[1] 蔡先金. 孔子诗学研究 [M]. 济南：齐鲁书社，2006：160.
[2] 宋立林. 洙泗：早期儒家文献与思想研究 [M]. 济南：山东教育出版社，2022：142.
[3] 潘运告. 美的神游：从老子到王国维 [M]. 长沙：湖南美术出版社，2004：16.
[4] 李玉保. 零极限 [M]. 北京：中国书籍出版社，2021：167.
[5] 刘利，纪凌云. 左传 [M]. 武汉：长江文艺出版社，2020：108.

《左传》载：夏，四月（鲁昭公十六年夏四月），郑六卿饯宣子（韩起谥宣子）于郊，宣子曰："二三君子请皆赋，起亦以知郑志。"子齹赋《野有蔓草》（"邂逅相遇，适我愿兮。"），宣子曰："孺子善哉，吾有望矣。"子产赋郑之《羔裘》（"彼其之子，邦之彦兮。"），宣子曰："起不堪也。"子大叔赋《褰裳》（"子惠思我，褰裳涉溱。子不我思，岂无他人？"），宣子曰："起在此，敢勤子至于他人乎？"子大叔拜，宣子曰："善哉子之言是！不有是事，其能终乎？"子游赋《风雨》（"既见君子，云胡不喜？"），子旗赋《有女同车》（"彼美孟姜，德音不忘。"），子柳赋《萚兮》（"叔兮伯兮，倡予和汝。"），宣子喜曰："郑其庶（有希望）乎？二三君子以君命贶（贶，kuàng，赐）起，赋不出郑志，皆昵燕好也。二三君子，数世之主也，可以无惧矣。"宣子皆献马焉，而赋《我将》（"日靖四方"，表达安定四方之志）。子产拜，使五卿皆拜，曰："吾子靖乱，敢不拜德？"①

以上是为"兴、观、群、怨"说的生动例证。

其实，《诗经》所包含的内容之深广还远不及此，可以说，举凡周代社会的政治、经济、思想、文化、伦理、道德、农事、商事、军事、习俗、礼节、服饰等，在《诗经》中都有所反映。

陆学明在《文学文本·历史文本及其他》中提出：《诗经》文本是民族先期史，是一部历史教科书，而不是文学读本，是先民史诗。引清代学者章学诚"六经皆史也。古人不著书，古人未尝离事而言理，六经皆先王之政典也"②指出《诗经》出自贵族之手，而不是民间文学；并指出孔子的删诗，是由历史文本转变为"文学文本"的一次历史性变革，功不可没。可备一说。

《诗经》与现实关系密切，尤其是小雅，多为民歌，"饥者歌其食，劳者歌其事"是其显著特点，从而成为我国现实主义诗歌的光辉源头，也成为历代诗人用以反对"唯美主义"的旗帜和武器。如李白《古风》："大雅久不作，吾衰竟谁陈？王风委蔓草，战国多荆榛。……正声何微茫，哀怨起骚人。……自从建安来，绮丽不足珍。"③

这里既有场面宏大的史诗，如《公刘》：

---

① 左丘明. 左传 [M]. 蒋冀骋, 点校. 长沙：岳麓书社, 2006：278.
② 傅庚生, 傅光. 国学指要 [M]. 北京：生活·读书·新知三联书店, 2019：279.
③ 上海辞书出版社文学鉴赏辞典编纂中心. 李白诗歌鉴赏辞典 [M]. 上海：上海辞书出版社, 2012：13.

笃公刘，匪居匪康。乃场乃疆，乃积乃仓；乃裹餱粮，于橐于囊。思辑用光，弓矢斯张；干戈戚扬，爰方启行。

　　公刘对于国事民事是多么忠诚啊！他在邰（tái，今陕西武功县）时不敢安居，于是修治田亩，积粮入仓，做好干粮，装入橐囊；他想使国家富强，于是弓矢上弦，兵戈闪光，开始向远方启行！

　　也有生动、恬静的充溢着乡土气息的农奴生活、感情的描写，如《豳风·七月》：

　　春日载阳，有鸣仓庚。女执懿筐，遵彼微行，爰求柔桑。春日迟迟，采蘩祁祁。女心伤悲，殆及公子同归。

　　在春日明媚的阳光里，黄莺儿在欢快地歌唱着，在田间小路上，走着手执深筐的少女。她们去采蘩采桑，心儿在欢跳，蓦然间，一片阴影笼罩心头，她们怕在欢乐之后有不测的灾祸降临。但也有学者予以新解：大姑娘的悲伤，不过是待嫁姑娘的礼节，是人类文明的表现。并认为写政事、农事，穿插上爱情，就更显生动。

　　这里有美丽原野的四季风景画和社会生活风俗画卷：

　　五月斯螽动股，六月莎鸡振羽。七月在野，八月在宇，九月在户，十月蟋蟀入我床下。穹窒熏鼠，塞向墐户。嗟我妇子，曰为改岁，入此室处。
　　……
　　九月肃霜，十月涤场。朋酒斯飨，曰杀羔羊。跻彼公堂，称彼兕觥，万寿无疆。

　　如清人姚际恒在《诗经通论》评："鸟语虫鸣，草荣木实，似《月令》。妇子入室，茅綯升屋，似《风俗书》。流火寒风，似《五行志》。养老慈幼，跻堂称觥，似庠序礼。田官染织，狩猎藏冰，祭献执功，似国典制书。其中又有似《采桑图》《田家乐图》《食谱》《谷谱》《酒经》。一诗之中，无不具备，洵天下之至文也。"

　　也有劳动场景的描写，如《魏风·伐檀》：

　　坎坎伐檀兮，置之河之干兮，河水清且涟猗。不稼不穑，胡取禾三百廛兮，不狩不猎，胡瞻尔庭有县貆兮？彼君子兮，不素餐兮！

当然，对爱情的歌咏是《诗经》的第一主题，特别是在国风中，占有较大的比重。如首篇《关雎》即是，又如《郑风·将仲子》：

> 将仲子兮，无逾我里，无折我树杞。岂敢爱之？畏我父母。仲可怀也，父母之言亦可畏也。
>
> 将仲子兮，无逾我墙，无折我树桑。岂敢爱之？畏我诸兄。仲可怀也，诸兄之言亦可畏也。
>
> 将仲子兮，无逾我园，无折我树檀。岂敢爱之？畏人之多言。仲可怀也，人之多言亦可畏也。

关于此诗的背景，前人多有猜测，如《毛诗序》认为是"刺庄公"："不胜其母，以害其弟，弟叔失道而公弗制，祭仲谏而公弗听，小不忍以致大乱焉。"[1]朱熹认为是"淫奔之诗"[2]。事见《春秋传》："然莆田郑氏谓此实淫奔之诗，无与于庄公叔段之事，《序》盖失之。而说者又从而巧为之说以实其事，误益甚矣。今从其说。"[3]清人姚际恒则反驳说："女子为此婉转之辞以谢男子，而以父母诸兄及人言可畏，大有廉耻，又岂得为淫者哉！"[4]

实际上，这首诗就是一首优美的民间爱情诗，与《关雎》相若。全诗从一个少女的内心咏叹而出，既有热烈如火的奔放的爱，又有对父母、兄长、邻舍流言的畏惧。是较早的反异化、反封建的佳作。

又如《郑风·褰裳》：

> 子惠思我，褰裳涉溱。子不我思，岂无他人？狂童之狂也且！

惠，见爱；褰，提起；裳，下裙；溱，与下段的"洧"（wěi）是古郑之两河；狂，痴；狂童，犹言傻小子；且（jū），语尾助词，与"哉"同。

可译作：你若爱我思念我，你就挽起下裙涉溱河。你若不把我思念，难道就没别人么？傻小子你就傻去吧！

《诗经》中之爱情，多写女性主动之爱，合于人类近乎原始的情爱真实状态，以后逐渐封建化。

---

[1] 黎娜. 诗经·楚辞[M]. 南昌：江西美术出版社，2018：111.
[2] 王缁尘. 国学讲话[M]. 北京：生活·读书·新知三联书店，2022：118.
[3] 朱杰人，严佐之，刘永翔. 朱子全书（第1册）[M]. 上海：上海古籍出版社，2002：370.
[4] 焦金鹏. 诗经[M]. 南昌：二十一世纪出版社集团，2015：93.

另一首《狡童》：

> 彼狡童兮，不与我言兮。维子之故，使我不能餐兮。

此诗写一女性因心爱之人不与之说话而食不甘味的失恋状态。

总之，《诗经》作为中国诗歌之源头，已大致具备了中国古典诗歌艺术特质的基本要素。从其所反映、表现之对象与其审美所观照的社会、人生、自然万物的宽广领域来看，可以说奠定了中国诗歌，甚至中国文化的特质。后来诗歌之种类，如山水诗、田园诗、边塞诗、讽喻诗、爱情诗等，几乎都可以从《诗经》里找到其源头。

三、《诗经》的特性

（一）《诗经》的音乐性

原始诗歌的诞生与舞蹈和音乐有着密不可分的联系。在遥远的古代社会，人们在辛勤劳作之余，往往会聚集一处，以敲击石器、拍击木板的节奏为伴奏，共同舞动身体，仿佛与自然界中的百兽一同演绎着生命的旋律。围绕篝火，他们翩翩起舞，舞动间伴随着自然的歌声，吟咏着歌词，以此方式抒发内心的情感与期盼。这种情景，可以追溯到遥远的史前时代。随着时间的推移，这些吟咏逐渐演变为具有鲜明节奏、和谐韵律以及独特审美价值的表现形式，从而形成了古代诗歌的初步形态。这个过程形成的一些诗歌吟咏便是《诗经》中某些作品的雏形。

根据学术界普遍认可的观点，《诗经》以"风、雅、颂"来给诗歌分类，反映不同的音乐性质。此外，也有学者提出不同的见解，如袁长江认为《周礼·春官》中的"六诗"——风、雅、颂、赋、比、兴，不同于《毛诗序》中的"六义"——风、雅、颂、赋、比、兴。这里的"六诗"指音乐方面的概念。"大师"主要教授乐工；"风"指唱诗并需乐器伴奏；"雅"原指一种特制的大鼓；"颂"则是大钟；"赋"是朗诵；"比"指教乐工学习乐器的排列组合，包括乐器的次第等；而"兴"是指音乐的启奏。这种分类可以看作从"六诗"到"六义"的转变。

根据现代人的理解，诗经中的"风"代表着各个地区独特的本土音乐风格。这些"风"诗源自15个不同区域，集纳了各地流传的歌谣，进而鲜活地展现了当时各地别具一格的民俗风情。与之相较,"雅"则特指周王朝核心统治地域的音乐表现形式。周朝时期,西周王畿被尊称为"夏",且"雅"与"夏"于当时互为通用之辞,乃至诸多古籍记载中,"大雅"也曾以"大夏"被记载。"雅"可分为小雅与大雅两种类型。其中,小雅在音乐韵律方面深受"风"诗的影响,故而与之有着显著的相似性。"颂"是宗庙祭祀仪式中所奏的舞曲,旨在颂扬神灵的伟岸。依据王国维之《说周颂》所述,"颂"的音乐节奏相较于风和雅更为徐缓,这是其独到的特征。通过"颂"的演唱,人们向神灵祈求庇佑并致以崇高敬意,这深刻展现了古代社会之宗教信仰及礼仪规范。

　　《诗经》中的艺术风格深受地域因素的影响,除去来自南方的《周南》与《召南》篇章外,绝大部分诗作均源自黄河流域的北方地域。如《齐风》展现了今山东半岛一带的文化特色;《唐风》则主要描绘山西北部的风土人情;《秦风》一类作品,其地域背景主要聚焦于陕西西部。尽管南方诗歌在《诗经》中亦占有一席之地,但整体上北方地区的影响力更为显著。

　　"风"诗是中华大地的血脉律动,它令人联想到那高亢激越的板胡之声,或是草原之上牧童吹奏的悠扬笛音,它像是大自然的呼吸,散发着浓郁的乡土气息,引领人们走进那古老而淳朴的乡村生活。"雅"诗宛如静谧流淌的溪水,深邃而富有诗意。它令人联想到那深情忧郁的二胡与洞箫之声,于朦胧月色中,乐师们轻抚乐器,缓缓吹奏,抒情的心曲似梦似幻,在夜空中弥漫着如烟雾般的缥缈之感,令人陶醉其中。它带给人们的,不仅仅是听觉上的享受,更是一种心灵的触动,让人感受到那淡淡的哀伤和无尽的思绪。而"颂"诗则如黄钟大吕,震撼人心,它仿佛就是那庄严神圣的编钟乐曲,在古老的殿堂里回荡。每一声钟声都像是历史的回响,诉说着帝王将相的辉煌与荣耀。在这神圣的乐声中,威严的帝王虔诚地祷告上苍,祈求国家的繁荣昌盛和人民的安居乐业。

　　《诗经》不仅与音乐密不可分,而且还保留着乐舞同源的痕迹,这也影响了《诗经》的艺术手法和艺术特质。譬如"重叠"的手法就与舞蹈有"血缘"关系,如《召南·鹊巢》:

　　　　维鹊有巢,维鸠居之。之子于归,百两御之。
　　　　维鹊有巢,维鸠方之。之子于归,百两将之。
　　　　维鹊有巢,维鸠盈之。之子于归,百两成之。

第一章 先秦两汉时期的诗歌

这是一首描写迎亲场面的诗，也可能就是在迎亲中载歌载舞所唱。全诗三章，每章只变化两个字，这就便于记忆，便于许多人合唱。

另外，还有著名的描写妇女采摘车前子的欢乐劳动场面的《周南·芣苢》：

> 采采芣苢，薄言采之。采采芣苢，薄言有之。
> 采采芣苢，薄言掇之。采采芣苢，薄言捋之。
> 采采芣苢，薄言袺之，采采芣苢，薄言襭之。

全诗的节奏重叠踏在"采采芣苢"上（"采采，犹粲粲。"闻一多语:《毛传》："芣苢，车前，宜怀妊焉。"），只在表现劳动过程的动词上变一个字，如"采""有""掇""捋"等（有，取得；掇 duō，拾；捋 luō，成把地从茎上握取；袺 jié，用衣角兜着；襭 xié，把衣襟掖在带间盛东西），使人想象到妇女边采车前子边歌唱的情景。当然，也可能是劳动之余，妇女模仿表现劳动场景的歌舞。方玉润："读者试平心静气涵咏此诗，恍听田家妇女，三三五五，于平原绣野、风和日丽中，群歌互答，余音袅袅，若远若近，忽断忽续，不知情之何以移，而神之何以旷。"[①]

与重叠相似的还有"和声"。《诗经》往往是一诗数章，每章收尾处都用同一语句，如同现代歌唱中的"副歌"。"主歌"歌词变化，由个人领唱，"副歌"歌词不变，由众人和唱呼应。不过，《诗经》中的"副歌"位置比较随意多变。它有放在后面如现代样式的，如《北门》，三章都以"已焉哉！天实为之，谓之何哉！"使人在听到一个差役繁重、生活贫困的小官吏的忧伤的独唱后，听到了众人的和声："算了吧！算了吧！老天这样安排，还有什么可说！"也有放在前边的，如《式微》：

> 式微，式微，胡不归？微君之故，胡为乎中露！
> 式微，式微，胡不归？微君之躬，胡为乎泥中！

这似是由众人和声相问："天黑了天黑了啊，为什么还不回？"然后由一个人回答歌咏。

此外，还有"衬字"。"衬字"是因乐调长而歌词短，必须加上字音才能与乐

[①] 上海辞书出版社文学鉴赏辞典编纂中心. 诗经三百篇（上）[M]. 上海：上海辞书出版社，2020：11.

中国古代诗歌的流变与赏析

调合拍。如《采葛》:"彼采葛兮,一日不见,如三月兮!"首尾二句都需加衬字"兮",才能使全章节奏一致。

"衬字"是为适应音乐的节奏而产生的,在以后的发展中,譬如在元曲中,这种方法成为接近口语的重要途径。可以看出,与音乐关系密切的诗歌,往往就天生具有"自然艺术"的特质,或者可以说,音乐是联系诗歌走向自然的媒介之一。《诗经》、汉乐府、词、曲之产生初期都是如此。

(二)《诗经》的散文性

《诗经》被尊崇为"原始的自然艺术"。作为一种独特的文学艺术形式,它紧密地融合了尚未独立成型的音乐元素,深刻反映了古代人民对自然世界与人生百态的朴素而直接的体悟。在文学领域,《诗经》与散文艺术之间存在着深厚的渊源与紧密的关联,其作品中蕴含的散文性质得到了充分的展现与凸显。

虽然《诗经》以四言或杂言为主,带有节奏和韵律,但其内在的散文性质依然凸显。这种散文性质使得《诗经》的表现形式更加自然和朴实,更贴近人们的情感和生活场景。

在我国文学史的初期,诗和散文并未形成严格的分界线,它们相互交织,彼此渗透。在那个时代,诗和散文的界限并不像后世那样清晰,而是相互交融,共同构成了丰富多彩的文学风貌。以《老子》和《庄子》等作品为例,它们都具有鲜明的诗性特征。在《老子》中,我们可以看到大量的诗性表达,如"故有无相生,难易相成,长短相形,高下相倾"这样的句子,不仅富有哲理,而且具有诗的节奏感和韵律美。同样,在《庄子》的《庖丁解牛》中,我们也可以感受到那种诗意盎然的气息。文章中的描写如"手之所触,肩之所倚,足之所履,膝之所踦,砉然响然",不仅展现了庖丁解牛的熟练技艺,更通过生动的描绘,使读者仿佛置身其中,感受到了那种和谐、自然的节奏和韵律。这些作品之所以具有诗的因素,一方面是因为它们运用了诗的节奏、韵律和音韵等手法,使得语言更加优美、动人;另一方面,它们也通过寓言、象征等手法,将哲理和人生智慧融入诗性的表达中,使得作品既具有独特的艺术魅力,又具有深刻的思想内涵。

再看《诗经》的《国风·王风·黍离》:

彼黍离离,彼稷之苗。行迈靡靡,中心摇摇。

第一章　先秦两汉时期的诗歌

　　知我者谓我心忧，不知我者谓我何求。悠悠苍天，此何人哉！
　　彼黍离离，彼稷之穗。行迈靡靡，中心如醉。
　　知我者谓我心忧，不知我者谓我何求。悠悠苍天，此何人哉！
　　彼黍离离，彼稷之实。行迈靡靡，中心如噎。
　　知我者谓我心忧，不知我者谓我何求。悠悠苍天，此何人哉！

　　其诵读之声韵，宛若散文之流畅，毫无滞碍，尽显优雅之姿。译释如下：

　　曾经华丽的宗庙和宫殿，如今变成了一片郁郁葱葱的农田景象。每走一步都感到异常沉重，内心仿佛被割裂。懂得我内心的人会说我心怀忧虑，而不了解我的人可能会认为我有其他的追求。苍茫的天空下，我不禁发问：这一切的变迁究竟是谁的责任？

　　那一排排金黄的谷物甚是茂盛，高高的秆上结满了红色的高粱穗。我行走的步伐沉重，心情像迷失在迷雾中一般。了解我内心的人会说我心怀忧虑，而不了解我的人可能会认为我有其他的追求。在无边的苍穹下，我不禁发问：这一切的变迁究竟是谁的责任？

　　金黄色的谷物茂盛生长，红彤彤的高粱日渐成熟。我的脚步依旧沉重，内心感到抑郁不安。懂得我内心的人会说我心怀忧虑，而不了解我的人可能会误解我的真实心情。在广阔的天空下，我不停地自问：谁应该为这一切负责？

　　关于此诗，《毛诗序》认为："《黍离》，闵周也。周大夫行役至于宗周，过故宗庙宫室，尽为禾黍，闵周室之颠覆，彷徨不忍去而作是诗也。"[1] 然而，有学者认为："就诗歌内容来说，却不见丝毫'周大夫行役至于宗周，过故宗庙宫室，尽为禾黍'而'闵周室之颠覆'的迹象，所见到的只是一个孤苦无依的流浪者，长年累月，浪迹天涯，故而览物起兴，感身世之悲切；感慨哀吟，抒心底之忧伤。事实上，我们从作品中体味到的那种深沉炽烈的家国忧患与人生感慨，更岂是闵宗周所能具述！"[2]

　　清人崔述则认为："细玩此词意，颇与《魏风·园桃》相类。'黍离''稷苗'犹所谓'园桃''园棘'也；'行迈靡靡'犹所谓'聊以行国'也；'不知我者谓我何求'犹所谓'谓我士也罔极''心之忧矣，其谁知之'也。然则此诗乃未乱而

---

[1] 傅斯年. 诗经讲义稿[M]. 南昌：江西教育出版社，2022：75.
[2] 乔力. 先秦两汉诗精华[M]. 桂林：广西师范大学出版社，1996：96.

预忧之，非已乱而追伤之者也。盖凡常人之情，狃于安乐，虽值国家将危之会，贤者知之，愚者不之觉也，是以不知者谓之何求。《黍离》忧周室之将陨亦犹《园桃》忧魏之将亡耳。"①

无论从学术的角度如何理解此诗的创意，都可探讨，但从实际的社会影响来看，"黍离"之悲，确已成为华夏民族以之表达亡国之痛的最为典型的场景和意象。

从艺术角度看，此诗具有很强的散文特质，长短不齐，变化无端，如同口语，如同叹息，大概这就是韩愈所说的"气盛言宜"吧！这种散文的句式，最合于日常生活的真实，最自然，也最生动，几乎就是当时的一首白话诗。中国现代的白话诗与这种原始的白话诗何其相似！

如果登高俯瞰，当可看到中国诗歌的一个巨大的回环。类似这样的诗，依我们现代人看来，无疑它就是"诗"，但如果有六朝、唐宋时期的诗人写了这样的诗，大多会被斥为"以文为诗"。宋人苏轼、黄庭坚等人就是这样的先例。这是因为诗歌发展到六朝时期，就已逐步形成了一种我国独特的审美方式，那就是以整齐、对仗、对偶、偶句以及在偶句结处押韵为特征的艺术模式。它们成为任何人都无法超脱于外的时代风尚。这种模式和审美标准还进一步渗透到诗歌的节奏音律中，形成了五言和七言的基本节奏，从而形成了"人为艺术"的诗体形式——近体诗。

朱光潜先生称这种模式所引起的审美快感为"预期"。诗人按照模式来写诗，读者按照模式来读诗。在读、写之前，就已经先有了这种节奏、韵律，因此读了上句就等待下句。诗句按照读者期待的模式出现了，自然就会产生快感，反之，就会产生不平衡、失重的感觉。

然而，在《诗经》的时代，我国的这种特有的审美风尚还未形成，因此《诗经》的作者们在吟唱诗作时，主要是根据情感的需要——如果说有一定的束缚的话，它的束缚主要是音乐的节奏。音乐是这种诗歌的镣铐，然而，音乐是自由的，在同一段乐句中，往往可以唱出不同字数的诗句，因此它只是一种很宽松的镣铐，只不过是诗的乐舞中的节奏而已。从这个角度也可以看出，诗歌中的音乐性质往往与其散文性质是孪生的，在《诗经》、乐府中，在词、曲中，几乎都是如此。

在做了这样的展望和说明之后，我们再来看上文所引的几篇作品，它确实不同于六朝以来的"纯诗"（即不含有散文性、音乐性的诗），它也不合于六朝以来

---

① 木斋. 古诗评译 [M]. 北京：京华出版社，1999：26.

形成的审美标准:"坎坎伐檀兮,置之河之干兮,河水清且涟猗",这里显然是一个奇句的句式结构,而它的语言、语法等,也和日常生活用语及散文并无大的区别。像其中的"之""者"等虚词的动用等,无疑与散文无异。如同王力先生所说:"古诗的语法,本来和散文大致相同,直至近体诗,才渐渐和散文歧异。"[1]

朱光潜先生认为"诗早于散文","散文是由诗解放出来的"[2]。这句话说明了二者产生的次序,同时也说明了散文具有比诗歌更自由、更解放的性质。在我国文学史的初期,一方面是与散文的初步分离,另一方面二者还不是严格意义的分工,而是呈现着互寓互含的关系。如果我们拿《诗经》、楚辞、汉乐府与六朝以来形成的近体诗相比较,显然具有质的区别,前者是含有音乐、散文性质的"非纯诗",它之后者更自由、更自然。

(三)《诗经》韵律的自然性

韵律是诗歌的灵魂所在,它赋予诗歌独特的魅力和韵味。正是通过韵律的编织和抒发,诗歌才得以展现出自然的美妙之处。《诗经》作为中国古代的经典之作,正是通过其内在的韵律之美,展现了自然艺术的精髓。每一首诗歌都如同一幅绘画,描绘着自然界的景象和人们的情感。从细腻的描写到深刻的思考,都融入了诗歌的韵律之中,使得读者仿佛置身于诗歌所描绘的世界之中,感受着自然和情感的美好。因此,《诗经》以其独特的自然艺术,成为中国文学史上的一座永恒的丰碑。

顾炎武的《日知录》将《诗经》的用韵分为三种:"古诗用韵之法,大约有三。首句次句连用韵,隔第三句而于第四句用韵者,《关雎》之首章是也。凡汉以下诗及唐人律诗首句用韵者源于此。一起即隔句用韵者,《卷耳》之首章是也。凡汉以下诗及唐人律诗之首句不用韵者源于此。自首至末,句句用韵者,若……《清人》《还》《著》《十亩之间》《月出》《冠素》诸篇……凡汉以下诗,若魏文帝《燕歌行》之类源于此。自是而变,则转韵矣。转韵之始,亦有连用隔用之别,而错综变化,不可以一体拘。"[3]

此分类恐有偏颇之嫌,其不仅用后代韵式去解读《诗经》的韵式,而且分类

---

[1] 木斋. 苏东坡研究 [M]. 桂林:广西师范大学出版社,1998:144.
[2] 朱光潜. 诗论 [M]. 上海:华东师范大学出版社,2018:144.
[3] 顾炎武. 日知录(四)[M]. 谦德书院,注译. 北京:团结出版社,2022:1743.

中国古代诗歌的流变与赏析

过于简略。《诗经》的韵式非常自由。它以情感和内容的表达为中心，节奏和语言为其服务。孔广森认为《诗经》有 27 种不同的韵式。由于篇幅限制，仅以下列几种为例：

（1）句中用韵，如《豳风·九罭》：

鸿飞遵渚，公归无所，於女信处。
鸿飞遵陆，公归不复，於女信宿。

在《诗经》中有一些篇章，除了句尾押韵外，句中的某些词也会形成押韵的效果，如上面两节的"飞、归"押韵，此外，《周南·卷耳》和《召南·行露》等篇章都属于这种情况，这些属于微部字的韵。这种押韵方式使诗歌的音韵更加丰富多样，体现出古代诗人在表达情感和意境时的巧妙运用。

（2）交叉韵式，如《秦风·无衣》：

岂曰无衣？与子同袍。王于兴师，修我戈矛，与子同仇！
岂曰无衣？与子同泽。王于兴师，修我矛戟，与子偕作！
岂曰无衣？与子同裳。王于兴师，修我甲兵，与子偕行！

此诗每章五句，一、三句押韵，二、四、五句押韵。这种韵式与英国诗律的 ABAB 的韵式十分相似，如彭斯的《一朵红红的玫瑰》，但在中国六朝以后就很少见了。

（3）主从韵式，如《卫风·硕人》，前五句用脂部字押韵，后二句以元部字押韵，一主一从，自由变化。这种情况在现在的民歌中还可以看到。

（4）包围韵式，如《大雅·公刘》：

笃公刘，既溥既长。既景迺冈，相其阴阳，观其流泉。其军三单，度其隰原。彻田为粮，度其夕阳。豳居允荒。

此诗开头以阳部为韵，然后以元部为韵（"泉、单、原"），再以阳部为韵（"粮、阳、荒"），即阳部包围了元部。

然而，所有这些韵式的区别，都不过是后人的总结归纳。就《诗经》的作者们来说，绝无意于此。他们在创作诗歌时，原只是以意为主，只要能最好地表情达意，又合于音乐节奏的大致韵脚就可以了。明人陈第在《读诗拙言》中曾指出：

《毛诗》之韵,动乎天机,不费雕刻,难与后世同日论矣。"此语十分精彩,与本书所论《诗经》是"原始的自然艺术"观点暗合。"动乎天机,不费雕刻",不仅是《诗经》音律方面的特点,也是《诗经》艺术的总体特征。

四、《诗经》的审美价值

《诗经》作为一种原始的自然艺术,尚未与音乐、散文完全分离,多数诗篇均展现出一种质朴无华的风貌。以下试举两例以兹证明。

下面是《国风·周南·关雎》:

> 关关雎鸠,在河之洲。窈窕淑女,君子好逑。
>
> 参差荇菜,左右流之。窈窕淑女,寤寐求之。求之不得,寤寐思服。悠哉悠哉,辗转反侧。
>
> 参差荇菜,左右采之。窈窕淑女,琴瑟友之。参差荇菜,左右芼之。窈窕淑女,钟鼓乐之。

试译如下:

雎鸠鸟儿关关啾啾,在水中的绿洲和鸣歌唱。那婀娜窈窕的少女,是少年心中美好的向往。

荇菜参差不齐,随水左右飘荡。少女美好难寻觅,梦中倩影依然缠绕。心思牵绊,难以安宁。

参差错落的荇菜啊!采呀采,采摘那荇菜。对着那美丽窈窕的少女啊!用琴声和歌声表达真情。参差错落的荇菜啊!摘呀摘,采摘那荇菜。那美丽窈窕的少女啊!在钟鼓声中笑容舒展。

朱熹传:"国者,诸侯所封之域;而风者,民俗歌谣之诗也。"[1]诗大序则认为:"风,风(讽)也,教也;风(讽)以动之,教以化之……上以风化下,下以风(讽)刺上。"[2]

"风"字可双关风谣与风(讽)教两义。风教中又有教化、讽刺双向之两义。其中风谣近乎本意,风教为延伸义。《汉书·艺文志》:"凡三百零五篇,遭秦而

---

[1] 徐陵. 诗经 [M]. 上海:上海古籍出版社,2013:1.
[2] 黄玉顺. 儒家文学史纲 [M]. 深圳:海天出版社,2020:126.

全者。以其讽诵，不独在竹帛故也。"

周南：周，国名，西周初期，周公旦经营东都洛邑（今洛阳东北）；南，南方诸侯之国也（洛阳以南至湖北），江沱汝汉之间。

《关雎》之篇名，取首句之两字。《诗经》一般取首句前两字，如《蒹葭》等；也有取一字者，如《氓》（méng）；也有取四字者，如"女曰鸡鸣"。

《关雎》是一首爱情诗，是男人向女人求爱之诗。由于此诗列在诗三百之首，占有重要位置，成为《诗经》之代表、象征。自孔子而朱熹，都将此诗神圣化了。《汉书·匡衡传》："孔子论《诗》，以《关雎》为始。……此纲纪之首，王教之端也。"孔子评曰："《关雎》乐而不淫，哀而不伤。"①实际上，此诗不过展示了人类最原始、最基本的情感——爱情。当然，将此诗置于首篇，倒也恰当。爱情在人类生活中，占有无可比拟的重要位置。

"关关"，雌雄鸟儿相应之和声也。

"雎鸠"，又名王雎，即鱼鹰也。《禽经》："王雎，雎鸠，鱼鹰也。"一说为鹗。郭璞注："雕类，今江东呼之为鹗。"朱传："似凫雁，生有定偶而不相乱。"以此特性，又有疑为鸳鸯者。

"洲"，水中可居之地也。

"窈窕"（yǎo tiǎo），美好貌。《朱传》："窈窕，幽娴之意。""淑，善也。"孔颖达《正义》："'淑女'已为善称，则'窈窕'宜为居处；扬雄云'善心为窈，善容为窕'者，非也。"然心善未必状美，扬雄之说兼及外表内心，亦未可厚非。以"窈窕"又加"淑"，似为叠床，实为强调。杜甫《丽人行》："态浓意远淑且真"，是也。施山："盖'窈窕'虑其佻也，而以'淑'字镇之；'淑'字虑其腐也，而以'窈窕'扬之。"

"女"者，未嫁之称。"君子"，一般多用女称其夫。如"风雨凄凄，鸡鸣喈喈，既见君子，云胡不夷？"（《郑风·风雨》）"逑"，匹也，匹配。"好逑"，好的配偶。

首章两句，以鸟和鸣起兴，引入境界，格调舒缓平正，领起全篇。其中"窈窕淑女，君子好逑"为全篇之纲目。

以下两章八句，写男子对女子的追求。

"参差"，长短不齐貌，修饰荇菜，使之更形象、生动。"荇菜"，水生植物，

---

① 王育颐. 中国古代文学词典（第四卷）[M]. 南宁：广西教育出版社，1989：257.

圆叶细茎，根生水底，叶浮于水面。"流"字，《毛传》训为"求"，不确，应作流动解，以喻淑女之不定，之令人难以捉摸。朦胧恍惚，更具美感。"参差荇菜"句承"关关雎鸠"而来，二者同为洲上生长之物，寄情于景，自然流畅。

"窈窕淑女，寤寐求之。"醒觉为寤，入睡为寐，云不论何时都在思念。《诗》云："嘤其鸣矣，求其友声。"（《小雅·伐木》）又云"中心藏之，何日忘之？"小伙子由思念而行动，开始"求"之。"求"字是全篇之中心，是结构之线索。

"求之不得，寤寐思服。"以"求"字顶针，针脚细密，一气呵成，并以否定来推动情节展开，掀起高潮，颇具曲折摇曳之美。"思服"，思念。《毛传》："服，思之也。"以"求"顶针，又以"寤寐"相重复。重复也是一种修辞手法，具有呼应强调的效果，兼具复沓摇曳之美。如鲁迅《秋夜》："从我家的后院，可以看见墙外有两株树，一株是枣树，另一株还是枣树。"

"悠哉悠哉"，又一次重复，强调"悠哉"并具有节奏之美。"悠哉"非今意，相反为悠思深长的样子，痛苦而沉重。后人如白香山词"思悠悠，恨悠悠，恨到归时方始休"亦是此意。

"服""悠"，《传》《笺》皆释为"思"，不胜堆床骈拇矣！亦为重复之笔法也。

"辗转"，古字作展，反侧，翻覆。《太平乐府》载乔吉之一曲"饭不沾匙，睡如翻饼"[①]，始作俑者在此。

首章为"求"之因，次章写"求"之难，三章写"求"之果。

仍以"参差荇菜"兴起，将"流"换作"采"，"采"同"採"，喻示了求爱的进展；又将"寤寐求之"易作"琴瑟友之"，"友之"，使之为友，由精神单恋而发展为相互的行为。

结两句以相同的结构反复，将情节，气氛推向高潮。"芼"（mào），用手拔取。"钟鼓乐之"承"琴瑟友之"而下，更加热烈、欢闹，给人以吹吹打打入洞房的气氛。

又譬如《王风·君子于役》这一首：

君子于役，不知其期。曷至哉？鸡栖于埘，日之夕矣，羊牛下来。君子于役，如之何勿思！

---

① 宋安群. 元曲鉴赏：2 版 [M]. 成都：四川辞书出版社，2022：270.

中国古代诗歌的流变与赏析

  君子于役,不日不月。曷其有佸?鸡栖于桀,日之夕矣,羊牛下括。君子于役,苟无饥渴?

试译:

  夫君服役,归期遥遥,何时相聚?鸡,要休憩了,夕阳,也要归去了,更兼有牛羊归自牧地。夫君服役,怎不使我愁思万缕?

  夫君服役,遥遥无期,怎能相聚?鸡,要休憩了,夕阳,也要归去,更兼有牛羊归自牧地。夫君服役,可曾渴饥?

  大约在两千余年前,日暮时分,在一抹残阳夕照的逆光里,伫立着一位贫苦无依的妇人。庭院里鸡禽归窝;原野外,羊啊,牛啊,一群群地归圈准备夜息了。她却久久凝视着远方,内心深处发出了一声深沉的叹息:

  君子于役,不知其期。曷至哉?

  《王风·君子于役》这首诗为我们展现了一幅速描写意画卷,或说是一张艺术摄影作品,或说是一组蒙太奇镜头画面。而这声深沉的叹息,就有如电影序幕在画面尚未推出之前而发出的深沉的带有淡淡哀伤的画外音:夫君在外服役,也不知要多久,他——何日归来呢?

  在那淡淡哀伤的女低音的画外音里,一幅带有原始意味的写意画卷徐徐展开在我们的面前:

  "鸡栖于埘,日之夕矣,羊牛下来",埘,鸡埘,凿墙而成的鸡窝。"羊牛下来",指"羊牛从牧地归来"(《郑笺》)。这是富于家庭生活气息的画面,从画面中,我们会感受到一种安静、愉悦的情调:夕阳西下,鸡在凿墙而成的鸡窝中栖息了,漫山遍野的牛羊也一群群地归入了圈中。然而,在这安谧、愉悦的情调下面,却压抑着、翻滚着痛苦的思念之情:自然界的万物在劳作一天之后,都要成双成对地享受静夜的幸福了,更何况富有情感的人类呢?兽、禽类的幸福,触发了妇人的心事,也反衬了她的痛苦。

  王夫之曾评《小雅·采薇》"以乐景写哀,以哀景写乐,一倍增其哀乐"[1],其实此处的描写也是一种"以乐景写哀"。此诗中的女主人公,是个痛苦的形象,而诗人笔墨却没有在痛苦中下功夫,反而描绘了幸福的、宁静的日暮之景,从而

---

[1] 孙立. 明末清初诗论研究 [M]. 广州: 广东高等教育出版社, 2011: 194.

有力地表现了女主人公的内心世界。

此诗的产生，本是由景生情，是由那夕阳残照下的牧归之景而感发出怨妇对夫君的思念，诗人却有意打乱这个次序，先抒情而后写景，再以思妇叹息式的自白："君子于役，如之何勿思"接续作结，动之以情、象之以景，首尾呼应，自然圆润。

《诗经》是和音乐关系密切的歌词，因此，结构形式多采用重章叠句的形式。此诗也不例外，第二章也只是稍加变化而已，但在情感的表现上也略有发展。第一句的"不日不月"比"不知其期"，"曷其有佸"比"曷至哉"，似乎更深沉、更无望。结句"苟无饥渴"比之"如之何勿思"，意思上更是有了明显的变化，由思念夫归，转到希望丈夫在外无灾无难、吃饱穿暖，由盼归到祝福，似乎不再强调其归，但却更深刻地透露了其恩爱情感，反而写出了其思归无望的痛苦内心。

此诗在字数上由不整齐的杂言形式构成。三、四、五字都有。在句读上，是由两个三句和一个二句句式组成，有奇有偶，双奇成偶，显然自由却又富于节奏，十分符合主人公内心独白的抒情特点；此诗在艺术方式上，有情有景，情由景发，景中含情，情景交融，近似后来美学中的"意象"，体现了我国古人在诗歌的儿童阶段对形象的重视；从全诗的主旨看，此诗自然是一首思念之作，但也从侧面描写了带有原始意味的田园风光，从中也可窥到我国2000多年前农村生活的场景，可看作我国田园诗歌的滥觞吧！

看另一首《秦风·蒹葭》：

蒹葭苍苍，白露为霜。所谓伊人，在水一方。溯洄从之，道阻且长。溯游从之，宛在水中央。

蒹葭萋萋，白露未晞。所谓伊人，在水之湄。溯洄从之，道阻且跻。溯游从之，宛在水中坻。

蒹葭采采，白露未已。所谓伊人，在水之涘。溯洄从之，道阻且右。溯游从之，宛在水中沚。

这是一首表现追求意中人而又未达到目的的诗，共三章。每章的意思大致相同，前两句都是点明时令、场景，后几句诉说自己的追求与苦恼。因此，我们仅以第一章为例，看看此诗的特色。

从首句可以看出，此时正值秋季，是"蒹葭未败，而露始为霜，秋水时至，百川灌河之时也"。它勾勒出写意式的画面，这一画面是由苍青色和霜的银白色渲染而成的，当然，还可以想象有雪白的荻花在秋风中摇曳，从而为全诗营造了那种扑朔迷离的美妙境界，"所谓伊人，在水一方"，所追求思念的那个人，在水的另一边。有人认为，这是比喻，说所思之人离他很远。以后接下来的几句，也全采用了同样的修辞手法。诗人的比喻如此之妙，以至我们简直分不清是比喻还是实景了。我们仿佛看到，在一个秋天的早晨，那个被爱情苦苦缠绕的人，踏着未干的秋霜，拨开岸边的芦苇，去追求他的梦幻和理想。"在水一方"四字是全篇的中心，此四字不仅以极朴素的词句传神地描绘出意中人那远远的身影，同时还进一步扩展了画面，我们仿佛跟随诗人拨开了芦苇的一角，浩渺的水面就呈现在眼前了。这样，接下来的描述就有了根基。

"溯洄从之，道阻且长。溯游从之，宛在水中央。"关于"溯洄"和"溯游"，一种解释为沿着曲折的水边和直流的水边；另一种解释是逆流而上和顺流而下。两种解释取哪种都不会影响对诗意的感受和把握。这两句说，如果沿着曲折的水边去寻找意中人的踪影，道路既难走又漫长；如果沿着直流的水边去寻找，意中人却又仿佛被包围在水中。此两句是"在水一方"的引申和扩展，从而完成了这首乐曲的第一章。它表现了一种扑朔迷离、神情恍惚的境界，是水波、云雾、白霜、秋色的境界，人的形象很淡很淡，在可见与可不见之间，在尘世与仙境之间，正像是"云耶山耶远莫知"的一幅山水画。诗中的主人公似乎是在梦境中，无论他怎样努力，都不能接近意中人。"伊人"在水的那一边，他走啊走，而"伊人"却"宛在水中央"！这个"宛"字，说明了所追求的人并非真在水中央，而是主人公的幻觉，它增强了恍惚感，也暗示了追求的难以实现，还仅仅是主人公的理想而已。

第二、三章是第一章的反复，只是某些词改换一下。唱起来回旋复沓而又有所变化，是《诗经》中常见的手法。其中"萋萋"与"采采"都是草木繁茂的样子，可见还未到百木凋零的深秋。"晞"是"干"之意，"已"是"止"之意。"湄""涘"，指水边高地。"跻"是说路越来越险峻，甚至需要攀缘而上了，而第三章中的"右"则言路越来越曲折难行。"坻"和"沚"意义上相同，都指水中高地、小块陆地。

它反复描述了诗中主人公循着那人缥缈的身影，历尽艰辛，上下相求而仍不可及的境界。

如果把"在水一方"及后面的诗句看作比喻的话，那么它所描绘出的情景交融的境界，就完美地表现了人们经过艰辛的追求而仍难以得到的惆怅失落的心境；如果把它理解为对实事的描述的话，那么作者以洗练的笔法达到的令人一唱三叹的艺术效果，就足以使后人望尘莫及了。

这首诗有几个特点值得注意，一是景物描写的成功，可以视为以后山水诗的滥觞；二是境界迷离恍惚，富有某种朦胧之美，"所谓伊人，在水一方"，既可视为情侣追求之实景，也可以感受为一种理想境界的虚景；此外，全诗基调是整齐的四言，结句根据需要变为五言，可以再一次领略《诗经》的自然性。

当然，对《诗经》的审美价值也不能沉醉于评价过高，因为一个神童虽然可爱，但毕竟缺乏少年之倜傥，更远逊青春之绚烂。而中国传统的思维模式，则极容易走向退化论的道路。如刘勰虽然认为"文变染乎世情，兴废系乎时序""歌谣文理，与世推移"[1]，具有朴素的辩证思想，但"征圣""原道""宗经"却是他的根本文学观。他认为中国文学滥觞阶段的《五经》，已经取得最高成就，以后的文学都不过是"百家腾跃，终入环内"，因此后代的作家创作应该如"仰山铸铜"一样去效法《五经》，在诗歌创作上自然是应取法于《诗经》。这样，刘勰一方面把《诗经》评价为后代诗歌创作之"源"，混淆了"源"与"流"的关系；另一方面，得出了《诗经》高于楚辞，楚辞高于两汉魏晋的诗赋，一代不如一代的退化论结论。

刘勰的观点影响甚为深远，以致成为几千年文学评价方式的主潮（直至明清之际，才有所改变）。如白居易在《与元九书》中进一步把这种观点推向了极端："国风变为骚辞，五言始于苏、李……虽义类不具，犹得风人之什二三焉。于时六义始缺矣"；"晋、宋已还，得者盖寡……于时六义浸微矣"；"陵夷至于梁、陈间，率不过嘲风雪、弄花草而已"，"于时六义尽去矣"；甚而至于李、杜这样的大家也不能幸免："李之作，才矣奇矣，人不迨矣，索其风雅比兴，十无一焉"，杜诗合其要求者，"亦不过三四十首"。由此，推论出李杜诗也逊于《诗经》的结论。

刘、白等人之诗论，是有所针对而发，即针对六朝华靡文风而发出向原始回

---

[1] 游光中，黄代燮. 中外诗学大辞典[M]. 成都：四川辞书出版社，2020：600.

中国古代诗歌的流变与赏析

归的呼唤,是一种矫枉过正。他们都还身处诗史的流变之中,故而不能登高鸟瞰,宏观考察。是"不识庐山真面目,只缘身在此山中"。鲁迅在《门外文谈》中曾评《关雎》诗:"假如先前未曾有过这样一篇诗,现在的新诗人用这意思做一首白话诗,到无论什么副刊上去投投试试罢,我看十分之九是要被编辑者塞进字纸篓去的。"郭沫若也在《简单地谈谈〈诗经〉》中有过类似的观点:"国风多是一些抒情小调,调子相当简单""作为写作上的借鉴,如果是技术上的问题,《诗经》是太古远了"。

《诗经》是中国诗歌的光辉源头,如果说中国诗歌是一位天才的诗人的话,《诗经》只是一个神童。我们惊叹其艺术的成就,却更惊叹他以后的成就,他并没有"江郎才尽",而是日益完善、日臻完美:六朝诗胜于《诗经》,唐诗又胜于六朝诗。在中国古典诗歌的这一历史时期里,总的来说,是上升时期,是一代胜于一代的。

第二节 《楚辞》

一、《楚辞》的名称和起源

在战国时代末期,楚地文人开创了独具特色的新诗体——"楚辞",其中屈原是该诗体的杰出代表。这一创新是中国诗歌发展史上的重要里程碑。楚辞,是战国时期南方楚地的新兴诗体。此外,楚辞也指屈原等诗人运用此种体式所创作的诗歌佳作及其所编辑的诗篇集录。该名称最初见于司马迁所著的《史记》,随后又在班固的《汉书》中得以记载。而后,刘向辑录《楚辞》一书,集结了屈原、宋玉等人的佳作,以及部分模仿者的诗篇。至东汉时期,王逸在其《楚辞章句》中对《楚辞》作了详尽的注解。

在汉代时期,文学创作呈现出了丰富多样的面貌,其中,"楚辞"这一文体尤为引人注目。在当时的文学界,人们通常将"楚辞"统称为"赋",这一称呼既体现了其独特的艺术风格,也彰显了其在文学史上的重要地位。司马迁在《史记·屈原贾生列传》中记载,屈原曾创作了一篇名为《怀沙》的赋作。这篇赋作以其深沉的情感、瑰丽的想象和独特的艺术手法,成为楚辞中的瑰宝。而后世的宋玉、唐勒、景差等人也深受屈原的影响，以创作赋篇而著称，他们的作品在文学史上同样具有重要地位。班固在《汉书·艺文志》中对屈原的赋作进行了详细的记载，其中提到屈原所作之赋共计 25 篇。这些赋作不仅数量众多，而且质量上乘，充分展现了屈原卓越的文学才华和深厚的艺术造诣。因此，在文学史上，屈原之赋被尊称为"屈赋"，而此类赋体也被称作"楚赋"或"骚赋"，成为楚辞的代表作品。然而，需要注意的是，将"楚辞"与"汉赋"混为一谈是不甚妥当的。虽然两者在形式上具有一定的相似性，但在内涵和风格上却存在明显的差异。实际上，"楚辞"是战国时期在楚地兴起的一种独特新诗体，它以其瑰丽的想象、深沉的情感和独特的艺术手法，成为中国古代文学的一颗璀璨明珠。而"汉赋"则是汉代为满足宫廷文化需求而逐步发展形成的一种半诗半文、兼具韵律之美的散文体作品，它更加注重对事物的描写和铺陈，呈现出一种雍容华贵的气象。

"楚辞"即楚国的歌辞。黄伯思的《东观余论·校定楚辞序》写："屈宋诸骚，皆书楚语，作楚声，纪楚地，名楚物。故谓之楚辞。"也就是说，这些诗歌记录了楚地的事物和风情，因而称之为楚辞。这反映了人们对文学的新认识，强调了文辞的美感。《楚辞》在形式上与《诗经》有显著差异，忽略语句中的语气词"兮"之后，不难发现，其采用了更加灵活多变的六言句和五言句，不再局限于四言句式，表现力更丰富。相较于《诗经》，《楚辞》大量运用了想象、象征及虚拟等艺术手法，且在表达上更为瑰丽多彩，情感表达更为炽烈深厚，叙述手法更加奔放夸张。总体而言，《楚辞》在内容与形式层面均实现了显著的发展与提升。

《楚辞》这一新的诗歌形式是在楚地民歌的基础上演变发展而来的。楚国的民歌很早就得到流传，如《诗经》的《周南》《召南》就属于楚地民歌。《周南》有一篇《汉广》，诗里有这样的句子："南有乔木，不可休思。汉有游女，不可求思。汉之广矣，不可游思。江之永矣，不可方思。"这是写汉水之旁一个男子对一个女子的爱慕之情。这首诗中句尾的"思"字和《楚辞》中句尾的"兮"字是一音之转，都相当于今天现代汉语里的语尾助词"啊"，我们从这个词就可以大致看到《楚辞》和《诗经》的一点渊源关系。刘向在《说苑·善说》中记载了一首《越人歌》，是春秋末期楚人用楚语翻译出来的，它的句式是这样的："今夕何夕兮，搴舟中流？今日何日兮，得与王子同舟？……"这是公元前 6 世纪中叶的

中国古代诗歌的流变与赏析

作品。随后数十年,楚国又出现了著名的《孺子歌》:"沧浪之水清兮,可以濯我缨;沧浪之水浊兮,可以濯我足。"(见《孟子·离娄上》)这两首歌辞的句式同《楚辞》比较,几乎一致。这就说明,早在屈原出生前100多年,楚国民歌中已经产生了"楚辞"的形式。诗人屈原集楚国文化之大成,结合他伟大的一生,创造了千古流传的《楚辞》。他是《楚辞》的创造者,也是《楚辞》的奠基者。《楚辞》是一部带有浓厚的楚国地方特色的诗歌总集,这种文体被后人称为"骚体",就是因为《离骚》是《楚辞》最重要的作品。《楚辞》中的一切特点,都可以从屈原的作品中找出来,所以"楚辞"一词与屈原密不可分。

二、屈原的生平和作品

屈原,这位在中国文学史上占据举足轻重地位的杰出诗人,芈姓,屈氏,名平,字原,其家族背景可追溯至楚国曾经显赫一时的贵族阶层。据著名历史学家郭沫若的深入考证,屈原大约生于公元前340年。然而,关于屈原的逝世年份,学界至今仍未达成共识,但多数观点倾向于公元前278年或公元前277年这一时间段。屈原所处的时代,正值战国中后期的动荡时期。在这段历史长河中,楚国经历了由盛转衰的沧桑巨变,而屈原的命运亦与之紧密相连。他凭借敏锐的政治眼光和深沉的爱国情感,成为那个时代的独特典范,彰显出非凡的风采。屈原始终关注着国家的兴衰存亡。他深知楚国在列国纷争中的艰难处境,因此不断向楚王进谏,希望国家能够走向富强。屈原的诗歌中充满了对祖国的真挚深情,以及对国家命运的忧虑和关注。他借诗歌抒发自己的爱国情怀,表达对楚国未来的美好愿景。

楚国位于现今湖北省西北部江汉流域,建立于西周时期,至战国时成为最大的诸侯国,统领大江南北至淮河流域。在战国七雄中,秦国与楚国国力最盛,楚国具备统一中国的潜力。屈原主张改革内政、任用贤能、富国强兵,并提倡与东方各国结盟对抗秦国。楚怀王接受屈原主张,任其为左徒,参与国事。屈原出使齐国,联合抗秦。然而,屈原的改革遭到旧贵族的反对,屈原被诬陷自傲,楚怀王信谗言疏远他,屈原最终被流放至汉北。屈原被疏远后,楚国不再实施屈原的政策,失去六国联盟,在战争中被秦国打败,最终楚怀王被秦国拘禁至死。楚怀王去世后,楚顷襄王登基,任命主张降秦的子兰为令尹。子兰曾劝怀王和好秦国,结果楚怀王被秦拘禁致死。楚人憎恨子兰,屈原亦深恶之。子兰使上官大夫谋害屈原,屈原被流放至江南洞庭湖。楚顷襄王时,秦不断削弱楚,公元前278年,攻下郢都,楚顷襄王迁都陈城,楚国没落,公元前223年被秦所灭。屈原绝望之际,投江自尽。据传为夏历五月五日,楚人以端午节纪念他。

屈原一生热爱他的祖国,热爱人民,热烈执着地追求实行"美政"的理想。他的"美政"的主要内容是举贤授能、修明法度,使祖国独立富强,进而统一长期分裂的中国,达到古人理想中的所谓唐虞三代的政治局面。屈原的这个理想,符合当时历史发展的要求,顺乎时代潮流,是进步的。屈原为这个理想的实现,与腐朽势力进行斗争,遭受打击陷害,九死不悔,终生不渝,表现了崇高的品格。

屈原在为实现理想而奋斗的过程中,写出了一系列千古不朽的诗篇,成了我国文学史上第一个伟大诗人。屈原的作品,据《汉书·艺文志》记载共为25篇。具体篇目,据东汉王逸的《楚辞章句》记载为《离骚》《九歌》(11篇)、《天问》《九章》(9篇)、《远游》《卜居》《渔父》共25篇。另外,《楚辞章句》中标为宋玉作的《招魂》,今人多认为是屈原所作;《渔父》一篇则公认非屈原所作;《卜居》《远游》两篇也颇多争议。屈原绝大部分作品都写在政治失意之后。这些作品表达了屈原热爱祖国、热爱人民的思想感情,为追求真理、实现理想坚韧不拔的斗争精神,对腐朽黑暗势力的憎恶和愤怒之情,对祖国濒于危亡的悲痛之情。总之,屈原的作品是楚国衰败时期的呼声,正如韩愈在《送孟东野序》中所说:"楚,大国也。其亡也,以屈原鸣。"

三、屈原的代表作——《离骚》

《离骚》作为屈原的杰出作品,在中国文学史上占据着重要地位,被誉为最长抒情诗篇之一。此诗属于长篇自传体抒情诗,全文共计约2500字,由370多句构成。关于《离骚》的创作时间,学术界存在一定的争议,有学者推测其可能诞生于屈原被楚顷襄王放逐至江南之后。屈原因执着于追求崇高的政治理想而遭受排挤,眼见国家日渐衰微而无力拯救,内心充满了忧愁与深思,在这样的背景下创作了《离骚》。关于篇名的解读,历来众说纷纭,不同时代有着不同的解读。

第一种观点将篇名视作离别的哀伤之情。如王逸《楚辞章句》说:"离,别也;骚,愁也;经,径也。言己放逐离别,中心愁思,犹依道径以讽谏君也。"

中国古代诗歌的流变与赏析

　　第二种观点将篇名视作歌曲的命名方式。如游国恩《楚辞概论》说："按《大招》云：'楚劳商只'。王逸曰，'曲名也'。按'劳商'与'离骚'为双声字，古音劳在'宵'部，商在'阳'部，离在'歌'部，骚在'幽'部，'宵''歌''阳''幽'，并以旁纽通转，故'劳'即'离'，'商'即'骚'，然则'劳商'与'离骚'原来是一物而异其名罢了。'离骚'之为楚曲，犹后世'齐讴''吴趋'之类。"

　　第三种观点篇名被视作牢骚之言。据《汉书·扬雄传》记载，扬雄曾模仿《离骚》作了一篇《反离骚》，又模仿《九章》各篇作了《畔牢愁》。"畔"与"叛"通用，"牢愁"即"牢骚"。所以，《畔牢愁》也就是自我宽解，不要牢骚不平之意。

　　第四种观点主张将篇名理解为遭遇了忧患。如司马迁《史记·屈原列传》说："《离骚》者，犹离忧也。"又班固《离骚赞序》说："离，犹遭也；骚，忧也，明己遭忧作辞也。"

　　经过审慎分析，上述四种表述中第一种较为贴切。《离骚》中有言："余既不难夫离别兮，伤灵修之数化。""何离心之可同兮，吾将远逝以自疏。"这些均可作为支持第一种说法的证据。

　　自王逸起，《离骚》已逐渐演变为楚辞的代名词。王逸将自视为屈原之作皆冠以《离骚》之名，而后世仿效屈原之作则被统称为《续离骚》。在《宋史·晁补之传》中，亦有作品被称为《变离骚》。刘勰于《文心雕龙》中著有《辨离》一篇，而《文选》则将《骚》与《赋》进行明确区分。《宋史·艺文志》亦载有黄伯思所著之《翼骚》等著作，皆以"骚"字作为楚辞之代称。

　　《离骚》描写了屈原追求崇高理想的热情和斗争。全诗分三段：第一段从开篇到"虽体解吾犹未变兮，岂余心之可惩"，表现了身世、自我修养与政治态度；第二段从"女媭之婵媛兮，申申其詈予"到"怀朕情而不发兮，余焉能忍与此终古"，描写了忠直受打击的复杂心理；第三段从"索琼茅以筳篿兮，命灵氛为余占之"到全篇结束，描述了面对困境的幻想。具体而言，可归纳为以下几点。

　　（1）写了作者怀揣的理想为"美政"，即推崇举贤任能、完善法度，以实现国家统一的大业。屈原矢志不渝地追求此等理想，深刻洞察时局的变化，期盼楚国能够一统天下。鉴于楚国亟须变法图强，屈原积极向国君呼吁，敦促其紧跟时代潮流，锐意进取，以实现国家统一的伟业。在形势紧迫之际，屈原更是奋不顾身地向楚王进言献策。

| 28

（2）诗人为实现理想而努力却失败。首先，他秉持着实现理想的迫切心情，积极提升自身的修养，深恐岁月匆匆而功名无所建树。其次，他努力培养人才以变法革新，希望这些人才成为国家的栋梁。最后，他向国君推荐古圣贤之道，希望变法革新。然而，腐朽势力却对他发起攻击，导致他被撤职。看到追随者纷纷变节，他深感失望。

（3）写了诗人失败以后的复杂心理。诗人失败后，内心是痛苦的，是波澜起伏极不平静的。第一，诗人探讨了为什么遭受打击，为什么失败。难道是自己的不对吗？不是。自己的目的是纯正的，是为了国家和人民："恐皇舆之败绩""唯灵修之故也""哀民生之多艰"。失败的原因在于他与贵族群小们走的不是一条道，彼此不可能相容："何方圜之能周兮，夫孰异道而相安。"于是他对贵族群小进行了猛烈的抨击，斥责他们"竞进以贪婪""兴心而嫉妒""背绳墨以追曲"，把国家引向了绝境。他怨恨楚怀王不辨忠邪，信谗变卦，反复无常。第二，在忧郁彷徨当中，诗人一度产生了洁身自好的念头："进不入以离尤兮，退将复修吾初服""回朕车以复路兮，及行迷之未远"。这时女媭也劝他明哲保身。但是，他总结历史，"瞻前顾后"，觉得一切非正义的丑恶的东西终归是站不住脚的。于是，他又坚定了信心，重新探索实现理想的路子："路漫漫其修远兮，吾将上下而求索。"第三，诗人希望能再度取得楚王的任用，希望能在楚国群臣中再寻到知音。这便是"叩帝阍""求佚女"两个情节所写的内容。《离骚》中这两个情节最为神奇虚幻、光怪陆离。幻境是现实的象征，实际上写了诗人失败后的再度努力。但是最后还是失败了："闺中既已邃远兮，哲王又不寤。"他又一次陷入了深深的痛苦："怀朕情而不发兮，余焉能与此终古！"第四，诗人在对楚国绝望的情况下，陷入了走与留的矛盾当中。在屈原的时代，士人在本国不被任用，是可以出走去为别国君主服务的。孔子、孟子、荀子、商鞅等著名的思想家、政治家，都曾到过别的国家，以屈原的才能，到当时的任何国家都可以大有作为。走呢？还是留呢？灵氛问卜、巫咸降神两个情节就是表现这个矛盾的。灵氛说出走的好，不要犹豫，不要留念，九州如此之大，哪里都可以去施展抱负；巫咸则说，你年纪还不算大，先不要出走，再等等时机。面对楚国的现实，诗人认为灵氛的意见对，决定出走。但当他一切准备就绪，就要启程时，却又眷恋故国，舍不得离去："仆夫悲余马怀兮，蜷局顾而不行。"于是又决心留下来，就是死也要死在故国："吾将从彭咸之所居。"

带有自传性质的长篇抒情诗《离骚》的思想意义在于：（1）通过诗人不懈的斗争和身殉理想的决心，表现了诗人为实现崇高理想而献身祖国的战斗精神，与祖国同休戚、共存亡的深挚的爱国主义感情，热爱进步、憎恶黑暗的光辉峻洁的人格。（2）通过诗人战斗的历程和悲剧的结局，反映了楚国政治上进步与反动两种势力的尖锐斗争，暴露了楚国政治的黑暗腐朽和反动势力的嚣张跋扈。《离骚》虽是一首抒情诗，却反映了丰富的社会内容；虽是一部浪漫主义作品，却有深刻的现实意义。

屈原是中国诗歌史上第一个积极浪漫主义的诗人，是积极浪漫主义创作手法的先驱典范。在屈原以前，浪漫主义作品也开始在中国文学中出现，保留在《山海经》及其他诸子著作中的许多远古神话，如"夸父追日""刑天争帝"等故事，都是在人们幻想中经过不自觉的艺术方式加工过的自然界和社会形态，都有人力战胜自然的强烈的意志。庄子的散文里有许多优美的寓言故事，也是以幻想的丰富显出其独创的特色的，可惜从思想内容来说，消极的倾向过于浓厚。在诗歌领域内，《诗经》中浪漫主义因素虽不能说没有，但还是不能引起人们的注意。到了屈原时代，才在诗坛上开辟了积极浪漫主义的广阔的新天地。《离骚》这首长诗，更是集中地表现了屈原的积极浪漫主义创作精神。

《离骚》的积极浪漫主义创作精神，首先表现在作者所追求的先进的政治理想——"美政"上。这是作品积极浪漫主义精神的本质所在。在《离骚》中，诗人追求"美政"的理想贯串始终，和以"美政"理想改造现实的顽强斗争精神。当残酷的现实使他的理想破灭时，更表现了诗人以身殉理想的坚定意志："既莫足与为美政兮，吾将从彭咸之所居。"

《离骚》的积极浪漫主义创作精神，也表现在作品中所塑造的纯洁高大的抒情主人公的形象上。他有崇高的理想、峻洁的人格、丰富强烈的感情。他不仅有内在的美好品质，又有美好的仪表。他憎恶黑暗、疾恶如仇，宁"伏清白以死直"，不肯与邪恶同流合污。就是揩拭眼泪也与平常人不一样："揽茹蕙以掩涕兮，沾余襟之浪浪。"真是"出污泥而不染"，在他身上集中了一切美好的东西。这个抒情主人公的形象，当然首先是诗人屈原高洁人格的化身，但也是更加理想化了的。

《离骚》的积极浪漫主义创作精神，还表现在其丰富多彩的表现手法上。《离骚》中对幻想的形式、离奇的情节、大胆的夸张以及神话的色彩等表现手法的运用，都非常典型突出。全诗从现实出发，运用花鸟草木和民间神话、逸闻作为素材和表现形式，带有浓厚的浪漫主义色彩。这不仅表现在作品一开始就写主人公披戴芳香花草，打扮成一个灵巫的样子，寄托着诗人的修洁与美德，而最突出的是用了很大的篇幅来写他超登天界，做了漫长的遨游。诗人驰骋想象，神游幻想世界，上山下地，骑龙使鸟，与神灵发生接触，反复展现天上人间的奇异境界。当诗人乘龙御风，飞上九重天的时候，想进上帝之宫，可是天门紧闭；想"登阆风而緤马"，又"哀高丘之无女"，想求宓妃，又厌恶她无礼；求简狄，又苦无媒说合。这些都是用对爱情的追求来象征对真理的追求，用追求爱情的失败来象征追求真理的失败，是浪漫主义的表现手法。这种表现手法还巧妙地运用在作品最后一段的远逝上。当诗人在现实生活中极端苦闷的时候，他纵开幻想，再作神游太空，经昆仑，游四荒，由天津到西极，涉流沙，指西海，听九歌，看舞韶，所谓"聊假日以媮乐"，但一回头看见故乡，仆流涕而马悲鸣，又含悲下降。这样安排情节，新颖而含蓄地表达了诗人不忍离开楚国的深厚感情。这种忽而上天，忽而下地，忽喜忽悲迅速变化的感情描写，给读者以兴奋之感，容易引起共鸣。这里，尽管诗人写的是天上，但他的心还是在人间；尽管他写的是"远逝"，但他的心还是在楚国；尽管他有许许多多神奇的幻想，但他对生活还是抱着严肃的现实态度的。因此，诗里面虽然写了许多美人香草，但并不损害它雄浑的气魄，因为它们都是理想人物或修洁品德的标志。它里面虽然写了许多神话传说中的神灵，但这并不给人以神秘的感觉，而是成为被嘲笑揭露的社会人的化身，诗人通过对神界的否定来否定现实。所以诗人采用这种象征性的浪漫主义表现手法是为反映现实服务的。它深刻地抒发了诗人的情怀，真实地揭示了当时的现实。可以说，《离骚》是以人间、天国两种世界的描写，即现实与幻想互相渗透的描写，来集中地表现诗人的精神境界和生活遭遇的。

严密的艺术结构，是《离骚》的另一艺术特色。《离骚》全篇的中心思想，用"乱曰：已矣哉！国无人莫我知兮，又何怀乎故都！既莫足与为美政兮，吾将从彭咸之所居"这五句话完全可以概括。而就是这可以概括成五句话的中心思想，竟写出了这样一首长篇抒情诗，这实在是一个艰巨的艺术创造工程。当然，在读完全诗以后，我们可以初步看到这首诗的严密结构，有两个重要因素：第一，诗

中国古代诗歌的流变与赏析

中反复铺陈了自己的政治理想,和自己遭受打击的痛苦;第二,诗中运用了很多幻想上天下地的故事情节。那么,屈原究竟是怎样运用他的思想才能和艺术才能把这两种因素融合成一个完整的诗篇的呢?司马迁在《屈原贾生列传》中给了我们一个宝贵的启示,他说:"(屈原)虽放流,眷顾楚国,系心怀王,不忘欲反,冀幸君之一悟,俗之一改也。其存君兴国,而欲反复之,一篇之中,三致意焉。"这里所指的,就是《离骚》这篇诗。这一段话说明,屈原这篇诗中贯串了"存君兴国"的思想感情;而其结构则是三次回旋反复的。前面的介绍,曾经把全诗分为三个大段。看来这三个大段的划分是大致可以反映全诗三次回旋致意的。第一大段,诗人在自述他的身世和经历时,用沉痛反复的诗章,叙述了他和那些争名夺利、排陷忠良的党人之间无法调和的矛盾,以及自己不能改变的抱负和节操。这是正面现实的陈述,当然是第一次致意。第二大段,借女媭责问,就重华陈辞叩阍、求女的幻想情节,再次反复了第一大段的内容,是第二次致意。第三大段从听灵氛劝告,远逝故国来描写,好像文章已从第一、二段的意念推开,但是经过千回百转,最后仍然回到临睨旧乡,不忍去国,这当然又是第三次致意。这一段推开的幻想描写,不只是回旋反复,而且把屈原心中的理想和现实的矛盾突出得更加强烈鲜明了。《诗经》里有无数回旋反复的短诗,这种回旋的结构是比较简单的。《离骚》的回旋反复,却是一个具有磅礴的思想感情与艺术才能的诗人才能创造的回旋结构。何其芳同志在《屈原和他的作品》中说《离骚》是"混含着事实的叙述和幻想的描写、内容丰富而又结构完美地在我们面前构成一个完整的巨大的形象,构成了一个具有美学中所说的那种崇高美的不朽的建筑物"。这是对《离骚》很恰当的赞扬。

独创的诗歌句式,是《离骚》的又一艺术特色。如前所说,《诗经》中的诗句基本上是四言的,此外有一至九言的长短句。屈原的诗句,也有四言的或五言、八言的,而在《离骚》中,则基本上是六言、七言句。这种六言、七言句有规律地出现,特别是在一首长诗中有规律地出现,当然是屈原的一种独创。屈原的这种独创,可能与他吸收民间文学营养有着直接的关系。他对民间文学进行提炼加工,不仅有着历史功绩,而且加工提炼的本身,不可否认,也是一种创造。

《离骚》在语言运用上也取得了很大成就。首先,是作品中那种华实并茂的语言风格。诗人在创作中一方面大量运用华美的词藻,尽量写得花团锦簇、五彩缤纷；另一方面他又总是用质朴本色、刚劲坚实的语句来构筑篇章的骨架。像"长太息以掩涕兮，哀民生之多艰""何方圜之能周兮，夫孰异道而相安""虽体解吾犹未变兮，岂余心之可惩"等，都像巨大的柱子似的支撑在篇章之中，表现着认识的深度、情感的高潮，把抒情和说理融为一体。华美和质朴两种语言恰当地交织，相得益彰，形成了一种华而又实、丰厚茂密、多彩而统一的语言风格。

其次，是善于运用比喻。《离骚》用了许多香草鲜花来比喻人的美好才能和志行高洁，如兰蕙、木兰、江离、秋兰、宿莽、芙蓉、芰荷等，这不仅显示了《离骚》词汇的丰富，而且这种比喻使人直观地感受到所描写的对象的美好和善良。同时，在这些隐喻的叙述或描写中，已渗入了作者的心曲，使它以更强烈的感情色彩显示出来，以扣动读者的心弦。如"余既滋兰之九畹兮"一节，里面的香草鲜花不仅代表着美好的事物，而且也包含着诗人的愿望和情绪。这样，他的这些比喻就具有了生龙活虎的魄力。诗人不但用芳香花草来隐喻好的事物，而且也对比地用莠草或臭物来隐喻坏东西。如用萧艾、粪壤、椒、榝、飘风、云霓等，来比喻统治集团的腐朽和竞进、贪婪的奸佞小人。在同一诗篇里，运用这两种不同的比喻，就会更有力地引起读者的强烈的爱和憎，对现实社会里那些善恶良莠有更深刻更具体的认识和感受。

再次，是运用楚国的方言口语。《离骚》中方言口语是用得很多的，用得最普遍的是"兮"字。诗中隔句用一个语气助词"兮"字，使诗的语言富于音乐性，增强了诗中咏叹的抒情气氛和朗读的效果。《离骚》还运用了许多虚词（当时的口语），如"之""以""而""其""也""于""曰""虽""羌""苟""夫""焉""蹇""哉"等，常常变化其在句子中的作用，使句子更活泼更富有表现力。

最后，《离骚》的句法，除一般的叙述之外，还常以提问的方式，增强句子的力量。像"何桀纣之猖披兮，夫唯捷径以窘步"以质问的口气，表示一种肯定的结论；像"何方圜之能周兮，夫孰异道而相安"这类问句不像散文用"邪""采""哉"等词系于句末，而是将问词前置在句首，以适应诗歌句法的要求。《离骚》中还有很多对偶的句子，如"朝饮木兰之坠露兮，夕餐秋菊之落英""朝搴阰之木兰兮，夕揽洲之宿莽"等。诗人在创作中大量锤炼对偶句，这是诗歌语言发展中的重大创新，对后来诗赋词曲等各种文学形式的语言运用都有深远的影响。

中国古代诗歌的流变与赏析

总之,《离骚》这一篇抒情长诗,具有丰富的思想内容和独创的艺术方法。作者之所以取得这样的成就,并非偶然。正是诗人那种坎坷不平的身世与经历,使得这位有正义感的爱国诗人能够比较全面比较深入地认识社会现实,并使他能从民间文学、民间口语中提炼精华来作为他作品的营养。因而此作品有着深刻的思想感情、强烈的现实意义、缥缈奇异的想象、绚烂华丽的词句,而同时又具有雄浑而自然的风格。这就使它成为我国文学遗产中不可多得的珍品,在世界上也享有崇高声誉。

四、屈原在文学史上的地位和影响

屈原,作为中国文学史上首位杰出的诗人,以其卓越的才华和独特的创作风格,开创了个体独立创作的崭新篇章。他深邃而坚定的爱国主义思想,在其诗歌中得到了充分体现。他创作出了别具一格的"骚体"诗歌,不仅极大地拓展了诗歌的形式,更为后来的诗歌创作提供了全新的视角与可能。屈原以其独特的浪漫主义创作方法,成功塑造了一系列个性鲜明、情感丰富的抒情形象。同时,他在比兴手法的运用与发展上也作出了重大贡献,其精湛的艺术技巧与卓越的文学成就,使他在诗歌史上占据了举足轻重的地位,被誉为一位伟大的诗人。

屈原的影响深远广泛。他的爱国精神和斗志影响了后世,如贾谊、司马迁等皆为之感动。李白、杜甫等诗人受其启发,创作出众多慷慨激昂、充满爱国情怀的诗歌作品。屈原的精神并未因时代的变迁而消退,反而历久弥新。近代以来,鲁迅等杰出文人以屈原追求真理、不屈不挠的精神,鼓舞着自己在文学道路上不断前行。郭沫若更是将屈原的事迹搬上戏剧舞台,以剧本的形式深刻揭露现实,引人深思。屈原的影响不仅局限于文人墨客之间,更对整个中华民族产生了深刻的影响。楚国人民为了纪念屈原而设立的节日,逐渐发展成全民族共同纪念的盛大节日,充分彰显了屈原在中华民族文化中的重要地位。

另外,屈原对后世文学创作的影响也是巨大的。这主要表现在如下几个方面。

(1)屈原浪漫主义的创作手法,对后世文学发生了极其重大而深远的影响。屈原以大胆的夸张、丰富奇特的幻想方式表现其对理想的追求和为实现理想而进行的斗争,从而开创了诗歌创作的浪漫主义手法,形成了浪漫主义的文学传统。后人常把《诗经》和《楚辞》并称为"风骚"或"诗骚"。这种称法,其内涵不只意味着《诗经》和《楚辞》是先秦诗歌创作的两大高峰，同时也是把它当作现实主义和浪漫主义两种创作倾向、两种文学传统的代表来并称的。后世许多浪漫主义的诗人，无不在创作上受屈原的影响。唐代浪漫主义诗人李白和李贺的创作就是突出的例子。李白的作品中那种大胆的夸张、奇幻的想象，与屈原作品是一致的：《梦游天姥吟留别》中对天姥山的奇幻描写光怪陆离；《古风》第十九首"西上莲花山"，使人想起《离骚》后半部的幻想境界……李贺作品中的奇幻想象受屈原的影响就更加明显和直接了：他的《南山田中行》《感讽五首》之三诸作，刻意描绘阴森恐怖的境界，明显是受了《招魂》的影响；《苏小小墓》则直接借鉴了《九歌·山鬼》的意境。

不仅浪漫主义诗人作家受到屈原的影响，一些现实主义诗人作家也受到了屈原的影响。杜甫就是其中之一，他说："窃攀屈宋宜方驾，恐与齐梁作后尘。"（《戏为六绝句》）杜甫的意思是，他心里的目标是使自己的创作达到屈宋的水平，与屈宋并驾齐驱；不然的话，恐怕就会步齐梁浮靡文风的后尘了。这说明现实主义诗人杜甫，也从屈原的浪漫主义作品中受到了深刻启发，并对屈原的浪漫主义作品给予了很高的评价。

（2）屈原创造的"楚辞体"，对后世文学产生了重大影响。一是这种"楚辞体"为历代作家所使用，写出了大量骚体诗。二是在楚辞体中，后来又孕育蜕变出了赋。正如刘勰所说："赋也者，受命于诗人，拓宇于楚辞也。"（《文心雕龙·诠赋》）三是楚辞体对后来五言、七言诗的产生和形成起了桥梁作用。

（3）屈原作品中"寄情于物""托物以讽"的表现手法，对后世文学，特别是诗歌有着极大的影响。屈原的这一手法是由《诗经》的比兴手法发展而来的，但比《诗经》的比兴手法扩大了诗歌的境界和表现力。这种方法不是简单地以某物比某物、触物以起情，而是言在此而意在彼带有象征、暗示的性质。后来的许多文学作品，特别是诗歌运用了这种方法，如张衡的《四愁诗》、曹植的《美女篇》、王维的《西施咏》、杜甫的《佳人》等，都是用对女性的描写，寄托诗人自己的情怀，和屈原的创作一脉相承，是屈原精神的发展。此外，许多咏史、咏怀、感遇的诗篇也直接间接地受屈原影响运用了这种手法。

屈原在国外也有深远的影响。1953年在世界和平理事会上，屈原被列为当年纪念的世界四大文化名人之一，受到了全世界人民的隆重纪念。他的作品流入世界各国的,单《离骚》就有日文、德文、俄文、法文、英文、意文等译本。《天问》《九歌》《招魂》和《九章》中的部分作品,也有外文译本。这些都说明屈原在世界上的影响也是很大的。

五、屈原以后的"楚辞"作家

在屈原之后,楚国这片古老而富饶的土地上,孕育出了一群才华横溢的"楚辞"作家。他们继承了屈原的遗志,用优美的辞藻和深沉的情感,书写着楚国的风物人情,为后世留下了丰富的文化遗产。这群作家中,宋玉、唐勒、景差等人堪称佼佼者。他们不仅才华横溢,而且各自有着独特的创作风格和思想内涵。然而遗憾的是,他们的作品大多未能流传至今,我们只能通过历史的碎片来探寻他们的艺术世界。宋玉,这位出身贫寒却才华横溢的才子,曾拜屈原为师,深得屈原的真传。他凭借着过人的文学造诣,一度担任过楚王的文学侍从,然而他的仕途并不顺利,这使得他的内心充满了苦闷和感慨。据《汉书·艺文志》记载,宋玉的作品共有16篇,然而如今仅存12篇,而这些作品中,有些因年代久远也无法确定作者是否真是宋玉。在这些作品中,《九辩》一篇尤为引人注目。人们普遍认为,《九辩》是宋玉的代表作。王逸的《楚辞章句》也只收录了宋玉的这一篇作品。

《九辩》是一篇深邃抒情之作,详尽勾勒了作者命运多舛的境遇,并针砭时弊,抨击当时社会的黑暗面,彰显出一定的历史进步性。然而,相较屈原之矢志不渝的爱国情怀与顽强斗志,其在思想深度上略显逊色。尽管《九辩》在一定程度上仿效屈原之风格,却不乏独到创新之处。作品通过细腻描绘自然景致,巧妙构建情感氛围,进而抒发内心情感。如开篇即以别离的凄婉心境为引子,其情感表达真挚动人,被誉为"千古绝唱"。在语言表达上,该诗用词精美绝伦、句式灵动多变、音韵和谐悦耳,将深沉悲愁之情抒发得淋漓尽致,深受后世赞誉。鲁迅先生曾盛赞其:"虽驰神逞想不如《离骚》,而凄怨之情,实为独绝。"①

---

① 肖振鸣. 鲁迅评点古今人物[M]. 福州:福建教育出版社,2010:63.

第三节 两汉乐府诗与《古诗十九首》

一、感于哀乐，缘事而发：两汉乐府诗

两汉乐府诗，作为中国古代诗歌演进历程中的重要阶段，堪称古代民歌艺术的又一璀璨瑰宝。此诗体深邃而细腻地展现了当时社会底层民众的生活面貌，充满了浓郁的生活韵味，"感于哀乐，缘事而发"[1]，传递出人们对生活的真切感悟与深沉思考。这些诗歌形式自由多样，情感表达既包含哀怨悲怆，亦不乏欢愉雀跃，生动刻画了人们的情感世界，极大地丰富了中国诗歌的情感表达手法。此外，两汉乐府诗对后世诗歌创作产生了深远的影响。它为建安风骨的兴起以及大唐诗歌的繁荣提供了宝贵的艺术灵感与滋养，为中国古代诗歌的持续发展作出了不可磨灭的贡献。在文学领域，两汉乐府诗以其独特的艺术魅力而备受瞩目。诗人凭借精巧的立意和命题，展现出卓越的叙事技巧，使得诗歌内容更加生动有趣、引人入胜。在诗歌体裁方面，乐府诗呈现出灵活多样的特点，既有宏大的长篇叙事诗，又有短小精悍的抒情诗篇，这种不拘一格的诗歌形式为后世中国古代诗歌的发展奠定了坚实基础。这些乐府诗作品在当时即已广受赞誉，并对后世诗人产生了深远的影响，成为中国古代诗歌创作的新典范。

（一）乐府

乐府是古代管理音乐的机构，早在秦代就已设立，但其具体情况已难以考证。汉代承袭秦制，初期乐府主要负责郊庙朝会的音乐。然而，汉武帝时期，乐府规模扩大，成为官署，人员达 800 余人，职能也得到扩展，不仅制作贵族诗歌的音乐，还采集全国各地的民歌俗曲。这些民歌涵盖了各地风情，如赵、代、秦、楚等地，甚至遍及黄河、长江流域。乐府采集的民歌俗曲流入宫廷，经过整理、传播、保存，对中国诗歌史产生了深远影响。

两汉乐府诗的创作者身份多样，横跨社会各个阶层，既有帝王贵胄，也有庶民百姓，甚至不乏如司马相如等知名文人。汉代末年，乐府的职责渐由太子乐署

---

[1] 王一娟. 乐府 [M]. 石家庄：河北教育出版社，2022：69.

与黄门鼓吹署共同承担，其中尤以黄门鼓吹署的地位显要，主要负责乐府诗歌之搜集与珍藏。现今留存的汉代乐府民歌，多数诞生于东汉年间。

自魏晋至唐代，历代朝廷均设立了与乐府相似的音乐机构。然而，"乐府"一词的内涵在此期间经历了显著变化。在汉代，乐府主要是用于配乐演唱的"歌诗"，而至魏晋时期，乐府则逐渐演化为专指那些可供乐曲演唱的诗篇及其后世模仿之作，与未配乐的"徒诗"形成明显区分。乐府由此从原先的官名逐渐演变为一种特定的诗体名称。如在《文选》与《文心雕龙》等文献中，乐府被单独设立为一个门类，与古诗并列讨论。尽管部分诗篇未必真正用于演唱，但因其沿用了乐府的旧题，故亦被归类为乐府作品。

（二）乐府诗的收集和分类

在六朝时期，有一部分人士致力于搜集乐府古辞，尤其是两汉时期的乐府诗。沈约所编纂的《宋书·乐志》中，便收录了众多两汉乐府诗的珍贵篇章。而郭茂倩所编辑的《乐府诗集》则是对自汉至唐的乐府诗进行了全面而系统的汇编，该书按照乐府诗的用途与来源进行了精细的分类，共分为12类，如相和歌辞、鼓吹曲辞、郊庙歌辞等，展现了乐府诗在不同历史时期的风貌与特色。汉代乐府诗主要见于杂曲歌辞、鼓吹曲辞、郊庙歌辞以及相和歌辞之中，尤以相和歌辞为众。郊庙歌辞多以文人笔墨创作而成，而杂曲歌辞、相和歌辞以及鼓吹曲辞则更多地体现了民歌的韵味，它们在音乐风格上各具特色。相和歌辞，作为一种独特的演唱方式，以丝竹乐器相互配合，共同演绎出美妙的旋律。鼓吹曲辞则是汉武帝时期自北方引进的新声，主要应用于军乐之中，展现了激昂雄壮的军乐风采。至于杂曲歌辞，它指的是一种声调已失传的混合曲调，尽管其原貌已难以寻觅，但仍能从中感受到其独特的艺术魅力。

现存的两汉乐府诗主要作于东汉，现在可认定的西汉作品有《安世房中歌》17首、《大风歌》《郊祀歌》19首、《铙歌》18首以及为数不多的几首民歌。

（三）乐府诗涉及的内容

《汉书·艺文志》中这样形容汉乐府诗："自孝武立乐府而采歌谣，于是有代、赵之讴，秦、楚之风。皆感于哀乐，缘事而发。"[1] 两汉乐府诗源于现实生活，

---

[1] 黄霖，蒋凡. 中国古代文论选编（上卷）[M]. 上海：复旦大学出版社，2022：96.

其创作以现实生活为中心，反映两汉社会的面貌和本质。乐府诗内容可归为以下几类。

1. 反映底层平民百姓的疾苦生活

以《妇病行》为例，这首诗以其深沉的情感和细腻的笔触，生动地描绘了一个普通家庭在病痛和贫困中的挣扎与痛苦。诗中选取了两个重要的生活场面，通过前后呼应的叙述方式，将病妇的临终嘱托与丈夫的无奈乞讨，以及遗孤的悲痛呼喊巧妙地串联起来，形成了一幅感人至深的画面。

诗的正曲部分，以细腻的笔触展现了妇人在病榻上的艰难与挣扎。她连年累月的疾病使得身体日渐衰弱，生命垂危之际，她最放心不下的便是自己的孩子。她反复叮咛丈夫，生怕孩子在她离世后受冻挨饿。这种牵挂和担忧，不仅仅是对物质生活的担忧，更多的是对孩子未来的担忧和对家庭未来的不确定性的恐惧。在诗的尾声部分，作者则以更加沉重的笔触描绘了病妇死后家庭的悲惨景象。丈夫无力抚养和照顾好孩子，面对徒有四壁的家和啼饥号寒的孩子，他悲不自禁，预感到孩子必将夭折的命运。这种无力感和愧疚感，使得丈夫精神上的痛苦比物质生活的贫困更加深重。

此外，诗中还通过描写遗孤思念病逝的母亲的场景，进一步强化了诗歌的感染力。遗孤在失去母亲后，无助而孤独，只能在家中呼喊着母亲的名字痛哭。这种悲痛和绝望的情感，使得读者能够深刻感受到这个家庭的痛苦和无奈。

在整首诗中，作者不仅仅是在描写一个家庭的生活困境，更是在揭示当时社会底层人民的悲惨命运。通过作者对病妇一家的描述，读者可以想象到在那个时代，有多少家庭正在经历着类似的困境和痛苦。这种深刻的社会反思和人文关怀，使得《妇病行》这首诗具有了更加深远的意义。总的来说，《妇病行》这首诗以其细腻的笔触和深沉的情感，生动地展现了一个家庭在病痛和贫困中的挣扎与痛苦。通过对病妇、丈夫和遗孤的描写，成功地刻画出了他们精神上的痛苦和无奈，使得诗歌具有了更加强烈的感染力和深刻的社会意义。

2. 描述战争给人们带来的苦难

自汉武帝起，中华大地的战争开始频繁起来。这些战争，无论出于何种理由，都无疑给国家和人民带来了深重的苦难。在这个历史背景下，乐府诗中涌现出了大量反映战争苦难的作品，其中，《十五从军征》便是一部脍炙人口的佳作。《十五

中国古代诗歌的流变与赏析

从军征》通过叙述一名老兵归家的所见所闻,生动地展现了战争给从军者带来的无尽痛苦。诗中,主人公历经风霜雨雪,辗转多年终于得以返回家乡。然而,当他回到故乡,眼前所见却是荒凉破败之景,昔日熟悉的景象早已不复存在。亲人的离去、家乡的破败,无一不刺痛着老兵的心。这首诗不仅揭示了个人的不幸遭遇,更深刻地反映了当时整个社会现实的黑暗。不合理的兵役制度使得无数青年被迫离开家乡,投身战场。战争带来的不仅是生命的消逝,更是无数家庭的破碎和人们心灵的创伤。在那个动荡的时代,人们生活在水深火热之中,忍受着战争的煎熬和苦难。《十五从军征》全诗用五言写成,构思巧妙,格式结构整齐,用笔简练。诗人通过生动的描绘和细腻的情感表达,将老兵的悲痛情感深深地印在了读者的心中。诗中情景交融,既有对老兵归家后的所见所闻的描写,又有对其内心情感的刻画,使读者仿佛身临其境、感同身受。从内容上看,全诗每两句为一层,一共四层。随着人物从远而近,从进家门到出家门,随着人物看到种种场景,从热望到失望,层层推进,将老兵的苦难和悲痛逐步引向高峰。这种层层递进的结构安排,使得全诗的情感表达更加深入人心,更加能够引起读者的共鸣和深思。

3. 抒写爱情婚姻

爱情、婚姻、家庭等一直是文学作品的主题,乐府诗也对此多有描绘,其中成就最高的是《孔雀东南飞》。全诗有356句,1785字,这样的鸿篇巨制在中国汉代诗歌史上是比较少见的,被明代王世贞誉为"长诗之圣"。此诗讲述了一个由封建家长制度造成的凄婉爱情悲剧。诗中主人公焦仲卿和刘兰芝是一对恩爱夫妻,却被不喜欢刘兰芝的婆婆生生拆散。刘兰芝回到娘家,又被其兄逼迫改嫁太守之子。最后,刘兰芝和焦仲卿赴水悬树,双双自尽,用死捍卫了忠贞不渝的爱情,表达了对包办婚姻的抗议,这一悲剧故事涉及封建社会爱情婚姻问题的方方面面,歌颂了坚贞的爱情,有力地控诉了封建礼教、封建家长制的罪恶。这首诗在艺术上有着突出成就。

首先,《孔雀东南飞》是一首完整的叙事诗,而且结构细密、裁剪得当,讲述了一个情节曲折、有头有尾、有连续情节的故事,而不是仅仅撷取一两个生活片段,尤其是故事情节波澜起伏、扣人心弦。

其次,《孔雀东南飞》在塑造人物形象方面也很成功。汉乐府重在叙事,多数作品对人物形象缺乏细致深入的刻画。而《孔雀东南飞》作为一首长篇叙事诗，对每一个出场的人物形象都很注意，力求肖其声情、形态毕现。本诗尤其善于用人物语言表现其个性。如刘兰芝是一位刚强、美丽、勤劳、具有强烈自我意识的女性，她不堪婆母的虐待，主动要求离开焦家："非为织作迟，君家妇难为。妾不堪驱使，徒留无所施，便可白公姥，及时相遣归。"她全心全意爱着焦仲卿，不肯受兄长的摆布，不为富贵所动，也不愿向任何人屈服，当焦仲卿怀疑她的诚心时，她用死发出了最坚决的誓言："何意出此言！同是被逼迫，君尔妾亦然。黄泉下相见，勿违今日言。"在这里，作者塑造了一个宁死不屈、具有强烈反抗意识的女性。与此同时，作者还塑造了一个令人印象深刻的反面女性形象——焦母，与刘兰芝形成鲜明对比。作者虽然着墨不多，却让这个冷酷无情、专横跋扈、趋炎附势的人物形象跃然纸上。如描写焦母不同意焦仲卿留下刘兰芝："阿母得闻之，槌床便大怒：'小子无所畏，何敢助妇语。吾已失恩义，会不相从许！'"作者通过动作描写和语言描写，用寥寥数语，将一个专横的封建家长的形象栩栩如生地表现出来。

再次，铺陈描写是诗歌常用的艺术手法，《孔雀东南飞》也多次运用了这种手法，在一些重要地方大段铺叙。如描写刘兰芝换盛装准备出行的一段："鸡鸣外欲曙，新妇起严妆。著我绣夹裙，事事四五通。足下蹑丝履，头上玳瑁光。腰若流纨素，耳著明月珰。指如削葱根，口如含朱丹。纤纤作细步，精妙世无双。"在当时，出嫁的女子被遣回娘家是一件非常羞耻的事情，虽然遭遇到如此的不幸，但刘兰芝仍然着盛装华服，镇定自若，作者细细地描绘了刘兰芝服饰的每一个方面，突出了刘兰芝性格的坚强。

最后，《孔雀东南飞》的语言也体现了汉乐府叙事诗的质朴本色。其语言从生活中来，不刻意雕琢修饰，不堆砌华丽辞藻，十分富于生活气息。如诗中常用白描，用近乎口语的语言描写人物，如"阿兄得闻之，怅然心中烦""媒人下床去，诺诺复尔尔""阿女默无声，手巾掩口啼"等，这些句子莫不通俗易懂、质朴无华，却又惟妙惟肖、形象逼真。同时，此诗的语言又很新鲜活泼、饱满有力。如诗中常用的叠词给人以音韵美，"著我秀夹裙，事事四五通""纤纤作细步，精妙世无双""奄奄黄昏后，寂寂人定初"等，这些叠词读起来朗朗上口，无疑给语言增添了别样的神韵。

中国古代诗歌的流变与赏析

此外,汉乐府中一些讽刺诗、寓言诗、丧歌、郊祀歌等,在各个方面反映了汉代的社会现实和民众的思想感情,它的现实主义精神对后世诗歌产生了极为深远的影响。

4.反映社会成员之间的贫富悬殊、苦乐不均

《孤儿行》《妇病行》及《东门行》三首诗歌,以深沉之情、细腻之笔,栩栩如生地刻画了庶民之艰辛与困顿,将百姓之苦难生活展现得淋漓尽致,使读者仿佛置身其间,深感其沉重与无奈之情。然而,在相和歌辞之中,还有《鸡鸣》《长安有狭斜行》及《相逢行》三首诗作。这三首诗与《东门行》等篇目完全不同。它们以富贵之家为描写对象,运用华丽的辞藻与生动的描绘,展现了那些显贵家族之生活场景。《相逢行》这首诗中,作者犹如一位富有经验的导游,带领读者两度深入侍郎府邸。首次进入,眼前的景象为:黄金铸造的大门熠熠生辉,白玉铺就的堂屋富丽堂皇,堂上摆满了美酒佳肴,名倡们在此翩翩起舞,中庭的桂树郁郁葱葱,华灯闪烁,煌煌生辉。而第二次进入,更是让人目不暇接:鸳鸯成对地在水中嬉戏,仙鹤在天空中鸣叫着飞翔,两位妇女正在织锦,小妇则在调瑟,优美的音乐声在空中回荡。这首诗在渲染主人富有的同时,还巧妙地揭示了他的尊贵身份。诗中提到:"兄弟两三人,中子为侍郎。"这句诗既点出了主人的家族势力庞大,又暗示了他在朝廷中的显赫地位。这种地位的显赫与《东门行》等作品中所描述的平民百姓的苦难形成了鲜明的对比,让人不禁感叹社会的阶级差异与不公。《鸡鸣》和《长安有狭斜行》这两首诗通过丰富的细节描绘和生动的场景呈现,让读者更加深刻地感受到了那些富贵之家的奢华与荣耀。无论是府邸的宏伟壮观,还是宴会的豪华气派,都让人惊叹不已。

二、《古诗十九首》

汉代文人诗歌承袭先秦诗歌之传统,深刻反映时代的精神风貌。至东汉时期,诗歌创作呈现崭新气象,七言诗亦崭露头角,四言诗的地位逐渐被取代,五言诗成为主流。东汉文人常将诗篇独立成章,或附于赋末,以彰显其独特之艺术魅力。其中,《古诗十九首》堪称佳作,该诗集抒发思妇闺愁的情愫和游子羁旅的感慨,深刻揭示汉末社会思想大变革之际人们内心的纷乱与矛盾。此诗集最早收录于《文选》,系汉代无名氏所作。至魏晋时期,流传着众多无题作者的五言诗作,这

些诗作被誉为"古诗",后世多视为诗歌创作的典范。

《古诗十九首》的作者多数是宦游子弟,他们之所以离家在外,为的是能够建功立业,步入仕途。对此,作者反复予以申说。《今日良宴会》写道:"何不策高足,先据要路津。无为守穷贱,轗轲长苦辛。"这是要在仕途的激烈竞争中捷足先登,占领显要的职位,摆脱无官无职的贫贱境地。《回车驾言迈》亦称:"盛衰各有时,立身苦不早。""奄忽随物化,荣名以为宝。"这位作者已经不仅仅满足于仕途上的飞黄腾达,还追求自身的不朽价值,通过扬名后世使生命具有永恒的意义。

《古诗十九首》所展示的思妇心态也是复杂多样的。盼望游子早归,这在《古诗十九首》众多的思妇诗中没有一首例外。然而,盼归而不归,思妇的反应却大不相同。有的非常珍视自己的婚姻,对游子的爱恋极深,远方捎回的书信,"三岁字不灭"(《孟冬寒气至》)。有的觉察到"游子不顾返"的苗头,思妇日感衰老、消瘦,只好宽慰自己"努力加餐饭"(《行行重行行》)。也有的思妇在春光明媚的季节经受不住寂寞,发出"空床难独守"(《青青河畔草》)的感叹。这些思妇诗的作者未必都是女性,大部分可能是游子揣摩思妇心理而作,但都写得情态逼真,如同出自思妇之手。

《古诗十九首》是古代抒情诗的典范,它长于抒情,却不径直言之,而是委曲婉转,反复低回。许多诗篇,如《涉江采芙蓉》《庭中有奇树》《孟冬寒气至》和《客从远方来》都能巧妙地起兴发端,而用以起兴发端的有典型事件,也有具体物象。

《古诗十九首》中许多诗篇以其情景交融、物我互化的笔法,构成浑然圆融的艺术境界。《凛凛岁云暮》和《明月何皎皎》展示的都是典型的意境,抒情主人公一为思妇,一为游子。《凛凛岁云暮》中的思妇在岁暮给远方游子寄去衣被,自己也思绪如潮。《明月何皎皎》则是以夜晚独宿为背景,抒发游子的思乡之情。这两首诗基本是写实之作,构成的意境却是如幻如梦,朦胧而又深沉。《古诗十九首》的抒情主人公绝大多数都在诗中直接体现,《迢迢牵牛星》是个例外,全诗通篇描写牵牛织女隔河相望而无法相聚的痛苦,把本来无情的两个星宿写得如同人间被活活拆散的恩爱夫妻。诗中无一句言及自身苦衷,但又无一语不渗透作者的离情别绪。

《古诗十九首》的语言明白晓畅,又出自真情至理。浅浅寄言,深深道款,

中国古代诗歌的流变与赏析

用意曲进而造语新警,从而形成深衷浅貌的语言风格。至于《青青河畔草》《迢迢牵牛星》两诗叠字的巧妙连用,《客从远方来》诗中双关语的自然融入,又颇得乐府民歌的神韵。

《古诗十九首》是我国诗歌史上文人五言诗的第一批丰硕成果,有其独特的艺术成就和重要的地位,历来受到人们推崇,刘勰称其"五言之冠冕",钟嵘称其"惊心动魄""一字千金"。它的出现标志着文人五言诗的成熟,揭开了我国诗歌发展新的一页,是建安诗歌的先导。

第四节 先秦两汉诗歌诗体流派

一、原始型二言体

最初的诗歌,源于原始人类在劳动过程中情感的自然流露和表达的尝试。它是对劳动呼声的延伸和丰富,同时也是对人类劳动生活节奏的精准反映。在这个意义上,诗歌的节奏韵律实际上是由劳动动作的节奏所派生出来的。在我国古代,原始型的诗歌大多呈现出二言体的特点,这一特点的形成受到了多方面因素的影响。首先,原始社会时期的生产技术处于较为初级的阶段,劳动动作普遍呈现出简单且直接的特性。这种劳动节奏的显著特点在于其整齐划一、短促有力且鲜明突出。因此,由劳动动作所催生出的诗歌,在句式上也必然呈现出极为简短的形态。这种简短的句式能够更好地适应劳动节奏的变化,使诗歌与劳动动作之间形成和谐的呼应。其次,原始型诗歌的二言体的特点还与本民族的语言特点密切相关。在古代汉语中,单音词占据了主导地位,即一个词往往由一个音节构成。然而,一个单词往往无法独立表达一个完整或相对完整的意思。因此,至少需要两个词才能构成一个意义相对完整的短句。这种语言特点使得两个词构成的短促句式成为原始型诗歌的理想选择。这种句式既能够简洁地表达意义,又能够与劳动动作的节奏相配合,形成原始型诗歌独特的韵律和风格。

二、四言体

在诗歌的发展历程中,二言体曾一度占据主导地位,以其简洁明快的风格赢得了人们的喜爱。然而，随着社会的发展和人类生活的日益丰富，语言作为交流的工具和思想的载体，也在不断地发生变化和演进。这种变化不仅体现在语言的语法结构日趋复杂多样，也表现在词汇的不断增多和双音词的大量涌现。这些变化使得传统的二言体诗歌形式逐渐捉襟见肘，无法满足人们日益丰富的表达需求。另外，随着社会的不断进步和人们审美观念的变化，二言体也无法满足人们对于诗歌深度和广度的追求。因此，诗歌形式的发展成为社会发展的必然要求和语言发展的必然趋势。正是在这样的背景下，四言体逐渐崭露头角，成为诗歌发展的新的里程碑。四言体诗歌以其结构严谨、音韵和谐、内容丰富而受到了人们的广泛喜爱。尤其是在我国的诗歌史上，四言体诗歌更是占据了重要的地位。《诗经》作为我国古代诗歌的瑰宝，其多数诗篇都是典型的四言体。这些诗篇以四字一句、数句一章、数章一首的形式构建起来，既有节奏的韵律之美，又有深邃的思想内涵。这种四言体的形式不仅适应了当时社会发展的需要，也体现了人们对诗歌艺术的追求和热爱。

三、楚辞体

战国末期，楚国兴起了一种全新的诗歌形式，即"楚辞体"，该诗体由杰出诗人屈原开创，其特色在于深入描绘和展现楚国的风土人情。屈原的作品情感奔放、语言绚烂，开创了古代文学中的浪漫主义先河。在屈原之后，楚国的宋玉、唐勒、景差等诗人，以及西汉时期的贾谊、东方朔等文学巨匠，纷纷效仿屈原的创作风格，推动了楚辞体的进一步发展与传播。由于屈原的代表作《离骚》在楚辞体诗歌中表现尤为卓越，因此楚辞体又常被称为"骚体"。楚辞体作品以其浓郁的抒情色彩和鲜明的浪漫主义风格著称，在形式上更为自由灵活，句式变化多端，篇幅较为庞大，并常运用语气助词以增强诗歌的抒情效果。这一诗歌形式在古代文学史上具有重要地位，为后世文学创作提供了丰富的艺术借鉴与启示。

四、柏梁体

七言古诗，作为中国古代诗歌的一种重要形式，其丰富多样的风格与题材为后人留下了宝贵的文化遗产。其中，柏梁体诗作为七言古诗的一种特殊体式，更是因其独特的韵律和形式受到了广泛关注。宋代诗论家严羽在《沧浪诗话·诗体》

中国古代诗歌的流变与赏析

中记载:"汉武帝与群臣共赋七言,每句用韵,后人谓此体为柏梁体。"这为我们揭示了柏梁体诗的起源,即汉武帝时期的一次宫廷宴会中,皇帝与群臣共同创作七言诗,每句诗都需押韵。这种独特的创作方式不仅展现了汉武帝时期诗歌创作的繁荣景象,也为我们提供了一种新颖且富有挑战性的诗歌形式。清代学者赵翼在《陔余丛考》卷23中进一步阐述:"汉武宴柏梁台赋诗,人各一句,句皆用韵,后人遂以每句用韵者为'柏梁体'"。然而,原诗的内容多与史实不符。这引发了后世研究者对柏梁体诗真实性的质疑,许多人认为这些诗歌可能是伪托之作。尽管如此,柏梁体诗作为一种独特的诗歌形式,其韵律与结构仍然具有极高的艺术价值。唐宋以后,许多诗人纷纷仿作柏梁体诗,以展现自己的才华与技艺。

五、歌诗体

汉代人把当时由乐府机构编录和演奏的诗篇称为"歌诗",亦即"乐府诗"。其特点是可以配乐演唱。它包括文人制作的歌辞和从民间采集来的歌辞两类作品。后来在诗体分类上,"歌诗"被视为一种专门的诗体。

第五节 先秦两汉诗歌名作欣赏

一、《芣苢》

原文:

采采芣苢,薄言采之。采采芣苢,薄言有之。
采采芣苢,薄言掇之。采采芣苢,薄言捋之。
采采芣苢,薄言袺之,采采芣苢,薄言襭之。

《芣苢》是《诗经·国风·周南》中的一篇佳作,它生动地描绘了古代妇女在采摘芣苢时欢乐和谐的劳动场景。这首诗不仅展现了古代妇女勤劳能干的一面,更通过细腻入微的描写,将她们在劳动中的欢声笑语、团结协作的精神展现得淋漓尽致。这首诗共三章,每章都紧紧围绕采摘芣苢这一主题展开。首章以欢快的笔触描绘了妇女开始采摘的情景。她们在田野间穿梭,手捧芣苢,脸上洋溢着满足和喜悦的笑容。第二章详细描绘了采摘的方式。妇女们或低头寻找，或弯腰采摘，或相互协助，场面热闹而有序。最后一章则描绘了满载而归的喜悦场景，妇女手捧满满的芣苢，欢声笑语中满载着劳动的硕果。整首诗中，作者巧妙地运用了"采""有""掇""捋""袺""襭"六个动词，这些动词不仅准确地描绘了采摘芣苢的整个过程，更通过它们的变化和组合，生动地展现了妇女们在劳动中的动作和情态。从最初的寻觅、采摘，到后来的整理、装载，每个动作都充满了生活的气息和劳动的节奏。《芣苢》采用了民歌所特有的重章叠句的艺术形式。这种形式在《诗经》中十分常见，它通过词句的重复和变化，既强调了劳动过程的重复和一致，又营造出一种轻快和谐的劳动氛围。这种艺术形式不仅使诗歌更加易于传唱和记忆，更使诗歌的情感表达更加深刻和生动。

二、《伐檀》

原文：

  坎坎伐檀兮，寘之河之干兮，河水清且涟猗。不稼不穑，胡取禾三百廛兮？不狩不猎，胡瞻（zhān）尔庭有县貆兮？彼君子兮，不素餐兮！

  坎坎伐辐兮，寘之河之侧兮，河水清且直猗。不稼不穑，胡取禾三百亿兮？不狩不猎，胡瞻尔庭有县特兮？彼君子兮，不素食兮！

  坎坎伐轮兮，寘之河之漘兮，河水清且沦猗。不稼不穑，胡取禾三百囷兮？不狩不猎，胡瞻尔庭有县鹑兮？彼君子兮，不素飧兮！

《伐檀》选自《诗经·国风·魏风》，是一首充满力量与情感的诗歌。它用生动语言和丰富画面，展现了奴隶辛勤伐木劳动的场景，反映了奴隶的不屈精神和对美好生活的向往。作品以伐木造车奴隶的愤怒质问为主线，揭示了奴隶主的罪恶行径。同时，作品也展现了奴隶不屈不挠的反抗斗争精神，彰显了他们对于自由和尊严的坚定追求。诗歌共三章，每章六句，以"伐檀""伐辐""伐轮"为开端，犹如一幅幅生动的画面，向人们展现了奴隶伐木的艰辛与坚韧。随着诗歌情节的发展，这些画面逐渐变得更加深刻，每一个字、每一个词都充满了力量与情感。在每一章中，奴隶都尖锐地提出了两个问题，这些问题犹如一把把锋利的剑，直指奴隶主们的心脏。而作者运用复沓迭唱的形式，使得这些问题更加深入

中国古代诗歌的流变与赏析

人心,仿佛每一个读者都能感受到奴隶心中的愤怒与不平。在诗歌的结尾,作者巧妙地运用了反语,使得讽刺更加尖锐,更加深入人心。这种巧妙的讽刺手法,使得诗歌的主题更加鲜明,更加有力。全诗各章的结构、词句基本一样,但每一章都有微妙的差别。作者巧妙地改变了事物的名称、形容词和宾语,使得诗歌的内容更加丰富,形象更加生动。如"貆""特""鹑"等词语的变换,使得诗歌的内容更加丰富多彩;至于"伐檀""伐辐""伐轮"等宾语的变换,更是巧妙地展现了奴隶们伐木造车的整个过程,使得诗歌的艺术形象更加完美;而"涟""直""沦"等形容词的变换,则使得诗歌的语言更加鲜明生动。

三、《蒹葭》

原文:

　　蒹葭苍苍,白露为霜。所谓伊人,在水一方。溯洄从之,道阻且长。溯游从之,宛在水中央。

　　蒹葭萋萋,白露未晞。所谓伊人,在水之湄。溯洄从之,道阻且跻。溯游从之,宛在水中坻。

　　蒹葭采采,白露未已。所谓伊人,在水之涘。溯洄从之,道阻且右。溯游从之,宛在水中沚。

《蒹葭》选自《诗经·国风·秦风》。这是一首寻访意中人不遇的情歌。诗中描绘了一幅寥廓凄清的秋景,衬托出人物因热烈追求却可念不可及的怅惘感情,虽然没有见到意中人,却又坚信其存在。全诗三章,每章八句,结构相似,反复咏叹。诗的意境渺茫恍惚,寻之不见、追之无踪、似有如无,艺术上达到了情景交融的境地。

四、《国殇》

原文:

　　操吴戈兮被犀甲,车错毂兮短兵接。旌蔽日兮敌若云,矢交坠兮士争先。凌余阵兮躐余行,左骖殪兮右刃伤。霾两轮兮絷四马,援玉枹兮击鸣鼓。天时怼兮威灵怒,严杀尽兮弃原野。

出不入兮往不反，平原忽兮路超远。带长剑兮挟秦弓，首身离兮心不惩。诚既勇兮又以武，终刚强兮不可凌。身既死兮神以灵，子魂魄兮为鬼雄！

《国殇》是一首历史悠久的杰出祭歌，是《九歌》中的第十篇。此诗以细腻入微的笔触，描绘了波澜壮阔的战斗场景，深刻展现了楚军将士的英勇无畏与献身精神。同时，诗篇表达了对英勇烈士的深切缅怀与崇高敬意，彰显出强烈的爱国主义情怀。

从楚怀王后期到楚顷襄王，在面对秦的进攻时，楚国屡战屡败。作者在描写败仗时没有歪曲事实，而是展现了精神的不朽。诗分两部分：第一部分为前十句，描述楚军奋战的场面；第二部分为后八句，赞美牺牲的将士。第一部分中前四句描绘战斗的开端，后六句写高潮和结局。秦军势大，楚军危在旦夕，但将士仍奋勇抵抗，直至全军覆没。第二部分赞美英勇的将士，称其"生为人杰，死为鬼雄"，表达了对他们的敬意和怀念。

这首诗以现实主义的手法深刻描绘了楚国的命运，展现出强烈的概括能力。诗歌以精湛的笔触塑造了英雄群像，不仅细致刻画了他们的外貌特征，更深入挖掘了他们的内心世界，展现了他们勇武刚强、虽死犹生的精神风貌。通过生动描绘激烈战斗的场景和展现英勇士气，这首诗使读者仿佛身临其境，感受到了战争的残酷与将士们的英勇无畏。这首诗用词准确且生动，如"凌余阵"一词，既表达了将士对敌人的愤恨之情，又凸显了他们不可侵犯的勇武刚强之态，进一步强化了全诗的主题思想。

五、《陌上桑》

原文：

日出东南隅，照我秦氏楼。秦氏有好女，自名为罗敷。罗敷喜（善）蚕桑，采桑城南隅。青丝为笼系，桂枝为笼钩。头上倭堕髻，耳中明月珠。缃绮为下裙，紫绮为上襦。行者见罗敷，下担捋髭须。少年见罗敷，脱帽著帩头。耕者忘其犁，锄者忘其锄。来归相怨怒，但坐观罗敷。

使君从南来，五马立踟蹰。使君遣吏往，问是谁家姝？"秦氏有好女，自名为罗敷。""罗敷年几何？""二十尚不足，十五颇有余。"使君谢罗敷："宁可共载不？"罗敷前致辞："使君一何愚！使君自有妇，罗敷自有夫！"

"东方千余骑，夫婿居上头。何用识夫婿？白马从骊驹，青丝系马尾，黄金络马头；腰中鹿卢剑，可值千万余。十五府小吏，二十朝大夫，三十侍中郎，四十专城居。为人洁白皙，鬑鬑颇有须。盈盈公府步，冉冉府中趋。坐中数千人，皆言夫婿殊。"

《陌上桑》作为汉乐府叙事诗的杰出代表，不仅以其独特的艺术魅力吸引了无数读者的目光，更以其深刻的主题内涵展现了我国古代劳动妇女的精神风貌。这首诗在历经文人墨客的润饰后，依然保留了民歌那种淳朴、自然、生动的风格，仿佛一位婉约清丽的少女，历经风霜却依然保持着最初的纯真与坚韧。在《陌上桑》中，诗人通过对采桑女罗敷与使君之间发生的故事进行细腻而生动的叙述，成功地塑造了一个机智勇敢、美丽坚贞的采桑女子形象。

全诗分为三大段落，每一部分都细致入微地展现了罗敷的形象与品质。

在第一段中，头四句起着交代人物、时间、地点的作用，这种写作手法称为民歌的"套头"。作者以充满生机与活力的旭日东升景象作为铺垫，为罗敷的出场营造了一个明亮而美好的背景。随着阳光的洒落，罗敷的形象逐渐清晰起来。她手提精致的竹篮，身着五彩斑斓的衣裳，在人们的视线中优雅地行走。她的美，不仅体现在她的容貌上，更体现在她的举止和气质中。作者通过对罗敷穿戴的细致描绘，以及旁人对她的赞美和倾心，成功地营造出了一个令人惊艳的美女形象。她的美，如同旭日东升般光明灿烂，令人难以忘怀。第二段则着重表现了罗敷的坚贞之美。当使君对她提出无耻的要求时，罗敷并未被其权势吓倒，而是严词拒绝。她的态度坚决而果断，展现出了她内心的坚定与勇敢。这种坚贞之美，不仅体现在她对使君的拒绝上，更体现在她对爱情和生活的坚守上。在第三段中，罗敷更是展现出了她的智慧之美。面对使君的纠缠不休，她并未选择直接冲突，而是巧妙地夸耀自己的丈夫。她以丈夫的英勇、才华和地位来震慑使君，使得使君不得不放弃对她的无理要求。这种随机应变、巧妙应对的智慧，正是罗敷的又一闪光点。这首诗不仅展现了罗敷美丽的外表，更深入地挖掘了她内心的美好品质。她的坚贞、勇敢和智慧，都是人民纯洁品德和斗争精神的体现。而诗中对使君的揭露，则是对统治集团的深刻针砭。使君的无耻要求和罗敷的坚决拒绝，从一个侧面揭示了封建统治集团的腐败本质和人民的反抗精神。

《陌上桑》是一首富有独特魅力的民间叙事诗，与文人诗歌相比，它在多个方面展现了别具一格的特色。这首诗不仅以其民歌形式的"套头"和自由活泼的结构吸引了读者的目光，更在内容与表达手法上展现了民间文学的深厚底蕴。在表达手法上，《陌上桑》的一个显著特点是客观的叙述多于抒情。这与文人诗歌中常见的个人情感和主观表达形成了鲜明对比。这种客观的叙述方式使得诗歌更加真实可信，也让读者能够更加深入地感受到故事中的情感与冲突。从思想内涵及审美视角考量，《陌上桑》对罗敷之艳丽形象的描绘堪称动人，且毫无矫揉造作之嫌，展现了一种独特而深刻的美。诗歌通过生动的描写和形象的比喻，展现了罗敷的美丽与魅力，同时也传达了作者对美的独特理解和追求。这种对美的赞美和追求，使得诗歌在审美上更加丰富多彩。从结构上看，《陌上桑》采用了民间诗歌常见的"套头"形式，这种结构使得诗歌在形式上更加生动活泼，充满了民间文化的韵味。此外，诗歌的结构自由灵活，不受固定格式的束缚，使得作者能够更加自由地表达思想和情感。同时，《陌上桑》在语言表达上也独具匠心。开篇六句那种"顶针"句式的运用，赋予了诗歌密切连贯的节奏感与循环往复的韵味，同时便于传诵记忆。这种句式使得诗歌在诵读时更加流畅自如，充满了音乐般的韵律美。此外，诗歌中还运用了以数词形成的排比句式，如"十五府小吏，二十朝大夫，三十侍郎中，四十专城居"。这种句式通过数词的排列突出了时间的进展顺序，同时具有形式上的整齐美，使得诗歌在叙述上更加生动有趣。

对话描写在本诗中也是很突出的。第二、三两段差不多全用对话，语句极其精炼，形象生动，又富于个性化，采桑女子的智慧和勇敢也都是通过对话表现出来的。另外，铺陈与夸张手法的巧妙运用以及富于情趣的结尾设计等，这些在本诗中也是较为突出的。

第二章　魏晋南北朝时期的诗歌

本书第二章为魏晋南北朝时期的诗歌，主要介绍了四个方面的内容，依次是建安风骨与正始诗风、太康诗歌、魏晋南北朝诗歌诗体流派、魏晋南北朝诗歌名作欣赏。

第一节　建安风骨与正始诗风

一、两种艺术的交汇点：建安风骨

（一）建安风骨概述

"建安风骨"是什么？刘勰在其创作的《文心雕龙·风骨》中最早提到了"风骨"一词的概念，他说："怊怅述情，必始乎风；沉吟铺辞，莫先于骨。"又说："结言端直，则文骨成焉；意气骏爽，则文风清焉。"近人黄侃《文心雕龙札记》说："风即文意，骨即文辞。"根据这些描述，可以将"风"理解为作品的内容丰富且情感真实，将"骨"理解为作品的语言风格刚健有力。总的来说，"建安风骨"即为建安时期文人在汉代乐府民歌现实主义的影响下，创作的作品呈现出的时代风貌和独特风格。

作为中国诗歌发展史中一个具有重要地位的时期，建安时期涌现出了大批具有"建安风骨"的优秀诗人，他们凭借杰出的诗歌创作才华，为中国诗歌创作增添了浓墨重彩的一笔。

这些诗人中的代表人物有曹氏父子、建安七子（包括孔融、陈琳、王粲、徐干、阮瑀、应玚、刘桢）和蔡琰。这些诗人亲眼见证了汉末时期军阀混乱的景象，对于战争给人们带来的痛苦有着深刻的感受。除了孔融之外，其他人都在政治立场上选择拥护曹操，他们都倾向于支持曹操提出的改革措施，怀着重新统一国家并建设功业的理想和抱负。因此，他们的诗歌经常深刻地描绘汉末时期的社会状况，并表达想要在混乱时代获得成功、建立功业的渴望。他们往往会以五言诗的形式，采用富有民间歌谣特色的风格，表达对动荡社会现实的同情，抒发一统天下的雄心壮志。他们所创诗歌在形式与风格上均融合了汉乐府民歌的特色，也展现出了独特的魏晋特色，后人将这种艺术特色称为"建安风骨"。

(二) 建安作家

1. 曹操

曹操（155—220 年），字孟德，又名吉利，小名阿瞒，出生地在沛国谯县（今安徽亳州市）。

曹操的父亲曹嵩是夏侯氏的后代，后作为宦官曹腾的螟蛉子被养大，汉灵帝时其官至太尉。曹操在年幼时期便展现了出色的才智和权谋，被名士许子称为"治世之能臣，乱世之奸雄"，曹操也以此等夸赞为荣。

曹操一生中重要的政治事件大抵有四个：一是"挟天子以令诸侯"，于建安元年（196 年）将汉献帝移至许昌，巩固了自身在政治上的领导地位；二是建安五年，曹操于官渡之战中战胜了袁绍，稳固了自身在北方的统治地位；三是建安十三年，曹操在赤壁之战落败，政治权力被分散，国家形成了三国鼎立的局面；四是建安十八年，曹操封魏公，三年后封号魏王，但一直拒绝称帝，坚持由儿子改朝换代，因为"若天命在吾，吾为周文王矣"。

曹操的政治手腕强硬，主张削弱豪强势力、实行法治，并重视选拔人才。他认为贤才的标准应是"有盗嫂受金而未遇无知"（魏无知曾向刘邦举荐陈平），"不仁不孝而有治国用兵之术"。

曹操在历史中恶名的形成有以下两个原因：一是曹魏建国持续时间较短，仅有两位皇帝在位，统治时间不超过 30 年；二是曹魏位于北方，汉族传统文化的主体在南方，而历史上常常出现南北对立的情况。

然而，毫无疑问的是，曹操是一位杰出的政治家和军事家，同时也重视招揽人才。他本人还擅长写诗和散文，所以周围自然形成了一个文学集团，集团中诗人的作品风格与审美追求与他本人一致，拥有相同的"建安风骨"。元稹曾说曹操"鞍马间为文，往往横槊赋诗"（《唐故工部员外郎杜君墓系铭并序》），这一评

中国古代诗歌的流变与赏析

价可以说是恰如其分。

曹操的散文富于创造性,被称为"改造文章的祖师"。他常用简洁的文笔自由抒发,极富个性。如《让县自明本志令》:"设使国家无有孤,不知当几人称帝,几人称王。"于直率中兼有霸气,极具曹操之个性,非他人所能道者。他说自己的初衷不过是封侯,不过是做个征西将军,死后能够刻上"汉故征西将军曹侯之墓",现在当了丞相,"意望已过矣",说自己并无"不逊之志",但不能放弃兵权、实权。为"分损谤议",愿将所封四县让出三县。文章写得推心置腹、娓娓动听,具有说服力。

曹操的诗歌也极具特色。首先,曹操之诗,当时评价不高,如其后的钟嵘受当时推崇华美风尚的影响,评曹诗为下品。唐宋之后,随着风气之变化,曹操之诗逐渐受到重视,著名者如敖陶孙评:"魏武帝如幽燕老将,气韵沉雄。"(《诗评》)

其次,与质朴文风相关,他的诗亦很真实地反映了时代,如明人钟惺《古诗归》评其《蒿里行》《薤露行》为"汉末实录,真诗史也",可谓开杜甫"诗史"精神之先河。

再次,曹操的诗作大部分是乐府歌辞,"及造新诗,被之管弦,皆成乐章"①,以旧题写时事,被称为"拟乐府诗"传统的开创者。

最后,曹操之诗以四言闻世。四言诗自《诗经》始创以来,经过汉乐府、《古诗十九首》的熔冶,已一变而为五言。从这个角度上说,有人称他的诗是四言诗的结束者。

就诗人艺术风格而言,也可以看出两种艺术的整合。譬如同为建安文学之代表的三曹之间,就有两种艺术的分野。曹操的诗作,陈祚明在《采菽堂古诗选》中提到:"本无泛语,根在性情,故其跌宕悲凉,独臻超越。"

下面,我们赏析一首曹操的拟乐府《短歌行·其一》:

对酒当歌,人生几何?譬如朝露,去日苦多。慨当以慷,忧思难忘。何以解忧?唯有杜康。青青子衿,悠悠我心。但为君故,沉吟至今。呦呦鹿鸣,食野之苹。我有嘉宾,鼓瑟吹笙。明明如月,何时可掇?忧从中来,不可断绝。越陌度阡,枉用相存。契阔谈䜩,心念旧恩。月明星稀,乌鹊南飞,绕树三匝,

---

① 罗宗强,陈洪. 中国古代文学作品选(第二卷):魏晋南北朝隋唐五代卷[M]. 北京:高等教育出版社,2004:3.

| 54

何枝可依？山不厌高，海不厌深，周公吐哺，天下归心。

曹操多以旧调旧题来表现新内容，此诗题也是"汉旧歌"，属相和歌辞。全篇抒写了年华易逝的感慨，表现出求贤若渴的迫切心情和建功立业的雄心壮志，对人生短暂的哀伤与对事业的追求，构成了全篇对立统一的两个主题、两个基本旋律。

《短歌行》按音乐来分，原有"六解"（六个乐段），按诗意则可分为四节，正好八句一节。

"对酒当歌"是产生"人生几何"这一具有普遍意义的人生命题之典型环境，而"人生几何"则是"对酒当歌"最易流露的心情，二者之间构成境与情的有机统一，遂成千古绝唱。"譬如朝露"是继《古诗十九首》"人生寄一世，奄忽若飙尘"之后，又一个对人生短促的经典比喻，"朝露"更充满了对生命的礼赞、留恋和叹惋。此后，无数哲人墨客为之深思，如苏轼的"人生如梦"等皆是。"慷慨"四句，再次归结到"酒"，与首句作一小呼应，完成了第一乐章。

前八句重在说愁，继之八句则表达思贤若渴的心情，展现第二主题。"青青"四句引用《诗经·子衿》，原诗写道："青青子衿，悠悠我心。纵我不往，子宁不嗣音？"（你那青青的衣领呵，深深萦回在我的心。虽然我不能去找你，你为什么不主动给音信？）原写一女子对情人之思念，曹操引用，并说自己一直吟诵，用意深曲，意为：就算我没有去找你们，你们为什么不可以主动来投奔我呢？继之四句，仍旧用典，引《鹿鸣》四句，描写宾主欢宴的情景：鹿在呦呦地叫啊，呼朋引伴相聚而食郊野的艾蒿。我有满座的嘉宾，就要鼓瑟吹笙，尽情欢闹。以上八句两个层次，都是引古说今，以诗言志。

第三部分是前两个旋律的合一、复现，或说变奏，"明明如月"等前四句，是讲"忧"，后四句贤才到来，呼应"我有嘉宾"的壮志。"明明如月，何时可掇"，省略了主语或说是本体，这使评论家多费猜测：它既可是对生命时光的感慨（即人生几何），又可是求贤若渴，建功立业的胸怀（即后文之"天下归心"）。"枉用相存"（枉，屈驾；用，以；存，问候），意为"枉劳存问"。贤人志士穿田越野，枉驾来归，久别重逢，谈心宴饮，畅叙情谊，欢快奚似！

第四层承第三层而来，"月明星稀"八句承"明明如月"和"越陌度阡"的境界而来，从对方的角度来写。沈德潜《古诗源》："月明星稀四句，喻客子无所依托。"此处句意为古语"良禽择木而栖,贤士择主而仕"。"山不厌高"四句,则从自己的角度作出回答,所谓:"泰山不让细壤,故能成其高;江河不让细流,故能成其深"是也。周公,西周武王弟,名旦,姬姓,因采邑在周,故称周公。武王死,成王幼,周公摄政,曾镇压管叔等叛乱。周公治国:"一饭三吐哺,起以待士,犹恐失天下之士。"① 曹操以周公自比,结束全诗。

全诗之特色:一是言志与抒情相结合,言志是基调,使之厚重、深沉,抒情使之具有艺术感染力,所谓"以情纬文,以文被质"(沈约《宋书·谢灵运传论》);二是悲、喜两个基调相辅相成,"人生如梦"与"天下归心"两个主题交错展现,前者为后者服务;三是引用的使用,借他人之酒杯,抒自己慷慨之气。

曹操本人为大政治家,故其诗毫无作态,而有包举宇宙之气概。

2. 曹丕

曹丕(187—226年),字子桓,为曹操的第二子,也是建安时期文学界的主导人物。公元217年,曹丕被封魏国世子。公元220年,曹丕称帝,史称魏文帝。

曹丕的诗作充满了文人之风,情感含蓄,意蕴深远,展现出了唯美的骚赋风格。此外,他还推动了诗体形式的发展,在诗歌演化史上确立了自己的重要地位:曹丕在位时期,五言诗才终于摆脱了乐府诗歌的限制,曹丕曾作未继承乐府诗歌形式的《杂诗》;曹丕最早创作了完整的七言诗——《燕歌行》,且在诗中完美地展现了自身独特的风格。

沈德潜《古诗源》评曰:"子桓诗有文士气,一变乃父悲壮之习矣。要其便娟婉约,能移人情。"

3. 曹植

曹植(192—232年),字子建,为曹操的第三子,是建安时期地位最高的诗人,自幼跟随曹操过着军旅生活,天赋异禀,备受曹操喜爱,是太子之位有力的竞争人。曹丕登基后,曹植遭遇了严苛的对待,并被频繁贬职,最终于41岁抱病逝世。流传于今的曹植诗作有90多首,其中大部分为五言诗。曹植的文风清新有力、流畅自然,诗作主要探讨了对政治理想和个人抱负的执着追求,在他生命的后期,则更多地展现了对不公正待遇的义愤之情。清朝丁晏曾为曹植编写了《曹集诠评》。

---

① 周掌胜,彭万隆. 新编千家诗评注(全图本)[M]. 杭州:浙江古籍出版社,2018:286.

曹植在他哥哥曹丕称帝之前的日子里深受父亲宠爱，主要过着纵情饮食、游玩娱乐、吟诗作赋的生活。曹植、曹丕两兄弟争抢太子之位有十年之久，但二者的品性却存在着巨大的区别，曹丕是强势、有谋略的政治家，而曹植比起政治家更像是诗人。曹植虽才华横溢却过于任性，缺乏自我约束的能力，酗酒无度，这也导致了曹操虽然在曹冲死后有意将太子之位传给曹植，曹植却频繁错失良机。尤其有一次在留守邺城时，曹植醉酒后在帝王行典礼的道路上放纵驰骋，这种不加克制、毫无约束、任性而为的性情，在诗人身上体现得更为明显，最终令曹操感到极度失望。然而曹丕为竞争太子之位则采取了截然相反的手段，他经常"御之以术，矫情自饰"[①]。如每当曹操率军出征时，曹植总是吟诗作赋，字字珠玑，曹丕则会跪地痛哭。诗人往往是无法与政治家相匹敌的，最终，曹丕在曹操去世后即位，开始对弟弟曹植展开压制。曹丕先削减了曹植在政治上的影响力，曹植最为得力的谋士杨修此时已经去世，曹丕就设计陷害了他手下的丁仪和丁翼两兄弟。看着丁仪兄弟俩被迫害，曹植却无力相救，于是生出了兔死狐悲的悲怆之情，故创作了《野田黄雀行》。

曹丕称帝之后，曹植一直不断地遭受着贬职和惩罚。也因为境遇的艰难，他的诗作开始充满了对生活的忧虑。尽管曹叡登基之后，曹植的境遇获得了一些改善，但最终仍未被平反起用。因为无法实现所期望的重用，曹植郁结于心最终含恨离世。曹植死后，曹叡赐其谥号为"思"，又因其封地为"陈"，因此曹植也被后人尊称为"陈思王"。根据《谥法》规定，"思"字的含义是"追悔前过"。即使去世，曹植仍被认为是有错之人。

曹植创作的《洛神赋》在历史上享有盛名。据记载，洛神据说是古帝宓羲氏的女儿宓妃，因不慎溺水而成为洛水女神。旧说：曹植有心求娶甄逸的女儿甄氏却未成功，最终甄氏成为曹丕之妻，之后因为谗言而丧命。这篇赋是为了缅怀甄氏而作，所以最初名为《感甄赋》(《文选》李善注引《东观汉记》)。此赋或系假托洛神寄寓对甄氏的思慕，反映衷情不能相通的苦闷。试看曹植《洛神赋》(节选)：

其形也，翩若惊鸿，婉若游龙。……仿佛兮若轻云之蔽月，飘飖兮若流

[①] 林久贵, 周玉容. 曹植全集 [M]. 武汉：崇文书局, 2019：135.

风之回雪。

秾纤得衷，修短合度。肩若削成，腰如约素。延颈秀项，皓质呈露。

余情悦其淑美兮，心振荡而不怡。无良媒以接欢兮，托微波而通辞。

于是洛灵感焉，徙倚彷徨。神光离合，乍阴乍阳。竦轻躯以鹤立，若将飞而未翔。

凌波微步，罗袜生尘。动无常则，若危若安。进止难期，若往若还。

曹植的诗歌成就，则可以说是华美与质朴二者得兼。诗至曹植，一方面逐步趋向华美，诗人开始注意辞藻、对仗和警句的安排，讲究艺术形式美；另一方面，又不自觉地保持着《诗经》、汉乐府那质朴的传统，显得自然、充实，富有生活气息和真情实感。钟嵘说他"骨气奇高，词采华茂"，就是看到了他的诗作既具有雄健的笔力，又具有辞章华美的特点。曹植之诗，可称是集诗、骚以来所能承接的一切成果，加以发扬光大。

曹植诗歌的艺术成就主要在于后期，试看其代表作之一《七哀》诗：

明月照高楼，流光正徘徊。
上有愁思妇，悲叹有余哀。
借问叹者谁？云是宕子妻。
君行逾十年，孤妾常独栖。
君若清路尘，妾若浊水泥。
浮沉各异势，会合何时谐？
愿为西南风，长逝入君怀。
君怀良不开，贱妾当何依？

宋代文人刘克庄曾盛赞曹植的《赠白马王彪》"忧伤慷慨，有不可胜言之悲"[1]，实际上，曹植后来大部分的诗篇均呈现出了这种特点。由于境遇的艰难，他被迫要更加节制地运用语言和意象，将激情转变为含蓄，将直接的表达转换为象征性的表达，进而形成了其诗歌独特的象征艺术特质。如在《美女篇》中，他通过描写"盛年处房室，中夜起长叹"的美人，来表达自己内心的忧郁情绪；在

---

[1] 张庆利，米晓燕. 中国古典文学鉴赏论[M]. 北京：现代出版社，2014：3.

《杂诗》中，他以"俯仰岁将暮，荣耀难久恃"的南国佳人来表达自身的愤怒不满情绪。还有其他诗篇也出现了类似的情感表达，其中《七哀》诗是曹植象征艺术的巅峰之作。

《文选》将《七哀》诗归入哀伤诗类，不属于乐府诗歌的范畴。哀伤诗类题材众多，余冠英也认为其与音乐存在着一定的关联。《七哀》诗在《乐府诗集》中，也被称为《怨歌行》。

《七哀》诗描绘了一个思念丈夫的妇女形象，曹植借用这一妇女形象表达了自身内心深处的情感。通过将看似毫不相关的事物巧妙地联系在一起，既表现了现实又富有象征意义。在阅读这首诗时，读者往往会感知到一个思念丈夫的女性形象，然而只有领会这个女性形象的象征意义，才能感受并理解诗人无声无息的深刻痛苦。全诗均运用了象征和隐喻手法，其中起句、结句最为精妙。

起句"明月照高楼，流光正徘徊"，与诗人李陵所作"明月照高楼，想见余光辉"句式相同。但与平淡寡味的李诗相比，曹植的《七哀》诗可以说是"物外传心，空中造色"（王夫之语）。诗人通过使用"徘徊"一词，使得冷酷无情的明月光辉透露出一丝忧郁情愫，为整首诗营造了一种深沉的忧伤氛围，将主人公的出场渲染得哀戚。

美好、皎洁的月光在诗人笔下为什么是"徘徊"惆怅的呢？原来，这月光是"愁思妇"眼中的月光，高楼上的这位"思妇"一定是在此徘徊很久了。明月的圆缺，更勾起了这位妇女对亲人的思念，而月光的徜徉徘徊，也正是思妇彻夜不眠、内心哀思萦回的见证。从诗人的下笔行文看，文气十分顺畅：由"徘徊"的月光托出高楼上的"愁思妇"，然后用一"借问"以引出思妇的身份"云是宕子妻"（"宕"同"荡""荡子"犹言"游子"），由"宕子"很自然引出"君行逾十年，孤妾常独栖"的哀叹。

全诗由"云"字之后，都是思妇之语，也是诗人对思妇痛苦内心世界的深刻揭示。诗人没有作简单平板的叙述，而是接连用喻，妙笔生花：君如路之轻尘，而自己如同是水中之浊泥，轻尘飞扬而浊泥下沉，会面的愿望何时能够得以实现呢？这无疑是痛苦的呼喊、无望的哀叹。然而，思妇之心（也是曹植之心）不肯承认这现实，她（他）要奋羽高翔，追求那理想的实现："愿为西南风，长逝入君怀。"思妇没有幻想自己化为一只飞鸟，是因为鸟儿是有形的，难以从"猎人"

中国古代诗歌的流变与赏析

的箭下逃脱吧！她幻想自己化为了无影无形的"西南风"，飘飘然消逝在夫君那温暖的怀抱。曹植如在此处止笔，全诗就是一个喜剧般的结局了——虽然是幻想的幸福。然而，曹植的生活使他不可能相信这幻想，诗人宕下一笔，发出了最绝望的哀鸣："君怀良不开，贱妾当何依？"读之，真足以使人潸然泪下。这其中的滋味，也真让读者回味不已，如宋人吕本中所评："思深远而有余意，言有尽而意无穷也。"（《童蒙诗训》）这也正是象征艺术的妙处所在吧！

4. 建安七子

建安时期最为著名的七位文学家合称"建安七子"。《典论·论文》中最早提出了"七子"这一说法：

> 今之文人，鲁国孔融文举，广陵陈琳孔璋，山阳王粲仲宣，北海徐干伟长，陈留阮瑀元瑜，汝南应玚德琏，东平刘桢公干。斯七子者，于学无所遗，于辞无所假。

建安七子中，王粲取得了十分突出的成就，他与曹丕、曹植两兄弟均关系密切，《世说新语·伤逝》提到：

> 王仲宣好驴鸣，既葬，文帝临其丧，顾与同游曰："王好驴鸣，可各作一声以送之。"赴客皆一作驴鸣。

《七哀诗》是其代表作，诗中"出门无所见，白骨蔽平原""南登霸陵岸，回首望长安"二句最为著名。

此外，王粲所写的《登楼赋》也颇负盛名，展示出成熟的抒情小赋风格。

陈琳的《饮马长城窟行》通过描绘秦代修筑长城的故事，揭示了百姓服徭役的艰辛："生男慎莫举，生女哺用脯。君独不见长城下，死人骸骨相撑拄！"诗中写役夫劝妻改嫁而妻死生相随的深情厚意，情感表达得非常动人。

二、诗旨渊永，寄托遥深：正始诗风

"正始"一词是魏国齐王曹芳在执政时期所用的年号。正始时期，司马氏和曹魏皇室之间的对抗愈演愈烈，政治环境动荡不安，迫害事件屡见不鲜。激烈的政治斗争和多位知名人物遇害的暴力事件严重伤害了正统文人的内心。他们不再追求成功和声誉，而是更倾向于展露内心深处的担忧、恐惧和不安。也正因为如此，正始文学与建安文学相比，展现出了截然不同的风貌。正始时期的文人数量不算很多，但却也涌现出了诸如"竹林七贤"等优秀人物。"竹林七贤"有嵇康、阮籍、山涛、向秀、阮咸、王戎、刘伶，他们尤其善于创作诗歌。大多数创作于正始时期的诗歌都能生动地描绘生活苦难，表达现实主义的情感。该时期的诗歌并没有像建安时期那样直接地探讨社会问题或表达愤怒情绪，在反映社会矛盾与愤慨之情时，风格都更加含蓄和委婉。另外，值得注意的是，正始诗歌的诗歌体裁已经开始以五言为主，从而为后续五言诗的蓬勃发展奠定了基础。嵇康和阮籍被认为是正始时期杰出诗人的代表。由于均受到了玄学观念、玄学思维模式和玄学表达方式的影响，二者在诗歌艺术领域的审美品位极为相似。但这并不意味着嵇康和阮籍创作诗歌的风格也是趋同的，刘勰《文心雕龙·明诗》认为"嵇志清峻，阮旨遥深"。

（一）嵇康的诗歌

嵇康（224—263年），字叔夜，出生于谯国铚县（今安徽宿州市西）。嵇康出身于贫苦之家，但却拥有非凡的才智。他个性鲜明，热爱阅读，对《老子》《庄子》情有独钟，同时也对音乐有深入的研究，心性超脱，崇尚简朴，并乐于饮酒。嵇康与魏宗室结亲，也曾在魏国担任高级官职，因而与曹氏政权有着牢固的联系。嵇康的政治立场坚定，厌恶司马氏家族的虚伪和狡诈，选择与司马氏家族保持一定的距离。即使是在后期，嵇康依然拒绝与司马氏集团合作，并且讥讽了司马氏欲盖弥彰的篡权之心，最终被杀害。

如今，我们可读到的嵇康诗歌有50余首，这些诗作涵盖了四言、五言、七言、杂言、乐府和骚体等多种形式，其中四言诗是嵇康尤其擅长写作的体裁。何焯在其所著的《文选评》中如此评价嵇康的四言诗："四言不为《风》《雅》所羁，直写胸中语，此叔夜高于潘、陆也。"嵇康性格刚毅坚定、独立豁达、真诚直率，不屈于权势。因而，他的诗歌内容直率，语言直截了当，不含蓄委婉，但却展现出高超的境界，不落俗套。

嵇康的代表作品有《赠秀才入军》18首。这些诗歌作品展现了嵇康对他哥哥嵇喜在司马氏军幕中悠闲生活的生动描绘，通过比兴和想象的手法表达了嵇康自己对这种自由生活的渴望。如第14首：

中国古代诗歌的流变与赏析

息徒兰圃，秣马华山。
流磻平皋，垂纶长川。
目送归鸿，手挥五弦。
俯仰自得，游心太玄。
嘉彼钓叟，得鱼忘筌。
郢人逝矣，谁与尽言。

在这首诗中，诗人想象了嵇喜在军队出征途中休息时弹琴的场景，表达了诗人对自然美好的向往和思念兄弟的感情。这首诗用简洁而生动的语言，表现了自然的美妙并激发了读者的共鸣。

除了《赠秀才入军》18首以外，嵇康的代表作品还有《幽愤诗》。该诗是嵇康因为与吕安事件有关而被牵连入狱时所撰写的。篇名中的"幽愤"二字指的是嵇康在被监禁的环境中感受到愤怒和伤感的情绪。在这首诗中，嵇康反思了自己处世之道的不妥之处，在被困囚的环境下，感叹自由生活如今已经无法实现。该诗中，嵇康抒发了自己的志向："托好老庄，贱物贵身，志在守朴，养素全真。"然后他表示，自身直率坦诚的性格直接导致了自己遇事无法保持沉默，碰到问题必定会公开表态。同时，他也对此十分悔恨："昔惭柳惠，今愧孙登。"诗的末尾他又说："古人有言：'善莫近名。'奉时恭默，咎悔不生。"根据全诗的内容，我们可知《幽愤诗》是嵇康总结人生经历，坦诚表达内心情感，感怀不幸命运之作。这首诗语言简练而细致，表达了他深藏的忧愤之情。

（二）阮籍的诗歌

阮籍（210—263年）是陈留尉氏（今河南开封）人，他是"建安七子"之一阮瑀的儿子，字嗣宗。年轻时，他对各种经典著作十分感兴趣，特别喜爱读《庄子》和《老子》，同时怀抱着济世之志。阮籍是当时曹魏和司马氏两大势力竞相争取的人选。然而，他对曹魏集团的腐败贪污表示反感，同时又对司马氏集团的权谋心思和虚伪行为感到厌恶，因此阮籍努力避免卷入这两个集团的纷争。曹爽被杀后，司马一族加紧落实夺权阴谋，同时展开了对异己者的大规模镇压。由于担心会陷入危险境地，阮籍选择了通过饮酒放纵、消极抗拒和玩世不恭来躲避司马一族的迫害。阮籍一生不受礼法束缚，在思想上主张"自然"。中华书局于1997年出版了陈伯君编纂的《阮籍集》，其中收录了许多阮籍的作品。

阮籍的诗歌在各方面都有出色的表现。王夫曾评价阮籍的诗歌超越时代。阮籍性格开朗，拥有独特的内心世界，因此他的诗作意蕴深邃、略带晦涩，令人难以捉摸。在阮籍的诗作中，最受推崇的是他的《咏怀》82首。《咏怀》82首每一首的题目中均记录了他对政治的感想，表达了对当时社会的不满和悲愤，同时也在诗中表现了他内心的矛盾与痛苦。这些诗歌的思想和内容十分深奥，常常让读者难以完全领会。

阮籍在诗歌中所表达的内容如下：

第一，表达阮籍独自一人沉浸在痛苦现实中，无法达成理想的忧郁情绪，如《咏怀》（其一）：

夜中不能寐，起坐弹鸣琴。
薄帷鉴明月，清风吹我襟。
孤鸿号外野，翔鸟鸣北林。
徘徊将何见？忧思独伤心。

这首诗中，阮籍以象征性的语言刻画了一个困惑、失望、整夜无法入眠的角色，也表达了自己的孤独心境。

第二，描绘了阮籍对生命、世事变幻无常的感叹，以及对追求玄学境界的渴望，如《咏怀》（其三）：

嘉树下成蹊，东园桃与李。
秋风吹飞藿，零落从此始。
繁华有憔悴，堂上生荆杞。
驱马舍之去，去上西山趾。
一身不自保，何况恋妻子？
凝霜被野草，岁暮亦云已。

诗人借由植物生长的规律映射了人生的短暂与虚幻。他考虑了各种可能的逃避方式，但又将它们全部阻断，使读者感受到了无法逃脱的绝望。

第三，表达对曹魏政权的荒淫、腐朽和虚伪的强烈批评，并影射其必定会走

中国古代诗歌的流变与赏析

向灭亡的命运,如《咏怀》(其31):

> 驾言发魏都,南向望吹台。
> 箫管有遗音,梁王安在哉?
> 战士食糟糠,贤者处蒿莱。
> 歌舞曲未终,秦兵已复来。
> 夹林非吾有,朱宫生尘埃。
> 军败华阳下,身竟为土灰。

这首诗借《战国策》中梁王魏婴为秦所败的事,指出曹魏统治集团倒行逆施,势必会走向灭亡。魏明帝在位,政治腐败,生活腐化,后宫的费用与军费差不多,还在洛阳、许昌大修宫殿,并圈猎场,不管政事。眼看国势衰微,所以阮籍"借古以寓今",预示统治者必将走向灭亡的结局。

除上述几个方面的内容,阮籍的《咏怀》诗还有通过描写鸟兽虫鱼,来表现对自己命运的无奈的;有通过描写花草树木由繁华变枯萎,来比喻世事的反复无常的;有以追求美女失败,来比喻自己难以实现理想的心情的;有通过描写凤凰羽翼摧伤,来寄寓自己壮志难酬的不幸的。如第17首:

> 独坐空堂上,谁可与欢者?
> 出门临永路,不见行车马。
> 登高望九州,悠悠分旷野。
> 孤鸟西北飞,离兽东南下。
> 日暮思亲友,晤言用自写。

这首诗将阮籍的孤独感表现得淋漓尽致。诗人描写了这样一个情形:独坐无人,出门也无人,登高亦无人,自己能够看到的只有孤鸟和禽兽。这充分体现了诗人无限的寂寞与孤独,抒发了诗人的理想和壮志化为乌有的悲哀之情。

阮籍的《咏怀》诗可以说包含了正始诗歌的主要特点:诗中渗透了很多道家思想,诗人总是以道家眼光看待一切现实生活,并进行相应的抒情;诗人的思想感情是以壮丽的辞藻曲折隐蔽地表达出来的,往往言在此而意在彼;诗中运用了较多的典故。

第二节　太康诗歌

一、太康时期的诗学理论

（一）傅玄的诗学理论及影响

作为太康时期的文人，傅玄在创作中继承了汉魏时期文学风格朴素自然和不喜雕饰的特点，同时融入了曹植的辞藻华丽风格，为后世潘岳和陆机（简称潘陆）形成烦琐、雕饰的诗歌风格奠定了基础。傅玄的创作理念对太康诗人有着深远的影响，可以说傅玄的创作为后世诗人风格的形成铺平了道路。下面将介绍傅玄诗歌创作的理念。

首先，傅玄推崇创作要优雅纯粹，同时也要辞藻华丽。

儒家文学理念倡导温柔敦厚、经典雅致，强调教化作用。西汉末期的扬雄继承了这一文学理念，将典谟雅颂视为诗歌和文章创作的最高标准。他曾在《法言·解难》中提出："典谟之篇，雅颂之声，不温纯深润，则不足以扬鸿烈而章缉熙。"主张文学创作应当名道、征圣、宗经，儒家经典是文学创作的楷模和规范。汉魏时期，尽管儒家教义逐渐式微，但儒家文艺理念的影响依然深远。举例来说，曹丕在其所著的《典论·论文》中说："盖文章，经国之大业，不朽之盛事。"桓范《世要论·序作》亦云："夫著作书论者，乃欲阐弘大道，述明圣教，推演事义，尽极情类，记是贬非，以为法式，当时可行，后世可修。"由此可见，该时期的文人十分注重儒家文学理念。建安文学反映了建安时期文人对社会的责任感，同时也表明该时期的文人深受儒家思想影响。

到了晋朝，玄学和儒学平分秋色。傅玄的思想比较开明，但从本质上讲，他始终奉行儒家的教化理念。他曾提议司马氏采用名教来治理国家，并在《上疏陈要务》一书中强调"夫儒学者，王教之首也"，积极倡导尊重儒家学说的思想。他曾对文学创作发表自己的看法，在《傅子》中云：

《诗》之雅颂，《书》之典谟，文质足以相副。玩之若近，寻之若远，陈之若肆，研之若隐，浩浩焉文章之渊府也。

在傅玄的时代，《诗经》《尚书》《礼记》《周易》和《春秋》已经成为全社会广泛重视的典籍，对很多文人的生活和创作起到了重要作用。傅玄在解读《诗经》时，未讲国风，重点诠释雅、颂之义。而《毛诗序》中对雅、颂的诠释最为广泛认同："雅者，正也。言王政之所由废兴也""颂者，美盛德之形容，以其成功告于神明者也"①。《尚书》着重记录言论，是儒家推崇的经典之一，其核心内容主要包括《尧典》(简称"典")和《皋陶谟》(简称"谟")。傅玄认为，写作应当以《尚书》中的典、谟为楷模，它们文笔典雅、思想丰富，应当被视为写作之宝库。魏晋南北朝时期，"文"代表着言辞华丽修饰，而"质"则表示言语的简明，所以，"文""质"都指的是言辞表达风格。傅玄强调，文章的表达既要具备优美的文笔，又不能过于强调华丽的辞藻，整体风格应当保持朴实、文雅。今天我们发现，《诗经》中优秀作品主要集中在国风的15篇，而不是雅、颂部分；《尚书》深奥难解，汉代的司马迁便觉得其理解困难，唐代的韩愈则称其"佶屈聱牙"。而傅玄却专选《诗经》雅、颂部分和《尚书》来赞誉，可见比起文章的文学价值，傅玄更强调其内容的严密精炼、风格的端庄典雅，从而展现圣贤治理国家的"正言""盛德"。这种评论准则也一直是儒家士大夫努力追求的。傅玄将儒家经典中的雅颂典谟等篇章视为杰作，重视诗文所蕴含的深刻哲理，彰显了他对儒家传统文学思想的传承。我们也可以通过他的诗歌创作了解其对儒家传统文学思想的看法。傅玄乐府诗《秦女休行》，胡应麟称其"辞义高古，足乱东、西京。乐府叙事，魏、晋仅此二篇"②，可谓知音。傅玄创作的诗歌中，有大量意味深远的古朴之作，如《苦相篇》《艳歌行》《秋胡行》等均体现出儒家诗歌温润庄重、古雅典美的风格。

然而，傅玄在温柔敦厚之理论基础上又有进一步发展，他对诗文创作提出了新的见解和主张，即其所言之"玩之若近，寻之若远，陈之若肆，研之若隐""夫文采之在人，犹荣华之在草"③，主张儒家典正之思想与繁富华丽之文辞的有机结合。他在《连珠序》中称赞班固之文"喻美辞壮，文章弘丽，最得其体"，显然是对其语言形式方面之肯定。另外，还称"蔡邕似论，文质而辞碎，然其旨笃矣。

---

① 宋效永，向焱. 三曹集[M]. 合肥：黄山书社，2018：144.
② 郭预衡. 中国古代文学史长编（2）[M]. 上海：上海古籍出版社，2007：150.
③ 徐昌盛. 《文章流别集》与魏晋学术新变[M]. 上海：上海交通大学出版社，2021：171.

第二章　魏晋南北朝时期的诗歌

贾逵儒而不艳，傅毅文而不典"[1]。可见傅玄创作既坚持儒雅典正，又主张"喻美辞壮"，即文辞之"丽"，要求内容与形式的有机结合。傅玄的一些诗歌，亦体现出了繁富的特征。如其《有女篇》：

> 有女怀芬芳，娖娖步东厢。蛾眉分翠羽，明月发清扬。丹唇翳皓齿，秀色若珪璋。巧笑露权靥，众媚不可详。令仪希世出，无乃古毛嫱。头安金步摇，耳系明月珰。珠环约素腕，翠羽垂鲜光。文袍缀藻黼，玉体映罗裳。容华既已艳，志节拟秋霜。徽因冠青云，声响流四方。

与乐府古辞《陌上桑》相比较，古辞中对罗敷的描写仅限于着装和饰品，重点放在以旁观者的反应来反衬罗敷的美丽；傅玄则除了描写女子的装饰、动作外，又加入容貌的刻画和其志节道德因素，钟嵘评价"长虞父子，繁富可嘉"，即看出傅玄诗歌创作中注重文辞的特点。这一思想，在太康诗人如陆机、张协等身上继续得以发扬光大。太康诗人之创作，多文典辞壮之作，尤其这一时期复为繁荣之四言诗，更是如此。傅玄对文章语言"弘丽"之要求，与曹丕"诗赋欲丽"之主张一脉相承，而到太康之英陆机那里则变得更加具体化、明朗化，这其中傅玄所起的承上启下之作用不容忽视。

其次，傅玄重视文体，喜欢模拟。继曹丕之后，傅玄十分注重文体概念，并对此有着较为深入的理论探究。每在拟作之前，他都要以序的形式对文体进行介绍说明，并评论前人诗文之优劣，如《连珠序》《拟四愁诗序》等。他论"连珠体"云：

> 所谓连珠者，兴于汉章帝之世，班固、贾逵、傅毅三子受诏作之，而蔡邕、张华之徒又广焉，其文体，辞丽而言约，不指说事情，必假喻以达其旨。而贤者微悟，合于古诗劝兴之义，欲使历历如贯珠，易睹而可悦，故谓之连珠也。班固喻美辞壮，文章弘丽，最得其体。蔡邕似论，言质而辞碎，然其旨笃矣。贾逵儒而不艳，傅毅文而不典。[2]

其中，他对"连珠体"之起源，具体写作之要求均作了详细论述，同时又对历代作家写作此体之优劣得失加以比较，足见其对此文体之把握。在《拟四愁诗

---

[1] 穆克宏. 魏晋南北朝文论全编[M]. 上海：上海远东出版社，2012：33.
[2] 穆克宏. 魏晋南北朝文论全编[M]. 上海：上海远东出版社，2012：33.

中国古代诗歌的流变与赏析

序》中，傅玄亦指出："张平子作《四愁诗》，体小而俗，七言类也。聊拟而作之，名曰《拟四愁诗》。"此外，他又创作大量乐府诗，并一反建安诗人以旧题创新曲之形式，依照汉乐府旧题模拟创作，从而开启中国古代拟古诗风。他还模拟楚辞作《拟天问》《拟招魂》等，甚至把《孟子》视为《论语》之拟作。傅玄这种重文体、好模拟的创作追求对太康诗人影响甚深。自傅玄开始，诗人在模拟创作时均重在"得体"。太康时期拟古风气之盛，以及大量拟古诗作的产生，傅玄当起了一定的推波助澜作用。

由以上观之，傅玄作为太康作家的先辈，其创作主张及实践对太康诗人及诗歌创作起了"道夫先路"之作用。

（二）张华之"清省""主情"观

傅璇琮曾说："文学思想不仅仅反映在文学批评和文学理论著作里，它还大量反映在文学创作中。作家对于文学的思考，例如，他对于文学的社会功能和它的艺术特质的认识，他的审美理想，他对文学遗产的态度和取舍，他对艺术技巧的追求，对艺术形式的探索，都可以在他的创作中反映出来。某种重要的文学思想的代表人物，有时可能并不是文学批评家或文学理论家，有时甚至很少或竟至于没有理论上的明确表述，他的文学思想，仅仅在他的创作倾向里反映出来。"这一观点能够很好地体现在太康文坛领袖张华身上。张华不仅引荐年轻的诗人，还在一定程度上影响了那个时代的诗歌风格。尽管他没有明确的诗学理论体系留传，但他的作品展现出了他对"清省"和"主情"观念的理解。

1. "清省"观

张华的诗歌可以大体分为早期和晚期两个阶段。他早期的作品通常充满热情与豪迈的风格，如《游侠篇》《轻薄篇》展现了贵族奢侈的生活方式并传达了作者对统治阶级的警示，《壮士篇》《博陵王宫侠曲》则体现了对追求功名的热情和决心。这些诗篇通常较为冗长，采用赋的写作手法，风格夸张热情，对仗工整，展现出繁富、优美的特色。在战胜吴国取得显赫的军功之后，张华遭受了嫉妒之人的打压和排斥，其诗歌创作也展现出与早期不同的风貌。张华在其创作的《闲居赋》中写："瞻高鸟之凌风，临渌鱼于清濑。"抒发此时"以退足于一壑，故处否而忘泰"的志向。此后，尽管张华官运亨通，他却经常流露出从政的疲惫和倦怠，如在《答何劭诗》中开篇即云"吏道何其迫，窘然坐自拘"，于世事则"恬旷苦不足，烦促每有余"，在己则"道长苦智短，责重困才轻"，不时开始质疑年轻时追逐功名的激情："自予及有识，志不在功名。"为缓解做官的疲惫，他引用"役心以婴物，岂云我自然"（佚名诗）鼓励自己，改而推崇"君子有逸志，栖迟于一丘"（《赠挚仲治》），向往"从容养余日，取乐在桑榆"（《答何劭诗》）。张华在现实生活中可能并非与他的诗歌所描绘的形象一致，更可能只是在追求文人风采。尽管如此，他的诗歌所探讨的闲适主题却跟传统诗歌的风格泾渭分明，实为富有创新精神的佳作。除此主题之外，张华还在《杂诗》中表达了对变迁的忧心，对志同道合者的感叹，对已故者的悲痛；在《情诗》中描绘了思妇的寂寞心境。他的创作以情感的淡远伴随着简洁的语言表达，以景物来表现情感，取代了烦琐的描写方式，使诗风从繁富转向简洁清新。

据文献记载，今所能见张华评赏诗文之语，在陆云写与其兄陆机的书信中可见一二。就时间而言，当在太康之后，论及对象，有左思之《三都赋》及陆机诗文等，其主张与他在太康、元康间之诗作风貌相一致。由陆云之记述并结合其创作实践可知，张华主张诗歌创作要"清省"。陆机之文，辞藻华赡，张华称其"人之为文，常恨才少，而子更患其多"[1]，以委婉的方式批评陆机文辞之繁富。而张华之诗歌创作，尤其是后期创作确以"清"著称。如陆云称其《女史》清约[2]，刘勰将其与张衡、嵇康、张协、曹植、王粲、刘桢、左思等人相提并论，认为"平子得其雅，叔夜含其润，茂先凝其清，景阳振其丽；兼善则子建、仲宣，偏美则太冲、公干"[3]，又说"张华短章，奕奕清畅"[4]，钟嵘认为谢瞻之诗"源出于张华"而以"清浅"论之。可见后人对其诗歌之"清"是有充分体会的。

张华主张诗风之"清"，首先在于文辞之省练。张华在其诗歌创作中，选词用字往往简省洗练，如《情诗》中的"北方有佳人，端坐鼓鸣琴。终晨抚管弦，日夕不成音""清风动帷帘，晨月照幽房。佳人处遐远，兰室无容光。襟怀拥虚景，轻衾覆空床"等，均为简练之作。故王夫之以"谋篇简俊"[5]称赏之。对诗文韵意之要求当为张华诗风尚"清"之第二要素。张华称赞左思《三都赋》时说："班、

---

[1] 钟嵘. 诗品: 全译 [M]. 徐达, 译注. 贵阳: 贵州人民出版社, 2021: 53.
[2] 李秀花. 陆机的文学创作与理论 [M]. 济南: 齐鲁书社, 2008: 86.
[3] 白寿彝, 等. 文史英华·文论卷 [M]. 长沙: 湖南出版社, 1993: 163.
[4] 钟嵘. 诗品: 注释 [M]. 向长清, 注. 济南: 齐鲁书社, 1986: 43.
[5] 黄明, 郑麦, 杨同甫, 等. 魏晋南北朝诗精品 [M]. 上海: 上海社会科学院出版社, 1995: 103.

张之流也！使读之者尽而有余，久而更新。"①"尽而有余，久而更新"虽是其评赋之语，对待诗歌实亦如此。或者可以说，由于诗歌在篇幅字数上的限制，对其含蓄有韵味之要求更为根本。而文辞之简省与文辞之韵味可谓相辅相成。如果说文辞之繁富是受到内在表达激情之驱使，以达到呈才之目的，那么文辞之简省则是为了追求诗歌之韵味——以简约之辞传达丰富之意，而此所谓"意"是指笔意，有别于通常所谓思想感情之"意"。张华在其诗歌如《杂诗》《情诗》等创作中均表现出对诗歌韵味的有意追求。王夫之谓其短章"净而不促，舒而不溢"，即当指其诗歌文辞简省而意有含蕴。

2. "主情"观

在文学理论的研究中，最先强调情感的重要性的是陆机，他在《文赋》中强调"诗缘情而绮靡"，总结且肯定了建安时期以来诗歌创作中的抒情元素。但是早在陆机发表这一看法之前，张华也对情、辞关系抒发了自己的看法，主张诗歌和文章的创作应该"主情"。我们可以用陆云所著的《与兄平原书》佐证张华的"主情"观："往日论文，先辞而后情，尚洁而不取悦泽。尝忆兄道张公父子论文，实自欲得，今日便欲宗其言。"②在陆机之前，张华就提出了诗歌应注重情感的理念。陆氏兄弟受到了他的启发，开始将创作由"先辞后情"转为"先情后辞"，并从这种创作模式总结出创作理论，进而提出"缘情"的诗歌理论。刘勰在《文心雕龙·定势》中也对该事件有所提及。总的来说，张华在进行诗歌创作时对情感表达的重视，对文学的发展起到了不可或缺的重要作用。他的文学理论主张其实在陆机"缘情"说提出之前就已经存在了，可以说陆机的"缘情"说是在受到张华的影响后形成的。

张华的"主情"说并未被历史文献直接证实，除了陆云《与兄平原书》中的一小段记录。然而，他的诗歌创作确实经常展现出抒情特质。举例来说，张华曾作《答何劭》诗三首，一首赞颂何劭给他的赠诗"穆如洒清风，焕若春华敷"，表达了自己对清新优美文学风格的向往；一首强调诗歌应该表达内心真挚的情感和真实的感受："是用感嘉贶，写心出中诚。发篇虽温丽，无乃违其情。"③他将表达情感视为写诗的首要任务，而将文辞放在次要位置，充分体现了他的"主情"

---

① 江蓝生, 陆尊梧. 实用全唐诗词典 [M]. 济南：山东教育出版社, 1994：340.
② 黄侃. 黄侃文学史讲义 [M]. 北京：当代世界出版社, 2017：222.
③ 丁国成, 迟乃义. 中华诗歌精萃（上）[M]. 长春：吉林大学出版社, 1994：314.

文学观。张华所著《太康六年三月三日后园会诗》中也提到："于以表情，援著斯诗。"在《情诗》五首中，张华更是将"主情"观落实在创作中，以实践佐证了他的文学观念。

需要强调的是，张华不仅注重情感，也强调诗歌创作的文辞。他曾说："体之以志，彪之以文。"可以看出，他认为"文"和"质"同等重要，认为上乘的诗歌应当二者均有。但是受到时代文学思潮的影响，张华的诗歌创作并没有达到"文"和"质"均有的标准，其诗歌依然只以擅长雕琢文辞而广受赞誉。但总的来说，张华提出的"主情"理念，确实为后续文人的诗歌创作奠定了重要基础。

同样需要强调的是，诗歌创作注重情感的表达，并非起源于张华，情感的表达自诗歌诞生起就一直存在其中。只不过前代诗歌所描绘的情感，与张华"主情"理念中的"情"存在明显的差异。张华的"情"指的是诗人内在的感情体验，这与前代诗歌所强调抒发的"止乎礼义"之情大大不同。

（三）挚虞之"四言正体"论

挚虞在中国古代文论史上具有相当重要的地位。他编辑了我国历史上最古老的文章总集《文章流别集》，并亲自撰写了《文章流别论》。挚虞《文章流别论》是最早系统探讨不同文体特点、考察其起源发展、总结文章变化规律、比较古今异同、评析不同文家优缺点的研究专著。钟嵘在《诗品序》中高度赞扬它"详而博赡，颇曰知言"，可惜上述两本书都已经失传，现在只剩下《文章流别论》的残篇。严可均的《全晋文》中收录了12篇，《文心雕龙》中又增补了2篇，虽然看不到全部内容，但也能从中窥探一些端倪。

文学作品常常以世间万物秩序与形象，以及人对此生出的感悟为主题，诗歌创作也同样如此。挚虞总论云：

> 王泽流而诗作，成功臻而颂兴，德勋立而铭著，嘉美终而诔集。祝史陈辞，官箴王阙。《周礼》太师掌教六诗：曰风、曰赋、曰比、曰兴、曰雅、曰颂。言一国之事，系一人之本，谓之风。言天下之事，形四方之风，谓之雅。颂者，美盛德之形容。赋者，敷陈之称也。比者，喻类之言也。兴者，有感之辞也。后世之为诗者多矣，其功德者谓之颂，其余则总谓之诗。

可见，挚虞论文是以儒家思想为宗旨，以诗为文章之首的，这与傅玄之创作

中国古代诗歌的流变与赏析

思想一脉相承。作者在此未提到赋，是因其认为赋乃"古诗之流"。在论赋体时，挚虞屡用"古之作诗者""古诗之赋"要求赋体，便是赋为"古诗之流"的最好证明。挚虞从诗开始而论"六诗"，形成以诗论为中心的总论。《文章流别论》中对诗歌之论述，典型地反映出时代创作之倾向：

> 《书》云"诗言志，歌咏言"，言其志谓之诗。古有采诗之官，王者以知得失。古之诗者有三言、四言、五言、六言、七言、九言。古诗率以四言为体，而时有一句二句杂在四言之间，后世演之，遂以为篇。古诗之三言者，"振振鹭，鹭于飞"之属是也，汉郊庙歌多用之。五言者，"谁谓雀无角，何以穿我屋"之属是也，于俳谐倡乐多用之。六言者，"我姑酌彼金罍"之属是也，乐府亦用之。七言者，"交交黄鸟止于桑"之属是也，于俳谐倡乐世用之……夫诗虽以情志为本，而以成声为节，然则雅音之韵，四言为正，其余虽备曲折之体，而非音之正也。

挚虞之诗歌理论，并未侧重于此时已近趋成熟的文人五言诗。而是从声乐角度出发，以尊经崇儒为指导思想，以经为标准进行自己的理论建构。其所引之例诗，除《诗经》外，别无他诗，即是明证。他说"诗虽以情志为本，而以成声为节"，而后指出"四言为正"，可见其所谓"正"与"非正"，亦仅从声乐方面着眼。尽管如此，我们还是可从另一侧面看出：太康时期之诗论家，还是以宗经思想指导自己的理论的，这与西晋政治的短暂统一密切相关。可以说，宗经思想影响了一代文论家，整个西晋甚至南北朝时期之文论家大多以此为论文之本，南朝梁时之文论家刘勰更是如此。《文心雕龙·明诗》亦从宗经之角度强调"四言正体"，与挚虞之说不谋而合。这或许在某种程度上表明两晋南北朝时期，作家大多是持此类观点的。

挚虞视《诗经》之四言体为各种诗体之母胚，成为中国古代文论家接受之共识。他们注重诗歌声乐之雅，提倡以雅乐入诗。而《诗经》之四言诗，则为雅音之正体。应该说，此理论是其时诗人创作雅正化观念之理性反映，是时代文学理论总结之必然产物。当然，挚虞之"雅"与彦和之"雅"并非同一范畴，挚虞之"雅正"，是从声乐而言诗，较为纯粹；彦和之"四言正体，雅润为本"之"雅润"，则与儒家之雅正中和相类，已涉及四言之思想感情格调方面。

挚虞的"四言正体"论,可谓太康时期四言诗创作之理论体现。综观太康诗歌,不难看出此时以四言为正体之创作风貌。太康文士以《诗经》为范本进行诗歌创作,加上崇尚文辞、歌功颂德之时代特色,很快使四言诗在文坛上再次出现创作小高潮。

二、太康时期的四言、七言诗

东汉后期,文人们在创作五言诗方面表现突出,创作出了《古诗十九首》等佳作,标志着中国古代诗歌创作进入了一个新的阶段。建安时期的诗人也受到东汉诗文的影响,开始普遍倾向于使用五言诗形式写作。钟嵘在《诗品序》中提到:"夫四言,文约意广,取效《风》《骚》,便可多得。每苦文繁而意少,故世罕习焉。五言居文词之要,是众作之有滋味者也,故云会于流俗。岂不以指事造形,穷情写物,最为详切者耶!"鉴于社会环境的支持,以及其自身具有的创作优势,五言诗开始成为主流的古代诗歌体裁。钟嵘又曰:"故知陈思为建安之杰,公干、仲宣为辅;陆机为太康之英,安仁、景阳为辅;谢客为元嘉之雄,颜延年为辅。斯皆五言之冠冕,文词之命世也。"钟嵘指出,建安、太康和元嘉时期是五言诗发展历史上的三个高峰时期。他形容当时建安时代诗坛前所未有的繁荣景象为"彬彬之盛";将太康称为"文章中兴";认为谢灵运文采出众、才华横溢,"含跨刘、郭,凌轹潘、左";将曹植、陆机、谢灵运视为建安、太康和元嘉时期五言诗创作的典范。钟嵘在其论说中真实地勾勒出了五言诗的发展历程。可以说,太康时期,五言诗成为主要的诗歌体裁。因为受到时代和社会因素影响,除主流诗歌体裁之外,该时期其他的诗歌体裁也有所发展。在这一阶段,曾经备受古人青睐的四言诗重新流行起来,显示出了"东山再起"的迹象。然而,作为逐渐式微的文学形式,四言诗的这种兴盛注定不能长久。而一直不受重视的七言诗,在这一阶段也继续缓慢地发展,为后世七言诗的创作奠定基础。

(一)四言诗的"回光返照"

自汉代开始,人们就将"诗三百"视为儒家经典之一,四言诗则被普遍看作是正统的诗歌形式。汉朝末期以后,五言诗和七言诗逐渐兴起并蓬勃发展,逐渐超过四言诗,成为诗坛上最受欢迎的形式。四言诗的辉煌尽管已经过去,却并没有完全消失。西晋时期，人们重新开始关注起了四言诗，太康诗人再次创作了数目众多的四言诗作品，使得这种诗歌形式再次受到欢迎。然而，由于社会环境和文化基础发生了巨大的变化，四言诗的再起注定不会如《诗经》时代一般辉煌。太康时期四言诗的再次流行不能被视为四言诗复兴的象征，而只能被看作"回光返照"。东晋时期，随着政权的动荡，四言诗的发展受到了阻碍，甚至沦落到了接近灭亡的境地。当然，后世依然有不少诗人选择以四言诗形式来写作，李白等诗人创作的出色的四言诗至今流传不衰。不过，这只能代表作家个人对诗歌形式的偏好，而无法代表四言诗在这些诗人所处的时代中在诗坛具有重要的地位。

1.四言诗的"回光返照"及其原因

在受到乐府民歌的影响后，五言诗于汉朝末年开始在中国诗歌创作中崭露头角。建安时期，五言诗成为主要的抒情表达形式。刘勰曾描述该时期五言诗的繁荣状况："暨建安之初，五言腾踊。文帝陈思，纵辔以骋节，王徐应刘，望路而争驱。"[1]西晋时期，五言诗在文学界备受推崇，被视为"勃尔复兴，踵武前王"，社会上形成大兴诗歌创作的风气。

这一时期，也有许多诗人坚持写作四言诗，四言诗被人们视为高雅之音，也受到了高度赞扬。据《先秦汉魏晋南北朝诗》记载，太康时期的诗歌作品总数超过390首，其中有136首是四言诗（不包括12首残句），占全部作品数量的34%。从中我们可以看出，太康时期，四言诗也在文人间相当流行。

太康时期四言诗的创作数量迅速上升，可见四言诗蓬勃发展之势，但随后创作数量又快速下降，这既受到诗歌创作内在条件的限制，也受到特定历史文化环境的影响。

第一，西晋王朝所推行的"崇儒"政策，是促使四言诗再次兴盛的重要动力。古代中国，儒家思想被皇帝视为可用以治理国家的思想，可以说体现出了封建社会的核心价值观。西晋司马氏原本就崇尚儒学，在统一政权后，为了巩固自己的统治地位，司马炎便迅速推行"名教"思想。所谓"名教""依魏晋人解释，以名为教，即以官长君臣之义为教，亦即入世求仕者所宜奉行者也"[2]，即指儒家所推崇的道德准则和价值观。随着社会秩序的稳定恢复和统治者对衰落儒学的重新

---

[1] 程皓月.新古诗：在历史与哲学的长廊之间[M].北京：文津出版社，2022：220.
[2] 冯达文.道家哲学略述[M].成都：巴蜀书社，2015：148.

关注，人们的思想观念也逐渐受到儒学的熏陶。为了顺应当时统治者推崇儒学思想和"名教"的大势，西晋文人放弃抵制儒学，不再推崇建安时期崇尚的"通脱"精神，转而贯彻"温柔敦厚"和"美刺"的诗教传统。文学作品的创作越来越脱离普通人的生活体验，宫廷文学越来越多，"典雅"成为诗歌创作的主流风格。

所谓"典雅"，即典正高雅，它实包含了内容与形式两方面的要求。从内容上来看，要思想平正，格调高雅，符合儒家关于政治教化的要求；从形式上来说，则应该文辞典丽雅致，不能流于俚俗与浮艳。而符合此"典雅"要求的，首推古老之诗歌总集《诗经》。于是，《诗经》再次成为诗人创作之典范。不同的是，此时诗人们所借鉴的不再是脍炙人口的民歌，而是最能体现贵族宫廷文学特色的雅和颂。

第二，儒家正统地位的恢复，致使士族文人创作观念趋于保守。受统治者思想之影响，此时诗论家亦普遍认为四言为正体。如挚虞就曾指出四言为"雅音之致"，而五、七言诗则"于俳谐倡乐多用之"，属不雅非正之体。挚虞论诗，以经为准，其所引例诗，除《诗经》外，别无他诗，可见其是宗经的。其所谓诗之正与非正，则是从声乐方面而言。从他以声乐之论诗来看，太康时期的诗论家是以宗经思想指导自己的理论的，甚至其后的整个南朝时期亦是如此，如文论大家刘勰即是如此，他在《文心雕龙·明诗》篇中说："四言正体，雅润为本；五言流调，则清丽居宗。"他们均注重诗歌声乐之雅，提倡以雅乐入诗，而《诗经》之四言形式则为雅音之正体。这种理论，实是诗人创作雅正观念之理性反映。

第三，自正始时期兴起之玄言清谈，作为遍及当时整个社会之哲学思潮，亦对太康时期四言诗之复兴起了推波助澜的作用。一方面，玄学清谈"得意忘言""得意忘象"之思辨方法，对西晋文士选择四言诗体进行创作产生较大影响。魏晋玄学之根本思想方法，是王弼在《周易略例·明象》中所提出的"得意忘言""得意忘象"。他说：

> 夫象者，出意者也。言者，明象者也。尽意莫若象，尽象莫若言。言出于象，故可寻言以观象；象出于意，故可寻象以观意……象生于意而存象焉，则所存者乃非其象也；言生于象而存言焉，则所存者乃非其言也。然则，忘象者，乃得意者也；忘言者，乃得象者也。得意在忘象，得象在忘言。故言象以尽意，而象可忘也；重画以尽情，则画可忘也。

中国古代诗歌的流变与赏析

借《周易》中之"言不尽意"和魏初"象不尽意"等概念，王弼首次系统地阐述了玄学之根本思辨方法。这一方法虽在逻辑上具有高度抽象性，但却与东汉中期以后学术思想界"鄙章句之繁琐而重经典之本义"之潮流相吻合，故其迅速成为文人学士用于解经之思想方法与准则。玄学名士们则以此方法谈理著论，以尽量少之"言""象"，表现最为丰富之理，并在"得意"之后迅速"忘言"。这样做的结果势必形成崇尚简约之风尚。何劭《赠张华诗》曾云："西瞻广武庐。既贵不忘俭，处有能存无。镇俗在简约……""简约"已成为文人士子之自觉追求。由《诗经》而开先河的四言诗体正是诗歌中最符合"文约意广""最附深衷"的诗体样式，这就促使诗人在选择诗歌体裁时，自觉地倾向于运用古老的四言诗体。稍后于此时的文论家均对之有较深刻的认识，如刘勰在《文心雕龙·宗经》篇中说："《诗》主言志，训诂同《书》；摛风裁兴，藻辞谲喻；温柔在颂，故最附深衷矣。"钟嵘《诗品序》说："夫四言文约意广，取效《风》《骚》，便可多得。"《本事诗》云："（太白）尝曰：'兴寄深微，五言不如四言，七言又其靡矣……'"胡应麟《诗薮·内编》亦云："四言简质，句短而调未舒；七言浮靡，文繁而声易杂。"可见，玄学清谈造成的崇尚简约之风尚，必然导致文人学士在诗体上选择古朴简淡的四言与之配合。

另一方面，玄学清谈之思辨方法造成玄学家务求雅致之风尚，反映到文学上，则是魏晋文学对"辞气雅正"的要求。观陆云与其兄陆机谈论诗文之作，即可看出此时文人崇尚雅致之追求，其在《与兄平原书》中曰："音楚，愿兄便定之。"作为由吴入洛之文士，陆云对当时流行之"雅音"并不能完全掌握，故难免在为文过程中存在"楚音"，他要求其兄为之稍作改易，则是希望文章能摆脱非雅之音的干扰。魏晋文士崇尚雅正之举，由此可见一斑。陈寅恪曾对此深入研究，称魏晋南人言咏必力避土音而用"雅言"，实为深谙当时社会文化环境之论。具体到诗歌创作，则《诗经》之语言及形式为当时文士所公认之"雅言"，由此，选择四言体形式进行创作亦是自然而然之事了。

此外，太康诗人"儒玄结合，柔顺文明"之人格模式，亦是造成此时四言诗兴盛的原因之一。

魏晋之际复杂的社会政治情况，使得文人学士对于祸福无门、荣辱无常的现实处境有着极深的担忧。于是，《周易》《老子》之学中谦、柔、损等思想引起了社会的普遍共鸣。正始玄学家虽对"道"之"谦损"有所涉及，但并非正始玄学之基本内容，而西晋时人们对《周易》《老子》之学的认识和接受，则主要集中在这一方面。他们试图以此来寻求盛衰变化和立身处世的奥秘。即便帝王亦难免受其影响。如宣帝即曾以"道之谦损"教育子弟："盛满者道家之所忌，四时犹有推移，吾何德以堪之。损之又损之，庶可以免乎？"钟会之母张氏更是一再以此教导子女，她说"《易》三百余爻，仲尼特说此者，以谦恭缜密，枢机之发，行已至要，荣身所由故也。顺斯术以往，足为君子矣""人情不能不自足，则损在其中矣"[①]，完全将"谦损"之义作为立身之本。帝王名臣如此，一般文人学士更是如此。在此风气影响下，太康诗人自然而然地形成了"儒玄结合，柔顺文明"之人格模式。关于此人格模式，钱志熙有更进一步的阐释："儒玄结合，柔顺文明是西晋文人的人格模式，它的基本表现是谨身守礼、儒雅尚文、谦柔自牧、宅心玄远、通达机变。这是一种折中的、调和色彩很浓厚的人格模式。"[②]为迎合统治者之需要，他们摒弃了儒家贞刚弘毅、发扬蹈厉之精神传统，而表现出个性受到压抑后所形成的"守礼、儒雅、谦柔"之人格特色，此特色正体现了儒家"温柔敦厚"之精神。在此人格模式下，太康诗人之创作亦展现出折中、温婉之面貌。而《诗经》正是儒家此精神面貌的最佳体现。因此，太康诗人选择四言形式进行创作，亦当在情理之中。只是他们在接受"美刺"之传统时，舍"讽谏"而发挥"润色鸿业，歌功颂德"之"颂美"传统。太康时期之四言诗，是特定历史条件下文人学士为求得仕进及立身处世需要选择的结果。

2. 太康时期四言诗之内容与特色

《诗经》中的四言诗围绕着社会生活展开，涉及爱情婚姻、劳动征伐、朝政祭祀等主题。和其他类型的诗歌一样，四言诗也在从民间创作到文人创作的演变过程中发展壮大。如《诗经》中的四言诗，文人在对其进行加工后，将《诗经》四言诗的题材分为风、雅、颂三个部分。汉朝建立后，董仲舒主张"罢黜百家，独尊儒术"，儒学成了主导的意识形态。《史记·儒林列传》云：

> 及今上即位，赵绾、王臧之属明儒学，而上亦乡之；于是招方正贤良文学之士。自是以后，言诗于鲁则申培公，于齐则辕固生，于燕则韩太傅。……

---

① 黄本骥. 贤母录 [M]. 谦德书院，校注. 北京：团结出版社，2023：129.
② 崔宇锡. 魏晋四言诗研究 [M]. 成都：巴蜀书社，2006：151.

及窦太后崩，武安侯田蚡为丞相，绌黄老刑名百家之言，延文学儒者数百人；而公孙弘以春秋，白衣为天子三公，封以平津侯。天下学士靡然乡风矣。

对儒术的推崇一直延续至东汉中期。诗歌创作受到儒家诗学的影响，《诗经》中的雅、颂题材逐渐成为主流，四言诗的内容选择也逐渐符合儒家思想的趋势。汉代儒生对风、雅、颂作了更加详细的解释，《诗大序》云："风也，教也，风以动之，教以化之。""雅者，正也，言政之所由废兴也。""颂者，美盛德之形容，以其成功告于神明也。"① 由此既展现了汉朝文人对《诗经》主题内涵的理解，同时也代表了他们自身在诗歌领域的倾向。它为四言诗的创作划定了方向，认为四言诗必须用以赞美神灵的伟大力量、劝谏或歌颂统治者，而脱离这些主题的四言诗就会被视为"淫声"。受到这种思想的影响，汉代诗歌领域涌现了一批"匡谏之义，继轨周人"的作品，如高祖唐山夫人之郊庙歌辞《安世房中歌》，武帝时杂歌谣辞《郑白渠歌》，韦孟《讽谏诗》《在邹诗》，韦玄成《自劾诗》《戒子孙诗》，郊祀歌《帝临》《惟泰元》，东平王刘苍《武德舞歌诗》，班固《名堂诗》《辟雍诗》等，但这些作品数量有限，远远落后于当时流行的赋作。

曹魏时期，儒家思想受到严峻挑战，汉代以来儒家的"独尊"地位开始动摇。儒家讽上化下之传统在此时诗歌创作中迅速缩减，而"感于哀乐，缘事而发"之乐府民歌精神领导了建安诗坛。四言诗在此时亦受到重创，而诗歌之新体裁——五言诗则大放异彩。以曹氏父子为代表之建安文士，在四言诗创作上，一反汉代以来讽喻王政和歌颂神明之传统，在内容上呈现出多彩多姿之面貌。诗人或相励以志，或抒发情感，或书写文思等，大大增加了四言诗之内涵，并且较前代四言诗明显具有抒情化倾向，表现出迥异于前的风格特点。如曹操《观沧海》：

东临碣石，以观沧海。水何澹澹，山岛竦峙。树木丛生，百草丰茂。秋风萧瑟，洪波涌起。日月之行，若出其中。星河灿烂，若出其里。幸甚至哉，歌以咏志。

全诗以白描之手法，朴素之语言，写观茫茫沧海所见之景象，表面看似写景，实则借此抒发其统一天下之雄心壮志，所谓"直写其胸中眼中，一段笼盖吞

---

① 韩秋月. 中国古代诗歌赏析教程：诗歌也可以这样读[M]. 天津：南开大学出版社，2012：3.

吐气象"①。同时，曹氏父子及建安七子又大力开拓四言诗之题材。乐府而外，此一时期创作较多的是赠答诗。在曹魏70余首四言诗中（包括残句），乐府诗27首，赠答诗10首，占了此时四言创作之大半。建安七子之一王粲，现共存四言诗6首，除1首《为潘文则作思亲诗》外，其余5首全为赠答诗，可见赠答诗创作之繁。叶燮在《原诗·内篇》中云："建安、黄初之诗，乃有献酬、纪行、颂德诸体，遂开后世种种应酬等类。"当为确论。建安诗人对诗歌创作题材之拓展，为后世诗歌创作打下良好基础。

西晋时期，文士们在建安四言诗发展基础上，适应时代之需要，大量创作赠答、宴饮、应诏、祖饯等题材之四言诗，此类诗歌构成了晋代四言诗发展之新面貌。然而，与建安时期之四言诗相较，晋代之四言诗发生了很大变化。曹魏时期所形成的"感于哀乐，缘事而发"之传统，在此时受到冷遇，汉代以来歌功颂德之风又起，诗歌之抒情色彩亦有所转变。无论在官方特定场合应诏受命为诗，或在公宴场合为诗，或为社交应酬赠答为诗，其内容多为称颂或夸赞对方美德或文藻。这种以歌功颂德为主要内容的诗歌，除了远继《诗经》之"雅""颂"传统外，亦受到汉魏以来颂、赞、铭等应用韵文以及东汉人物品藻之影响。"颂美"成为太康时期四言诗之主要内容与特色。

（二）七言诗在太康时期的创作与表现

1. 七言诗溯源及太康前之发展状况

与五言诗相比，七言诗拥有更长的历史，但其发展速度却要更加迟缓，从民歌到文人创作的演化也要比五言诗更慢。据记载，古代先秦时期的民歌中，就有形式接近七言诗的歌谣产生，如《饭牛歌》《郑舆人颂》等。这些歌谣每句多为七字，句句七字的歌谣如春秋时期的《童谣》：

　　吴王出游观震湖，龙威丈人名隐居，北上包山入灵墟，乃造洞庭窃禹书，天帝大文不可舒，此文长传六百初，今强取出丧国庐。

传闻这首七言歌谣由孔子所创，在《河图绛象》和《灵宝要略》等古籍中都有相关记录。但是根据其风格特征，该歌谣更像是由西汉时期的人所写。我们也

---

① 钟惺，谭元春. 诗归（上）[M]. 武汉：湖北人民出版社，1985：123.

能够在《楚辞》中找到七言诗的初步形式，顾炎武云："昔人谓《招魂》《大招》去其'些''只'，即是七言诗。"[①] 按照顾炎武的这一标准，符合七言诗特征的诗作不胜枚举。除此之外，还有许多类似楚辞体七言歌谣的作品，如《战国策》中的"荆轲歌"，以及《吴越春秋》中的《采葛妇歌》《穷劫曲》和《河梁歌》等，均采用了七言的格式。

根据历史记载，西汉时期的东方朔著有"八言、七言上下"，晋灼注："八言、七言诗各有上下篇。"东方朔的七言诗只留下了一句传世。《汉书·东方朔传》云：

　　上尝使诸数家射覆，置守宫盂下，射之，皆不能中。朔自赞曰："臣尝受《易》，请射之。"乃别蓍布卦而对曰："臣以为龙又无角，谓之为蛇又有足，跂跂脉脉善缘壁，是非守宫即蜥蜴。"上曰："善。"赐帛十匹。

上述《汉书·东方朔传》中，东方朔在占卜时所用的便是七言韵语。而刘向在其所作的《赵津女娟》中，也曾记载赵简子的妻子女娟在战国时期创作的名为《河激歌》的七言诗，该诗歌和张衡《四愁诗》一样，句中带"兮"，更像是由西汉时期的人所写。《史记》中记载的《邺民歌》则拥有和《河激歌》一致的形式。《柏梁诗》是诗人在汉武帝统治时期创作的，采用了七言联句的形式。《凡将篇》整体而言也属于七言韵语。在《文选》的注释中，李善多次引用了刘向的七言诗句。尽管七言诗当时在民间非常受欢迎，然而在文学界尚未广泛流传开来。

东汉时期，七言诗作为一种通俗诗体得到了更深入的探讨。七言歌谣、谚语等作品的数量正逐渐增多。举例来说，标准的七言体有《三府谚》《甘陵民谣》《获麟歌》等。根据现代学者的研究，道藏《太平经》中出现了很多以七言为主的韵文句式，而《太平经》的成书时间可以追溯至东汉时期或更早。东汉时期，文人们也开始尝试创作七言诗，张衡的《思玄赋》中的"系辞"应该是最早的例子，尽管严格来说它只能被归类为七言一句的赋体。相对标准的七言诗，则是张衡所作的《四愁诗》：

　　我所思兮在太山，欲往从之梁父艰。侧身东望涕沾翰。美人赠我金错刀，何以报之英琼瑶。路远莫致倚逍遥，何为怀忧心烦劳。

---

① 顾炎武. 日知录（四）[M]. 谦德书院, 注译. 北京：团结出版社，2022：1750.

第二章 魏晋南北朝时期的诗歌

此作品采用了重章叠句的创作手法,包含4章,其他3章仅对第1章中的少数词语进行更改。这首诗全部由七言句构成,断句方式为四、三顿,虽然在中间换用了押韵法,但每句都保持着相同的韵脚,整体风格非常整齐。只是一些句子仍然保留有《楚辞》特有的句式(比如每一章的首句都含有"兮"字),没有完全摆脱楚调的限制;此外,该作品重章叠句的创作手法也预示着该七言诗仍未能够彻底摆脱民歌的风格,形成自身独有的体系。然而,作为七言诗的最初之作,它的出现被视为从楚歌到七言诗的关键过渡。总的来说,东汉时期的七言诗以逐句押韵和通俗易懂的语言为标志性特征。特别是文人创作的七言诗,从文学诗歌发展的全景来看,表现得颇为稚嫩。

建安时期,文人七言诗有了长足发展。魏文帝曹丕之《燕歌行》可谓较出色之完整七言诗。它消除了楚歌残留之痕迹,成为真正意义上的七言诗。然此诗语言上仍然较为古奥,亦未摆脱句句押韵之窠臼,且韵密而调促。萧涤非对此曾有精辟见解:"汉魏七言诗,其共同之特点有二:一为句法之上四下三;一为用韵之每句押韵。今试将《大招》篇之'只'字与《招魂》篇之'些'字删去,则适成上四下三,每句押韵之七言诗矣。"[①]尽管如此,曹丕之《燕歌行》,标志着文人七言诗之成熟,成为学界公认之事实。萧涤非亦云:"乐府中之七言歌诗,盖禀命于《楚辞》……而成熟确立于曹丕之《燕歌行》。"[②]此一时期,进行七言创作的还有曹植的《艳歌行》,亦是七言联韵体。

建安以后很长时间内,七言诗之创作基本上陷于消歇状态,然并非没有发展。正始诗人嵇康《思亲诗》可以看作继张衡《四愁诗》之后的又一首骚体七言诗。而其所作《琴赋》中所系之《琴歌》亦是以骚体诗的形式出现的七言诗,摘录如下:

  凌扶摇兮憩瀛州,要列子兮为好仇。餐沆瀣兮带朝霞,眇翩翩兮薄天游。齐万物兮超自得,委性命兮任去留。

值得注意的是,在这首诗中,已经开始隔句用韵。此可谓七言诗艰难发展中的一大进步。然而,嵇康之作实为赋中系诗,非纯粹七言之创作,且其仍是骚体七言形式,作者并未在曹丕创作基础上使之得到进一步发展,不能不说是七言发展之遗憾。

---

① 萧涤非. 汉魏六朝乐府文学史 [M]. 北京:人民文学出版社,1998:41.
② 萧涤非. 汉魏六朝乐府文学史 [M]. 北京:人民文学出版社,1998:137.

中国古代诗歌的流变与赏析

以上可见，晋代以前之七言诗，其发展是相对滞后的，与独领风骚之四言诗及后来居上之五言诗不可同日而语。何以会出现如此局面呢？

第一，文人对七言诗形式的轻视，很大程度上阻碍了它的发展。自汉代以来，七言诗一直被大多数人认为是朗朗上口的通俗作品，因此无法脱离民谣和乐府诗的范畴进行更深层次的发展。这种思想认识在西晋时期尤其明显，如傅玄在评价张衡的《四愁诗》时便采用了"体小而俗，七言类也"的说法，傅玄之所以使用"俗"来评价七言诗，是因为在汉朝和魏晋时期，七言诗更倾向于被运用在俗世生活中的非诗歌性表达上，如用于满足俳谐、祝颂、字书、镜铭等与通俗文本相关的需求。在《文章流别论》中，挚虞从声乐的角度提到了七言诗"于俳谐倡乐多用之"。陆机也指出："三言七言，奇宝名器，不遇知己，终不见重。"《后汉书》中解析文人作品时，通常会将其归为不同的文学类型，而作者则将诗歌和七言划为不同的类型，这也表明了汉魏文人并未把七言归入诗歌的范畴。因此，七言诗在当时并非文学界的主流，也没有在文学领域获得充足的发展机会。比起文学，七言诗更依赖于民间歌谣发展。东汉时期到两晋时期，七言体歌谣在民间迅速流传，如《行者歌》《陇上歌》等，为七言体诗歌的发展打下了坚实基础。

第二，在汉代，由于统治者偏爱五言诗，乐府诗人开始主要采用五言诗形式创作，七言诗一直未获得充足的发展机会。秦汉时期之前的诗歌则通常以四字一句的形式为主，自汉代起，由于当权者的大力推动，汉赋日益风靡，在文坛占据主流整整两个世纪。而汉赋多延续《诗经》的遗风，形式上以四言为主。汉大赋中，四言句式是重要的韵文结构之一，汉末的小赋作品中，四言句式更是在所有韵文结构中占据着主要地位。可以说，从四言进步到五言比从四言进步到七言更为简单。此外，古代汉赋还常使用六言句式，赋中许多句子是用一言衔领五言，同时大量的六言句子是在句中或句末加入一个语气助词形成，如果去除这个在意义上相对无关的助词，整个句子就从六言句式变成了五言句式。这种情况在某种程度上导致了乐府更热衷于五言诗。汉赋主要是用来颂扬统治者的功绩、塑造和谐社会的假象，而乐府诗的目的在于"观风俗，知厚薄"。当时的统治者非常推崇汉赋的文学形式，将其视为乐府文学的重要组成部分，并着力倡导五言诗的创作，这种举措对文学产生了重要的影响。在当时的社会背景下，由于缺乏官方支持等推动力，七言诗很难在社会中得到广泛传播。

第三，句句押韵是导致早期的七言诗创作不受欢迎的重要原因之一，这一特征在其体式上表现得最为突出。根据前述分析可以得知，直到晋代，七言诗仍然保持了每句都押韵的特点。尽管嵇康在他的七言诗作品《琴歌》中采用了隔句押韵的方式，但由于这些诗作被归类为赋，当时并没有引起人们的重视。七言诗强调句句押韵，让每句诗都能独立成句，但五言诗其实是10字成韵，因此七言诗更显简练。但也因为七言要求每句都要押韵，实际上对文人的创作提出了更大的挑战。因此，要让七言诗有更大的进展，就需要摆脱每句都要押韵的限制，这一难题很长时间未被攻克。直到鲍照找到了解决方法，才推动了七言诗的繁荣和发展。后来到了唐代，文人们才得以在文学界确立七言诗真正的地位。

2. 太康时期之七言诗创作

根据上文可知，晋代之前，七言诗的发展并没有得到很大的突破。即使在晋代，七言诗的发展也是比较缓慢的。罗根曾说："七言诗自曹丕以后，并没有得到多大的发展。除了曹叡、陆机、谢灵运和谢惠连等仿作了《燕歌行》外，只有晋宋两代的《白纻舞歌诗》和宋刘铄的《白纻曲》，再有就是与一般七言诗不太相同的傅玄、张载的《拟四愁诗》，总计不到十几首……"七言诗仍然保持着一种潜在的力量，这种力量一直处于储备却未释放的状态，其创作始终无法完全因社会环境停滞。太康时期，七言诗的创作虽仍未能得到广泛的认可，但一些敢于尝试的诗人仍在不懈努力。其中，陆机的《燕歌行》《百年歌》，傅玄的《拟四愁诗》四首以及张载的《拟四愁诗》四首是目前流传下来的佳作。这些作品都是在前人作品的基础上进行创作的，在风格和文体上继承了前代的风格。但鉴于太康时代，四言诗有着深厚的根基，五言诗的形式则占据诗歌体裁的主流，很少有人尝试创作七言诗，陆机、傅玄、张载的创作已经十分难得。更何况，他们的创作与原作相比有了一些改进，七言诗由此在太康时期得以继续传承，同时也为后人写作七言诗提供了更多的灵感。

陆机创作的《燕歌行》是受到曹丕同名作品启发而写成的。萧涤非认为，晋代乐府拟古，主要可分为两大流派：一类是运用古代题材来描述古代事件；另一类是借用古代题材表达古意。后者通常是将古代作品的原意转述成文章，这种类型的诗歌并不如第一类的诗歌有价值，但却成了晋代乐府拟古的主流。陆机这首诗就与曹丕《燕歌行》极为相似，无论是在形式抑或是内容方面，两者皆十分相近。萧涤非认为陆机之作"殆与魏文帝《燕歌行》同一鼻孔出气矣"[1]。这首诗展示了陆机写作拟古诗的特点。陆机的作品,特别是乐府诗,大多数是按照古代的题材创作,并且很少有创新元素。然而,陆机这篇七言诗并不完全符合萧涤非所说的"诚无足观",还是有后人可以借鉴的地方。曹丕和陆机的《燕歌行》如下:

> 秋风萧瑟天气凉,草木摇落露为霜。群燕辞归鹄南翔,念君客游思断肠。慊慊思归恋故乡,君何淹留寄他方?贱妾茕茕守空房,忧来思君不敢忘,不觉泪下沾衣裳。援琴鸣弦发清商,短歌微吟不能长。明月皎皎照我床,星汉西流夜未央。牵牛织女遥相望,尔独何辜限河梁?(曹丕)

> 四时代序逝不追,寒风习习落叶飞。蟋蟀在堂露盈墀,念君远游常苦悲。君何绵然久不归,贱妾悠悠心无违。白日既没明灯辉,夜禽赴林匹鸟栖。双鸠关关宿河湄,忧来感物涕不晞。非君之念思为谁,别日何早会何迟。(陆机)

曹丕之七言诗作为文人七言开山之作,对民间歌谣之吸收与借鉴迹象明显。首先,其所选取之意象均为通俗可知之自然景物,如秋风、草木、群燕、归鹄、明月、星汉等,读之让人一目了然;在典故的运用上,亦使用人们熟知的牛郎织女的故事。读来清新上口,民歌气息较为浓重。陆机之作则增加了诗歌文人化之气息。无论在语词之运用还是典故之选取上,均有其独到之处。首先,在语词运用上,陆诗增加使用了叠韵联绵词,较曹丕之作更佳;陆机首次在诗歌中选用蟋蟀、关雎等为后人熟知的经典中之诗歌意象,既从字面上表达出"四时代序"之意,又通过时节之更换给人以凄清萧索之感,更准确地衬托出妇人独守空房之寂寞,同时又使人产生联想,使作品所欲表达的相思之意更加深化,从而加强了诗歌文人化成分。蟋蟀、关雎等意象,成为后代诗歌中普遍使用的象征物,在此方面,陆机开拓之功不可抹杀。其次,在用韵方面,两首诗均为句句押韵,一韵到底,然陆机之诗较曹丕之作又有所进步。胡应麟评价说"纯用七字而无杂言,全取平声而无仄韵"[2]。陆诗全押平韵,曹诗间有仄韵;陆诗两句一组,曹诗或两句,或三句。二者在韵味上均深曲绵长、悠悠迂徐,然因句组与韵脚之不同,曹诗顿挫急促,陆诗则圆润婉转。这表现出太康诗人在创作中较建安诗人更加注重诗歌

---

[1] 萧涤非. 汉魏六朝乐府文学史[M]. 北京:人民文学出版社,1998:189.
[2] 林久贵,胡涛. 曹丕全集[M]. 武汉:崇文书局,2021:305.

第二章　魏晋南北朝时期的诗歌

音调之和谐，在创作技巧上独出机杼，注重对偶、韵脚及平仄之交错，显示出太康时期诗歌创作文人化的进一步加强。

陆机之《百年歌》，把10首相同字数、相同结构之诗句相并列，以展开一幅漫长的人生长卷。每10岁作为一首诗，描绘不同阶段人之精神面貌，充分展现了人生由盛而衰之客观规律。10首诗联成一首，层次清晰，语句整饬，辞采华丽，结构宏大。每首除第一句外，均使用七言形式，这在四言、五言占主导地位之诗坛上极为难得。当然，此首诗在内容上还是相对贫乏的，诗中读不出感人之情。可以大致判断，此当为陆机早年练笔之作。正如姜亮夫所言："此歌（指陆机《百年歌》）今载《陆集》卷第七，自十岁至百岁分成10首，皆状年龄特有现象，而功名勋业，在所重视。就一般常情而言，非有寄托抒情之用。壮盛以前当即时取富贵，七十八十，则乐事告终，歌人生自然现象，与士大夫冀望之怀，摹绘真切。然词旨浅率，亦少年时作也。"[1]姜先生通过分析诗歌内容判断此诗作于陆机少年时代，大抵不错。

前已论述，张衡之《四愁诗》为有文字记载的最早文人七言诗。傅玄言其"体小而俗"，并"拟而作之"。为明白表现拟作与原作之变化，特节录二人诗如下：

  我所思兮在太山，欲往从之梁父艰。侧身东望涕沾翰。美人赠我金错刀，何以报之英琼瑶。路远莫致倚逍遥，何为怀忧心烦劳。（张衡《四愁诗》第一章）

  我所思兮在桂林，欲往从之湘水深。侧身南望涕沾襟。美人赠我金琅玕，何以报之双玉盘。路远莫致倚惆怅，何为怀忧心烦伤。（张衡《四愁诗》第二章）

  我所思兮在瀛洲，愿为双鹄戏中流。牵牛织女期在秋。山高水深路无由，悯予不遘婴殷忧。佳人贻我明月珠，何以要之比目鱼。海广无舟怅劳劬，寄言飞龙天马驹。风起云披飞龙逝，惊波滔天马不厉。何为多念心忧泄。（傅玄《拟四愁诗》其一）

  我所思兮在珠崖，愿为比翼浮清池。刚柔合德配二仪。形影一绝长别离，

---

[1] 冯源. 论陆机诗歌中的叹逝之悲及超脱之怀[J]. 内江师范学院学报, 2017, 32（5）: 44-47.

悯予不遘情如携。佳人贻我兰蕙草,何以要之同心鸟。火热水深忧盈抱,申以琬琰夜光宝。卞和既没玉不察,存若流光忽电灭。何为多念独蕴结。(傅玄《拟四愁诗》其二)

张衡之作,筚路蓝缕之功甚高,然就诗歌艺术而论,则无论如何算不得佳。尽管有人称"平子《四愁》,千古绝唱,傅玄拟之,致不足言,大是笑资耳"[1],然与原作相比,则傅玄之《拟四愁诗》表现出一种借原诗之构思而在语言风格及描写技巧上踵事增华、追求含蓄典雅之情趣。语言方面,傅作明显较原诗趋于华丽俳偶,在抒情上则更加含蓄典雅。同时,为改变原作"体小而俗"之弊,除将每章变为偶数 12 句外,傅玄又对原诗进行了意象上的增衍及情景上的扩充变换,如拟诗将原作第一句"我所思兮在太山"扩充为"我所思兮在瀛州,愿为双鹄戏中流。牵牛织女期在秋"3 句,并增加了"双鹄""牛郎织女"等意象,更增加了诗歌之文人化色彩。原作"路远莫致倚逍遥"一句在拟作中被增衍成"海广无舟怅劳劬,寄言飞龙天马驹。风起云披飞龙逝,惊波滔天马不厉"4 句,不但使诗歌气象变得宏大,且进一步烘托出路途遥远、行之惟艰之意境。拟作第二、三、四首均对原作二、三、四章进行了类似改造,此当是傅玄对"体小而俗"之七言诗努力改进之结果,其动机大概希望七言之形式能如其他诗体一样发扬光大。

傅玄之后,张载对之又进行了同题拟作:

  我所思兮在南巢,欲往从之巫山高。登崖远望涕泗交,我之怀矣心伤劳。佳人遗我筒中布,何以赠之流黄素。愿因飘风超远路,终然莫致增永慕。
  我所思兮在朔湄,欲往从之白雪霏。等崖远眺涕泗颓,我之怀矣心伤悲。佳人遗我云中翮,何以赠之连城璧。愿因归鸿超退隔,终然莫致增永积。
  我所思兮在陇原,欲往从之隔秦山。登崖远望涕泗连,我之怀矣心伤烦。佳人遗我双角端,何以赠之雕玉环。愿因行云超重峦,终然莫致增永叹。
  我所思兮在营州,欲往从之路阻修。登崖远望涕泗流,我之怀矣心伤忧。佳人遗我绿绮琴,何以赠之双南金。愿因流波超重深,终然莫致增永吟。

由作品可见,张载之拟作,并未继承傅玄之努力,而只在张衡原作基础上更换个别字眼,亦步亦趋,完全是在模拟,无论内容还是艺术方面均未能有所超越。

---

[1] 常振国,绛云. 历代诗话论作家(下)[M]. 北京:华龄出版社,2013:864.

清人黄子云评前人拟作时曾说："古人特创一题，作为诗歌，盖由情不自禁，言出乎中，有风动澜回之妙。后人动欲摹拟，不谙乎理，即滞于物，虽极意翻新，不能越其范围。"[①] 就张载《拟四愁诗》观之，正属此类。然而，太康时期之拟作，并非尽如张载此作，傅玄之拟作似乎更能反映当时模拟创作之发展，亦更接近于太康诗坛之风尚。

尽管如此，张载对七言诗之发展还是有一定作用的。正是有了这样的尝试，七言诗才得以在西晋传承下去，以至在后世形成星火燎原之势。其之所以为《文选》所录，或许亦有此方面之原因。

第三节　魏晋南北朝诗歌诗体流派

一、建安体

东汉末年汉献帝刘协执政时期（196—220年）兴起了一种独具特色的诗歌艺术流派，该流派的代表人物有建安七子，曹操及其子曹丕、曹植。在那个时代，他们的诗歌在诗歌创作领域中地位举足轻重，尤其是三曹和王粲的作品对我国诗歌史产生了关键影响。

建安时期的诗歌吸收了《诗经》和《楚辞》的精华，同时融入了汉代乐府民歌的优秀特点。这些诗歌通常以五言和七言的形式呈现，生动地描绘了当时社会的混乱状况，同时传达了人们对国家统一和太平盛世的热切渴望。诗歌展现了对受苦人民的同情，主题围绕着征战四方、建功立业展开，表达了慷慨激昂的情感，语言粗犷朴实。这种风格的涌现为诗歌形式带来了创新，对之后的文学产生了重要且广泛的影响。著名的建安体作品包括曹操的《观沧海》《短歌行》，曹丕的《燕歌行》，曹植的《送应氏》《泰山梁甫行》，王粲的《七哀诗》及蔡琰的《悲愤诗》等。

二、正始体

正始体是三国时期魏朝后期兴起的一种诗歌风格。正始是魏帝曹芳的年号，

---

① 贯文昭. 中国古代文论类编（下）[M]. 福州：海峡文艺出版社，1988：254.

中国古代诗歌的流变与赏析

正始年间是从 240 年至 249 年。正始体指的是竹林七贤在正始年间至西晋初年创作的诗歌。宋严羽《沧浪诗话·诗体》云:"正始体,魏年号,嵇、阮诸公之诗。"嵇康、阮籍、山涛、向秀、阮咸、王戎和刘伶因为志趣相投,常常一同出行至竹林作伴吟诗,故称为竹林七贤。竹林七贤多创作五言诗,阮籍和嵇康尤其擅长,对后人影响深远。特别是阮籍创作的《咏怀诗》集,共有 82 首保存至今,开创了五言诗抒发情感的新风格,对后世诗人的创作带来了相当大的启发。如庾信的《拟咏怀》、陈子昂的《感遇诗》和李白的《古风》都受到了阮籍《咏怀诗》的影响。

正始时期的诗歌风格复杂而含蓄。正始体间接地揭示和讽刺了封建礼教的黑暗统治,表达了高尚的愿望和对社会现实的不满,措辞曲折委婉,意味深长,在继承了建安文学的慷慨气息和批判精神的同时有所创新。但正始诗中也常常体现老庄主张的超脱尘俗、追求无为生活的消极态度。"正始体"也被称为"正始之音",出自邢邵《广平王碑文》:"方见建安之体,复闻正始之音。"

三、太康体

太康体兴起于西晋太康年间(280—289 年)。南朝文学批评家钟嵘说:"晋太康中,三张二陆两潘一左,勃尔复兴,踵武前王,风流未沫,亦文章之中兴也。"[①] 张载、张协、张亢、陆机、陆云、潘岳、潘尼、左思等文人才子都是著名的太康体作家。如左思的《咏史》八首以借古讽今的方式,表达了诗人的远大抱负和崇高情操,诉说了不满于士族和门阀制度的观点,是太康时期诗歌的杰出代表。但整体而言,太康体诗歌更注重形式上的技巧,倾向于精细的文字打磨,强调优雅的语言和完美的韵律,使得内容相对空泛,而缺乏与社会现实直接相关的内容。

四、玄言诗派

玄言诗是一种在西晋末期到东晋时期兴起并广泛流传的诗歌形式。其代表诗人有孙绰、许询、桓温、庾亮等。西晋晚期,由于玄学盛行,加上庾亮、桓温等官员的倡导,清淡风气迅速流行,玄言诗派几乎主导了东晋的诗歌创作。玄言诗与日常社会生活明显脱节,其内容大多是关于老庄哲学的教义和解释。故钟嵘《诗品序》批评玄言诗"理过其辞,淡乎寡味",并谓"孙绰、许询、桓、庾诸公诗,

---

① 陈柱. 中国散文史 [M]. 南昌: 江西教育出版社, 2018: 126.

皆平典似《道德论》,建安风力尽矣"。玄言诗虽然曾风靡一时,但现在已淡出人们的视野,留存的数量有限。东晋末期,殷仲文、谢混等人开始反对玄言诗,又随着陶渊明、谢灵运等人先后崭露头角,玄言诗的影响逐渐式微。

五、渊明体

渊明体是由著名诗人陶渊明在东晋末年和南朝宋代初年自创的一种诗歌风格,渊明体的典型作品为陶渊明的田园诗。陶渊明在辞去官职后创作了许多描写乡村生活的诗歌,因此被誉为"田园诗人"和"隐逸诗人之宗"。陶渊明的田园诗在艺术上有着出色的表现,其诗歌中充满了深远的感情共鸣。他以生动的笔墨,运用写实技巧,栩栩如生地描绘了美丽的乡村景致,并歌颂了宁静恬淡的田园生活,反映了农民们的心声和期盼,表现出自身对原则的坚守和不向黑暗势力妥协的奋斗志向,同时还体现了恪守廉洁不受当时腐败社会影响的品德,进而表达了他隐居于乡村,开启务农生活的愉悦与轻松。他的诗歌常常使用简洁明了的语言,朴素而不夸张,呈现出平和自然、清新纯真的独特风格。陶渊明的渊明体对于抵制形式繁复、内容空洞、大肆传播老庄思想的玄言诗起到了重要的作用,为后世追求简洁的诗歌形式产生了有益影响。陶渊明精通五言古诗,相关作品有《归园田居》5首和《饮酒》20首等。但需要强调的是,陶渊明的诗作也存在一定的缺点,如诗中多反映诗人逃避现实问题、主张及时享乐的消极思想。

陶渊明因其独特的诗歌风格而被认为是田园诗派的奠基人,他的作品对唐代田园诗派的发展和后世诗人的创作产生了深远的影响。

六、元嘉体

"元嘉体"是一种流行于南朝宋文帝元嘉年间(424—453年)的诗歌风格。宋严羽《沧浪诗话·诗体》:"元嘉体,宋年号。颜(延之)、鲍(照)、谢(灵运)诸公之诗。""元嘉体"突破了长期主导诗坛的玄言诗的限制,注重描绘山水自然。它在注重内容的基础上也注重诗歌的形式美,致力于用词的华丽,强调诗歌的韵律和对仗。刘勰《文心雕龙》中提到:"俪采百字之偶,争价一句之奇。情必极貌以写物,辞必穷力而追新。"但需要强调的是,每位诗人在诗歌风格、所运用的形式以及取得的成就上都各具特色。如谢灵运以其在山水诗方面的优秀才华而广受赞誉，被认为是山水诗派的奠基人；颜延之的诗歌富丽绚烂，常常引用许多典故，文字华丽，然而在艺术成就方面不如谢灵运；鲍照在七言乐府的领域有着卓越的成就，对七言诗的发展产生了重要的影响，明末清初的学者们认为他是七言诗的开创者，他的诗歌在体现民生疾苦、社会生活上的范围、深刻程度和成就方面，都胜过了谢灵运和颜延之。除了这些诗人以外，"元嘉体"作家还包括谢惠连、谢庄、鲍令晖、汤惠休等。

七、永明体

永明体是南朝齐武帝永明年间（483—493年）出现的一种诗歌风格。《南齐书·陆厥传》："永明末盛为文章，吴兴沈约、陈郡谢朓、琅邪王融，以气类相推毂；汝南周颙，善识声韵。约等文皆用宫商，以平上去入为四声，以此制韵，不可增减，世呼为永明体。"[①] 与前代诗歌相比，永明体诗歌突出了对韵律和平仄对仗的重视，展现出了初步的格律。因此，永明体也被称为"新体诗"。它标志着我国古代诗歌进入了一个崭新的发展时期，从相对自由的古体诗逐渐转变为更加规范、更加严谨的近体诗，对后来唐代近体诗的形成产生了重要的影响。然而，作为永明体的理论基础的"四声八病"思想，对诗歌创作提出了烦琐严格的要求，压抑了人们的创作灵感。永明体内容限制较大，意境细腻。但谢朓却是该类诗人中的例外，他常常吟诵人生世事的波澜起伏，也会描写自然美景，抒发心中的感慨，记录生活中的点点滴滴。他并不墨守格律，是在该诗体方面取得了最高成就的诗人。除他之外，范云、孔稚珪等也是永明体诗人中的杰出代表。

第四节 魏晋南北朝诗歌名作欣赏

一、曹操《观沧海》

原文：

东临碣石，以观沧海。水何澹澹，山岛竦峙。树木丛生，百草丰茂。秋

---

① 萧子显. 南齐书 [M]. 周国林, 等校点. 长沙: 岳麓书社, 1998: 548.

风萧瑟,洪波涌起。日月之行,若出其中;星汉灿烂,若出其里。幸甚至哉,歌以咏志。

这是一首描绘自然风景并表达情感的短诗。一、二两句写诗人登上碣石,眺望蔚蓝大海,引起下文。三、四两句刻画诗人初见大海看到的景象:宽广无垠的海面与屹立的山岛,使人感到自然的永恒与不屈。而后两句描写岛上的景色,这里树木葱郁、草丛茂盛,呈现出生机勃勃的景象。从第七句开始,诗歌又从小岛重回海洋,呼应"水何澹澹"之句,但又不重复用词。随着秋风拂过,大海瞬间掀起了波涛汹涌的场面,奔涌的白浪让人惊叹不已。两次描述大海,每次都呈现出了大海不同的状态,这既展示了时间的流逝,同时也突出了海面复杂多变的特点。在这一情形下,诗人运用想象力将读者引领至一个更为宏大的世界。这一世界中天空景象仿佛也出自大海,展现了大海容纳日月、孕育星辰的开阔。诗人的想象力真是令人叹为观止!这样的表现在古代诗歌中并不常见,若诗人没有宽广的胸怀,是无法创作出如此宏大的境界的。

这首诗情景交融,诗人在描绘壮观的自然景象时,也表现出了自己的雄心壮志和包容的胸襟。这首诗充满了豪迈的奇思妙想,带有浓烈的浪漫主义色彩,与过去许多封建时代文人的消极伤感相反,这首诗所表达的积极情感与作者当时有志于建功立业的志向完美契合。

二、曹丕《燕歌行》

原文:

秋风萧瑟天气凉,草木摇落露为霜。群燕辞归鹄南翔,念君客游思断肠。慊慊思归恋故乡,君何淹留寄他方?贱妾茕茕守空房,忧来思君不敢忘,不觉泪下沾衣裳。援琴鸣弦发清商,短歌微吟不能长。明月皎皎照我床,星汉西流夜未央。牵牛织女遥相望,尔独何辜限河梁。

《燕歌行》是建安诗人曹丕的经典之作。这首诗以精致而委婉的笔调,以明亮而动人的语言,叙述了一个女子在秋夜对丈夫深深的思念之情。诗人表现出对这类妇女深切的同情,既描绘了真挚纯粹且令人感动的情感,同时也展现了当时充满战乱的社会给人们带来的苦难。

中国古代诗歌的流变与赏析

在诗作开始，诗人用凝重的笔墨刻画了寒冷凄凉的深秋景色，通过对景物的描绘渲染了郁闷和忧伤的氛围。五、六句以女主人公视角，写她由己及人，认为丈夫在思念自己。这几句虽然没有直接提到思妇，但却更深刻地表达了她深深的思念之情。这种将实际事物转化为抽象表达的写法不仅形式多变，更关键的是生动地呈现了这位女子对丈夫含蓄的思念。接下来三句，诗人开始描写女主人公因为渴望和丈夫在一起但不得实现，而产生的寂寞和不安的情绪。女主人公控制不住自己的悲伤和忧虑，眼泪如泉水般滑落到衣裳上。这时，她只能靠弹奏琴弦来释放内心的烦恼。"援琴鸣弦发清商，短歌微吟不能长"这两句是写女主人公因为思念深重，只能够弹成短促、微弱的清商曲。诗的结尾四句描述女子怜悯牵牛和织女，但实际上是在借此表达她无法与丈夫团聚的悲痛之情。"尔独何辜限河梁"写牛郎织女本无错，暗指人间情侣也都无辜。那么到底是谁做错了呢？诗人留下疑问供读者思索。这样结束整首诗不仅充满了深远的内涵，令人回味无穷，同时也更加突出了整首诗的中心思想。

这首诗寓情于景，在写实的同时抒发了诗人的感情，十分精妙。举例来说，这首诗的开始和结尾部分都依据女主人公的情感状态，选用了典型的风景作为背景，达到了情景融合的艺术效果。另外，本诗也注重押韵。全诗每句均押韵，一直沿用同一个韵脚。这让整首诗一气呵成，前后衔接流畅，与诗中所表达的沉郁徘徊、内心挣扎的情感完全契合、统一。曹丕所作的《燕歌行》是我国诗歌发展史上最早且最完整的七言诗之一，对后世七言诗的发展产生了深远的影响，具有重要地位。

三、曹植《白马篇》

原文：

  白马饰金羁，连翩西北驰。借问谁家子？幽并游侠儿。少小去乡邑，扬声沙漠垂。宿昔秉良弓，楛矢何参差！控弦破左的，右发摧月支。仰手接飞猱，俯身散马蹄。狡捷过猴猿，勇剽若豹螭。边城多警急，虏骑数迁移。羽檄从北来，厉马登高堤。长驱蹈匈奴，左顾陵鲜卑。弃身锋刃端，性命安可怀？父母且不顾，何言子与妻？名编壮士籍，不得中顾私。捐躯赴国难，视死忽如归。

《白马篇》是建安文学的代表诗人曹植的代表作。诗中塑造了一个有高超武艺的"幽并游侠儿"的形象，热烈地赞美他机智勇敢、忧国忘私和视死如归、为国捐躯的精神，寄托了诗人自己为建功立业而不惜牺牲的壮志豪情。

全诗28句，可分为四段。诗的前6句为第一段，写"幽并游侠儿"的出场。开篇两句："白马饰金羁，连翩西北驰"奇警夺人，写人的出场而着笔于马，从飞驰的奔马形象中衬托出"幽并游侠儿"的健勇，他为何向西北急驰呢？一着笔就扣住了读者心弦，创造了令人惊异的浓郁气氛。接下来4句，有问有答，简括地介绍了主人公的少小离家和扬名边塞。7至14句为第二段，写主人公是如何练就一身高超武艺的。诗人集中地铺陈了游侠儿拉弓射箭的各种姿态，别的方面略而不提，然而从其骑射本领的纯熟程度来看，已充分显示出了他的敏捷和勇猛。第三段（15至20句）写敌人的进攻和游侠儿的迎战。这里用战事的紧急来为游侠儿的迎战作铺垫，突出而简略地描写了他冲锋陷阵的英勇气概。最后8句为第四段，写游侠儿在国难当头的所思所想，体现了他视死如归的精神。至此，一个武艺高强、机智勇敢、忧国忘私、视死如归的游侠儿形象，已经呈现在读者面前。诗人曾身临边塞，目睹过将士同敌人的浴血奋战，面对国难当头，他把政治理想寄托在这样的英雄人物身上，显示了他的豪侠性格与建功立业的志向和抱负。

这首拟乐府诗成功地运用了多种乐府民歌的表现方法。全诗以"忠勇"为意脉，采用铺陈的手法，前三段先写游侠儿的勇，第四段写其忠，这样人物的"勇"就有了着落，比较完美地刻画了游侠儿的英雄形象。这首诗虽是抒情诗，但它吸取了汉乐府的叙事方法而使之与抒情很好地结合起来。此外，诗的结构安排详略得当，文笔紧缓间之，使文章波澜起伏、曲折生姿，并注意开头的新颖和在感情形成高潮时结尾，这些在本诗也很突出。

四、陶渊明《归园田居》

原文：

少无适俗韵，性本爱丘山。误落尘网中，一去三十年。羁鸟恋旧林，池鱼思故渊。开荒南野际，守拙归园田。方宅十余亩，草屋八九间。榆柳荫后檐，桃李罗堂前。暧暧远人村，依依墟里烟。狗吠深巷中，鸡鸣桑树颠。户庭无尘杂，虚室有余闲。久在樊笼里，复得返自然。

中国古代诗歌的流变与赏析

《归园田居》五首是陶渊明的代表作,这是他辞官归田的第二年所写的一组诗。上面选取的是《归园田居》第一首,这首诗叙写了诗人辞官归田的志向以及归田后享受闲适生活的喜悦心情。

全诗20句,可分为两段。

第一段(前8句),写其之所以归隐园田的心志。诗的开篇两句先不写归田,而对个人的性情作一概括,说明自己本来就缺乏那种适应世俗的气质、性格,而喜爱自然的思想由来已久,已经习惯成天性了。然而,自己却进仕途做了13年官,这是违心的。诗人认为进仕途是"误落尘网",把官场比作罗网一般,不愿受其束缚,这就是3、4两句所写的内容。5、6两句以"羁鸟""池鱼"自比,表明在仕途中怀恋园田的心情。至此,7、8两句写诗人终于归田的目的和理想,已是很自然的了。

第二段("方宅十余亩"至结尾),写园田的恬静与诗人的心境。归田后的情况如果呢?这就是诗人在这一段里要着力表现的。9至12句,写园田的环境;13至16句,写在这里的所见所闻;最后4句则写自己在闲适生活中的喜悦心情。全诗既交代了归田的原因,又充分抒发了归田后的愉快心情,从而表达了他对仕途的厌恶和对园田生活的热爱。

这首诗没有着力雕琢的辞藻和刻意求奇的形象,它景真情切,自然朴素而又意味深长,充分体现了陶诗所共有的艺术风格。

第三章　唐代时期的诗歌

第三章唐代时期的诗歌，分别介绍了五个方面的内容，依次是初唐时期的诗歌、盛唐时期的诗歌、中唐时期的诗歌、晚唐时期的诗歌、唐代诗歌诗体流派与名作欣赏。

第一节　初唐时期的诗歌

一、从宫廷台阁走向江山朔漠的"初唐四杰"

初唐四杰指的是王勃、杨炯、卢照邻和骆宾王，这四位诗人以其真挚的情感和深刻的思想，突破了过往宫廷诗的局限，描绘了对自由的向往，对功名利禄的渴望，以及对家国的牵挂。通过他们的作品，读者仿佛走进了那个时代人们的生活，感受到那个时代的风土人情。然而，尽管初唐四杰的诗歌在内容和思想上有了重大突破，但在辞藻的运用上仍未完全摆脱六朝诗的影响。他们的诗篇依然带有一定的华丽和雕琢，尤其是在修辞手法和辞藻的选择上，难免受到前人的影响。但这也是不可避免的，因为文学创作往往受到时代环境和前人文学成就的制约，要完全摆脱前人的影响并非易事。尽管如此，他们所开辟的诗歌新境界仍然对后世的诗歌创作产生了深远的影响，为后世的诗歌创作打开了一扇新的大门。

（一）王勃的诗歌

王勃（约 650—676 年），字子安，绛州龙门（今山西河津）人，中国文学史上的重要人物之一。他的一生经历了荣华与挫折，尽管因各种原因被逐出官场，甚至受到严惩，但他仍然以其才华和文学造诣闻名后世。他的代表作《滕王阁序》被誉为千古绝唱，作品中对滕王阁的描写生动传神，既有对自然景色的细腻描绘，

中国古代诗歌的流变与赏析

又融入了对社会现实的深刻思考。他通过作品展现了对政治、历史和人性的思考，表达了对社会的关怀和对人生的感悟。《滕王阁序》不仅在文学艺术上具有极高的成就，更在思想内涵上表现了王勃对时代的深刻理解和对人生的独特感悟。王勃的文学才华不仅体现在《滕王阁序》中，在他的其他作品中同样也有体现。他的诗歌作品多以豪放、奔放的笔调展现出他的个性和情感，同时也反映了当时社会政治的躁动和变革。

王勃自小就是一个才华横溢的神童，但他的一生却被挫折所困扰。然而，有趣的是，这种命途不济的感伤和不平很少反映在他的诗歌中。相反，王勃的诗歌，仿佛是一幅幅山水画，流淌着清澈的泉水，倒映着蓝天白云。他的笔下，山水之间，有着无边的风光和神秘的意象。在他的诗中，常常可以感受到一种与世无争的意境，一种超脱尘世的情怀。或许正是因为他的内心受到挫折的煎熬，他才更加渴望追寻一种心灵的净土，让自己在诗歌的世界里寻找到心灵的慰藉。然而，尽管王勃的诗歌中总是流露出一种开朗的情怀，但在他的诗作中却常常可以感受到一种对人生的无奈和对命运的无助，或许正是因为他经历了人生的坎坷和挫折，他才更加深刻地感受到了人生的无常和命运的脆弱。如《滕王阁诗》：

滕王高阁临江渚，佩玉鸣鸾罢歌舞。
画栋朝飞南浦云，珠帘暮卷西山雨。
闲云潭影日悠悠，物换星移几度秋。
阁中帝子今何在？槛外长江空自流。

在王勃的笔下，滕王阁昔日的繁华景象栩栩如生，仿佛能听见曾经的歌乐声声，见证辉煌的盛世。然而，当他再次审视这座建筑时，却只剩下了冷寂与落寞。他从滕王阁的兴衰中窥见了人类社会的兴衰，从长江的奔流中领悟到了岁月的无情。这种对比不仅让他感叹时光易逝，更让他思考人生的无常和历史的无常。王勃通过作品表达了对人生命运的深刻思考，对历史变迁的深切体验，体现了他对时代风云的敏锐洞察力和对人类命运的深刻关怀。

但是，由于王勃生活在唐朝盛世，这个时代充满着机遇和挑战，作为一个怀揣政治理想的青年才俊，他渴望在这个繁荣昌盛的时代展现自己的才华，实现自己的抱负。他自信满满，坚信自己有能力成就一番不凡的事业，为国家社会做出重要贡献。然而，他的自信和追求却常常遭到统治者的排挤和不解，导致他在政治上屡遭挫折，一直处于低谷之中。这种困境让他对现实产生了不满和感慨，同时也激发了他内心对不公正待遇的抗争精神，这在他的诗歌中多有表现。他的作品中总是会透露出一种不甘于平庸命运的豪情与挣扎，表达了他内心的追求卓越和不甘平庸的执着追求，体现了他作为文人的独特气节和坚韧品格，如《送杜少府之任蜀州》：

　　城阙辅三秦，风烟望五津。
　　与君离别意，同是宦游人。
　　海内存知己，天涯若比邻。
　　无为在歧路，儿女共沾巾。

《送杜少府之任蜀州》这首诗虽然是送别之作，但与以往的送别诗不同，这首诗展现了一种与众不同的豁达、爽朗和乐观向上的精神。诗人以豪迈的情感写别离，体现了年轻才子的奋发向上之情，彰显出了他的情怀和志向。首联描绘了壮阔的环境，寄托了诗人对友情和别离的深沉情感，同时点明了自己与杜少府的共同之处，表达了对友情的珍视和对人生的感慨。颈联强调了真诚友谊的持久与鼓励朋友乐观对待人生的重要性，体现了诗人对友情和人生态度的深刻理解。尾联劝勉朋友不要悲伤，要壮其行色、鼓其勇气，表达了对朋友的祝福和对未来的期许，体现了诗人对友情和生活的积极态度。这首诗突破了以往宫廷诗的范畴，展现了诗人宽广的胸怀和昂扬的情思。在音韵和对仗方面，诗人也表现出色，展现了他对诗歌形式的驾驭能力和创新精神。总之，这首诗为五律形式的成熟作出了重要贡献，成为唐代诗歌中的经典之作，并传颂至今。

（二）杨炯的诗歌

杨炯（650—693年），华州华阴（今陕西华阴）人。27岁时应制举及第，补九品校书郎，33岁时为詹事司直。徐敬业起兵讨武，杨炯的族兄参与，杨炯因受连累而出为梓州（今四川三台）司法参军，后被选为盈川（在今浙江衢州市境内）令，不久卒于任所。著作有《杨盈川集》。今存诗歌以五言律、绝为主，擅长五言律诗。较之卢照邻、骆宾王，其诗歌语言更趋明净凝练，进一步涤荡了六朝以来浮华雕饰的文风。

杨炯现存诗33首，多是五言和排律，其风格与初唐四杰中的其他三人有所

中国古代诗歌的流变与赏析

不同,介于王勃、卢照邻与宋之问、沈佺期之间。杨炯虽然没有到过边塞,也没有从过军,但他的"边塞诗"和"从军诗"却写得十分出色,如《战城南》:

  塞北途辽远,城南战苦辛。
  幡旗如鸟翼,甲胄似鱼鳞。
  冻水寒伤马,悲风愁杀人。
  寸心明白日,千里暗黄尘。

《战城南》是用乐府旧题写的一首五言律诗,诗歌虽然以征战者的口吻讲述了远征边塞的军旅生涯,但已不同于汉乐府中的《战城南》那样写得血流成河、惨不忍睹了。诗中的主人公在叙述战争时,豪情满怀、信心百倍,充满了胜利的希冀。诗的格调雄浑激越,洋溢着浓烈的爱国之情。诗的一、二句开门见山地交代了战争的地点,并对战争场景进行了高度的概括。三、四句用近似白描的手法描绘了战场的具体景象,战旗猎猎、盔明甲亮,刀光剑影隐隐可见。排比点缀手法将作战阵式写得极有气势,不但写出了军队威武,而且写出了士兵斗志。五、六句转入抒情性的叙述,"冰水寒伤马"一句表面上是在写马,事实上是在写人,巧妙地表达出边地苦寒不宜"稽留"之意。"悲风愁杀人"化用宋玉"悲哉,秋之为气也"的句意,进一步直抒胸臆。七、八句的"寸心明白日"精妙入微,揭示了征人光明的内心世界,抒发了继续驰骋疆场、报效君王的情感。"千里暗黄尘"既描绘了大漠黄沙飞的自然景色,同时也渲染了战争的激烈。

杨炯的诗歌中,影响力最大的就是他的《从军行》:

  烽火照西京,心中自不平。
  牙璋辞凤阙,铁骑绕龙城。
  雪暗凋旗画,风多杂鼓声。
  宁为百夫长,胜作一书生。

此诗在工整的对偶和铿锵的音韵中写出了慷慨激昂、勇往直前的气势,风格雄浑刚健。"雪暗"两句,写大雪使军旗上的图案显得模糊黯淡,风声中夹杂着激励战士冲锋的鼓声,观察角度较新,真切地渲染出风雪中两军对垒的气氛。

杨炯的诗作风格刚劲豪迈,充满了昂扬之气,还时有慷慨悲壮之意。尤其是

《从军行》，意象奇崛刚劲，意境雄浑豪迈，情感朴实自然，历来被认为是佳作。此诗既有建安风骨，又有盛唐边塞诗的气势，我们可以从中隐约感受到那即将来临的盛唐之音。

（三）卢照邻的诗歌

卢照邻（约636—695年），字升之，自号幽忧子，幽州范阳（今河北涿州市）人。他年少时期的事情因为没有记载而不为后人所知。因与唐高祖李渊的第17个儿子李元裕结为了布衣之交，卢照邻在李元裕被封为邓王后成为邓王府典签，后来还做过新都尉。染风疾后，卢照邻不得不辞官回返长安，后又卧病洛阳。数年后，因不堪疾病之苦，自投颍水而死，终年50余岁。

卢照邻的作品有《卢升之集》七卷和《幽忧子集》七卷。卢照邻诗文兼擅，以歌行、骚体尤为擅长，对推动七古的发展有特别贡献。杨炯曾称赞道："卢照邻人间才杰，览清规而辍九政。"（《王勃集序》）受个人身世经历的影响，卢照邻的诗歌多以抒发仕宦不遇、贫病交加之忧愤为主，同时也有揭露上层统治者之骄奢淫逸，嘲讽其权势荣华不可久恃之作。如《行路难》（节选）：

> 君不见长安城北渭桥边，枯木横槎卧古田。
> 昔日含红复含紫，常时留雾亦留烟。
> 春景春风花似雪，香车玉舆恒阗咽。
> 若个游人不竞攀，若个娼家不来折。
> ……
> 苍龙阙下君不来，白鹤山前我应去。
> 云间海上邈难期，赤心会合在何时。
> 但愿尧年一百万，长作巢由也不辞。

在这首诗中，诗人即物起兴，从眼前枯木、横槎倒卧的古田引起联想，对曾经溢彩流芳的岁月进行了铺陈和渲染，通过黄莺戏春、凤凰来巢、鸳鸯双栖、丹榆附荫等一系列的意象展现了初唐长安城内市井繁荣、生活骄奢的世态风情。这首诗从容舒展、徐缓不迫，整齐的偶句和变换的角度避免了呆滞散乱，多次转韵、层叠的诗句增添了构图的节奏感与对称感。诗人从渭水桥边枯木横槎所引发的联想写起，备言世事艰辛和离别伤悲，蕴含着强烈的历史兴亡之叹。其眼光已不局限于宫廷而转向市井,其情怀已不局限于个人生活而进入沧海桑田的感慨,进而思索人生的哲理。整首诗将世事无常和人生有限的伤悲抒写得淋漓尽致,胸怀开阔、气势壮大。

(四)骆宾王的诗歌

骆宾王(约619—684年),字观光,婺州义乌(今浙江义乌市附近)人。出身小官僚地主家庭,少慧,7岁即因作"鹅,鹅,鹅,曲项向天歌。白毛浮绿水,红掌拨清波"(《咏鹅》)而才名远播。唐高宗永徽年间(650—655年)任道王府属官。咸亨元年(670年),随薛仁贵出征边塞,此后在四川宦游多年,曾任武功主簿。武则天当政,他多次上书言政事,幻想把自己的想法和抱负报告给当权者,以求得到他们的赏识。然而,他不但没有得到赏识,还因此获罪入狱。出狱后,贬临海(今浙江台州)县丞,郁郁不得志。光宅元年(684年),徐敬业在扬州起兵后,骆宾王为徐府属,为之作《讨武曌檄》,同年兵败亡命,不知所终。

骆宾王的诗歌辞采华胆、格律谨严,对后世刘希夷、张若虚、李颀、王维、元稹、白居易、韦庄、吴伟业等人的长篇歌行体诗的创作产生了重要的影响。后人收集骆宾王之诗文集颇多,以清陈熙晋之《骆临海集笺注》最为完备。

骆宾王曾从军西域,后又北游幽燕,因此他的诗作中有很多描写边塞题材的篇章,对后来边塞诗的发展产生了一定的影响。他的《在军登城楼》写得气势雄大而且感情真切:

城上风威冷,江中水气寒。

戎衣何日定,歌舞入长安。

这首诗可能作于骆宾王从徐敬业起兵反武则天时。撇开这件事的是非功过且不谈,从诗的情思看,真是气概非凡,这是写惯宫廷生活的诗人所望尘莫及的。

骆宾王的咏物诗《在狱咏蝉》最为人所称道:

西陆蝉声唱,南冠客思侵。

那堪玄鬓影,来对白头吟。

露重飞难进,风多响易沉。

无人信高洁,谁为表予心。

唐高宗仪凤三年(678年),骆宾王因上书论事而招致武则天不悦,遭到监禁。

此时虽处牢狱之中，环境艰苦，但骆宾王却以诗歌表达了他内心的哀思与感慨，创作了《在狱咏蝉》。这首诗主要咏叹了蝉的嘹亮鸣叫，当然，诗中对蝉的描写并非简单的赞美，而是通过蝉的生存方式和鸣叫声来抒发诗人内心的情感。蝉在短暂的一生中，以坚韧不拔的精神展示着生命的顽强和力量，这与骆宾王自身所追求的高尚品质不谋而合。蝉的鸣叫声如同一种精神的呼唤，激励着诗人坚守初心，不受外界干扰，保持清白正直的品性。与此同时，骆宾王作为一位志在进取的士人，却因时局变迁和政治风波而身陷囹圄，遭遇囚禁之苦，在这种逆境之中，他通过咏蝉来抒发自己的心声，表达对政治挫折和社会阴霾的不满和忧虑。蝉的自由飞舞和高昂鸣叫成为诗人心灵的寄托，也是对囹圄生活的一种抗争和慰藉。另外，本诗还体现了骆宾王对清白正直追求的坚守。在黑暗的囹圄之中，骆宾王仍保持着对真理和正义的信仰，对清白品德的追求从未动摇。蝉在诗中被赋予了象征清白和高尚的意义，它的存在和鸣叫成为诗人心灵的明灯，照亮着前行的道路，引领着诗人走向光明。

总之，骆宾王以其独特的叙事手法和题材选择，表达了自己对自然、生活和文化的独特见解，成了唐代诗歌中的一股清流，对后世诗人产生了深远的影响。

二、五律的定型：杜审言、沈佺期与宋之问

近体诗的发展是一个漫长而曲折的过程，其起源可以追溯到古代的律诗。律诗四声的出现是近体诗建立过程中的一个里程碑，为后来近体诗的发展奠定了基础。其后，随着永明体的出现，对四声的强调更加突出，这为近体诗的发展提供了新的思路和范例，推动了近体诗的进一步发展和完善。这之后，诗人们开始注重诗句中平声和仄声的搭配，这使得诗歌的节奏更加饱满和富有变化，增加了诗歌的表现力和感染力。同时，对平仄黏对和对仗的讲究也成为近体诗创作的要素，使诗歌的语言更加优美和精致。在近体诗的发展过程中，杜审言、沈佺期以及宋之问都做出了重要的贡献，推动了近体诗的不断发展和完善，对后世诗歌创作产生了深远的影响。

（一）杜审言的诗歌

杜审言（约646—708年）是初唐时期的一位杰出诗人，他与李峤、苏味道、

中国古代诗歌的流变与赏析

崔融并称为"文章四友"。在这四人中,杜审言被认为是最有诗才的一位。杜审言现存的 28 首五言律诗中,除了一首失黏外,其余完全符合近体诗黏式律的要求。他在五言律方面的成就极大,甚至超过了当时的诗人杨炯,将五言律诗的创作推向了较高的艺术水准。杜审言的诗作在形式上严谨规范、音律和谐,运用黏对的技巧使得诗句更加精练和流畅。他的诗歌语言简练而富有意境,能够准确地表达出情感和思想,其最著名的五言律诗当属他早年在江阴任职时创作的《和晋陵陆丞早春游望》:

独有宦游人,偏惊物候新。
云霞出海曙,梅柳渡江春。
淑气催黄鸟,晴光转绿蘋。
忽闻歌古调,归思欲沾巾。

这首诗通过对早春江南景色的生动描绘,将思乡之情巧妙地融入了清新秀美的诗境之中,表现出了深沉的思想情感和高超的艺术技巧。诗中的"云霞出海曙,梅柳渡江春"一联,描绘了晨曦初现之景,给人以希望和生机;而梅柳渡江,则表现出了江南春天特有的婉约和秀美,梅花和柳树在江边交相辉映,勾勒出了一幅动人心弦的画面。这样的描写不仅表现了作者对自然景色的细腻观察,也将读者带入了一个充满生机和美好的诗境之中。他在以细腻的笔触描绘出春天美好的同时,也借此来凸显自己内心深处对家乡的思念和眷恋。这使得读者在品读之余,也不禁感受到了诗人内心深处的情感。

(二)沈佺期的诗歌

沈佺期(约 656—715 年),字云卿,相州内黄(今河南安阳市内黄县)人。沈佺期是一位备受瞩目的唐代政治人物,他在唐高宗上元二年(675 年)中进士及第,之后任考功员外郎等职。然而,沈佺期也曾经历过一段困难的时期,他曾因受贿入狱,后又因诣附张易之兄弟而遭到贬谪,并被流放至驩州。直到景龙元年(707 年),他才再次得到重用,担任起居郎兼修文馆直学士,常侍宫中。可以说沈佺期的一生经历了风风雨雨,他既有过政治上的得意和辉煌,也历经了挫折和流放。这种坎坷的经历不仅展现了他坚韧不拔的品质,也折射出了唐代政治斗争的激烈和变幻莫测。

纵观沈佺期的一生，他的诗歌创作可以划分为前后两个时期。在沈佺期诗歌创作的前期，他志得意满，还未遭贬谪，因此他的诗作主要是为了应对宫廷侍宴而写的应制之作。然而，与一些同时代的诗人相比，沈佺期的诗歌并没有被矫饰堆垛、空虚浮靡的风格所影响，而是表现出了清新流畅的个人写景抒情风格。他的诗作不拘泥于形式，而是注重表达个人情感和对自然景物的感悟。在这个阶段，他的诗歌虽然受到了应制的限制，但已经开始展现出独具个性的特点，为后来的创作奠定了基础。而到了沈佺期诗歌创作的后期，他因罪而遭遇了贬谪，这使得他的诗作表现出了触景生情等特点。相比于前期的应制之作，后期的诗歌更加自由，更能体现出诗人个人的情感和思想。他的诗作不再受到宫廷的限制，可以更加自由地表达内心的感受和对世间万象的思考。这时，他的诗歌与唐诗艺术高峰期的格律诗体格风貌已极为接近。

沈佺期在贬谪途中创作了大量山水诗，这些诗作成了他文学创作中的一大亮点。他对自然景观的观察细腻入微，通过诗歌表达出了对山水的独特感悟和情感体验。在他的长篇古体山水诗中，他能够通过细致的描写和精准的刻画，将山水的形象和气质表现得淋漓尽致，使读者仿佛置身于诗中所描绘的山水之间，感受到那种山水的灵动和气韵。而他的近体山水诗则以清新工整、气象宏阔见长，通过简练而富有意境的语言，展现出山水的壮美和神奇，让读者感受到大自然的奇妙之处。其中，《夜宿七盘岭》被认为是他写得最出色的山水诗：

> 独游千里外，高卧七盘西。
> 晓月临窗近，天河入户低。
> 芳春平仲绿，清夜子规啼。
> 浮客空留听，褒城闻曙鸡。

首先，诗中通过描绘户内独宿的情景，营造了一种静谧幽寂的氛围。诗人在夜深人静的环境中独自宿舍，无疑增添了诗篇的神秘和寂寥感。这种静谧的氛围为后文的山水描写打下了基调，使得读者更能沉浸在诗歌所描述的自然世界之中。其次，诗中生动地描绘了七盘岭春夜的山水景色，使读者仿佛置身于诗人所描绘的山水之间。遍山绿芜，勾勒出一幅青葱欲滴的春日景象；子规啼鸣，预示着夜晚的深沉和寂静；星月近人，使得整个山水画卷更加清晰而生动。这些形象的描绘不仅丰富了诗歌的意境，也让读者感受到了诗人对自然的热爱和敬畏之情。最后，诗中运用了典型的律诗格律，形成了精练而深刻的表达，使得诗歌更具艺术感和审美价值。

沈佺期除了擅长山水诗，还精通南朝乐府中游子思妇的题材，代表作为《杂诗》（其三）：

闻道黄龙戍，频年不解兵。
可怜闺里月，长在汉家营。
少妇今春意，良人昨夜情。
谁能将旗鼓，一为取龙城。

在该诗中，沈佺期通过对两地之月与两地之情的相互递换和交错对照，精准地概括了同类题材诗歌中所蕴含的主要意蕴，表现出了他在诗歌创作中的高超技艺。同时，在形式上，这首诗格律较为谨严，结联和起联相应，甚为精妙，使得诗歌跌宕起伏，富有韵律美感。

又如《入鬼门关》：

昔传瘴江路，今到鬼门关。土地无人老，流移几客还。自从别京洛，颓鬓与衰颜。夕宿含沙里，晨行冈路间。马危千仞谷，舟险万重湾。问我投何地，西南尽百蛮。

这首诗作于诗人南贬途中接近贬所之时。"鬼门关"既是现实的地名，又含生死大限之义，因而"死生离骨肉，荣辱间朋游"的愤怨之情在此地名的触发中自应尤为激切，而诗人却又抓住这一地名与身世结合的双重意蕴，使诗意表达更为含蕴而深沉。全诗格律严谨、对仗工整，如"夕宿"与"晨行"对、"马危"与"舟险"对等，堪称初唐五言律诗的名篇。

（三）宋之问的诗歌

宋之问（约656—712年），字延清，一名少连，汾州（今山西汾阳市）人，一说虢州弘农（今河南灵宝市）人。其父宋令文为唐高宗时骁卫郎将，工书法，善文辞。宋之问受其父影响，亦善诗文。唐高宗上元二年（675年）时举进士，永隆二年（681年）时与杨炯同入崇文馆充学士。武则天执政时，宋之问得到了重用。但到唐中宗复位后，于神龙元年（705年）被贬为泷州（今广东罗定市）参军，不久逃回洛阳。唐玄宗先天元年（712年）八月，被赐死于徙所。宋之问也是格律诗的奠基人之一，使六朝以来的格律诗的法则更为细密。

宋之问的格律诗以五言律诗为主，艺术成就较高的诗作是《度大庾岭》：

> 度岭方辞国，停轺一望家。
> 魂随南翥鸟，泪尽北枝花。
> 山雨初含霁，江云欲变霞。
> 但令归有日，不敢恨长沙。

这首诗写于宋之问流放岭南途中。大庾岭是五岭之一，自江西大余县入广东南雄市。传说大雁南飞，也只是到此为止，而行人南下的路程还十分遥远。二者对比，已写尽贬谪之地的荒远，然而想到明天走得更远，回头望故乡，连今日视为天涯的岭头以及岭上的梅花看起来也变得亲切。这就更深一层地抒发了远离故乡的悲哀和无奈。类似题材的诗歌又如《渡汉江》：

> 岭外音书断，经冬复历春。
> 近乡情更怯，不敢问来人。

这首诗作于诗人由贬所逃归途中，虽然只有短短的20字，但包蕴了丰富的情感与精微的心理活动。诗人在经历了流放蛮荒、音书久绝之后，对家人的思念之情在近乡之际自然尤为强烈，但在诗中却采取了期望倒置的手法，将急切的欲望表现为极不敢探知，以看似反常的表达方式描写最为普遍的人类心理活动。另外，这首五言律诗与杜甫《述怀》诗中的"反畏消息来，寸心亦何有"以及李商隐《无题》诗中的"楼响将登怯，帘烘欲过难"，在构思方式方面与具体心理活动描写方面是一样的。

尽管沈佺期、宋之问的诗作都还没有摆脱齐梁的影响，但都以一定的生活体验为基础，语言凝练、音韵流畅、富有气势，跟齐梁浮艳之作大不相同，特别是在格律形式的完整以及唐律的规范方面起了十分重要的作用。从格律方面的要求看，他们的作品已在相当大的程度上为后来的近体诗定型。虽然自南朝以来，直到杜审言，暗合于律的诗作不断增加，但将格律作为一种自觉的诗歌审美追求，则可以说沈、宋是奠基之人。

中国古代诗歌的流变与赏析

第二节 盛唐时期的诗歌

一、笔落惊风雨，诗成泣鬼神：诗仙李白

李白是唐代著名浪漫主义诗人，他的乐府诗作品在中国古代文学史上占据着重要地位。尽管李白多采用了自汉代以来的古乐府旧题，但他却不受原题材的限制，他的乐府诗作品充满了想象力和创造力，他大胆地将现实生活中的新鲜元素融入古老的乐府题材之中，为古代诗歌注入了新的活力和灵感。他的诗作气势恢宏、风格优美、情感激昂，在古代诗坛上独具一格，在中国古代文学史上留下了不可磨灭的印记。除此之外，他的诗作不仅展现了他个人的独特风采和文学才华，更歌颂了祖国的壮丽山河，表达了他对祖国的热爱和对美好生活的向往。

李白（701—762 年），字太白，出生于西域碎叶城（今吉尔吉斯斯坦托克马克附近），祖籍陇西成纪（今甘肃天水附近）。开元十三年（725 年），年仅 25 岁的他便离开家乡，开始了为期 3 年的游历。他穿越洞庭湖、襄阳、庐山、金陵、扬州等地，这段旅程不仅是他身体的远行，更是他心灵的探索与成长。在这段旅程中，他接触了各地的风土人情，并从中汲取灵感，磨炼文字，逐渐形成了独具特色的诗歌风格。在开元十六年（728 年），他游历江夏时与孟浩然相遇，与这位大诗人的交往，无疑是李白诗歌创作中的一次重要契机。孟浩然的清新婉约与李白的豪迈奔放形成鲜明对比，但二人却能相互启迪、相得益彰，这种交流对李白后来的诗风影响深远。随后，李白得到玉真公主的推荐进入长安，得到唐玄宗的赏识。然而，尽管唐玄宗看重他的文学才华，却未给予他实质性的职位，这让李白感到失望和不满。他上书请辞，离开长安，重新踏上了游历的征程。

天宝三年（744 年）的春天，出京不久，李白便与杜甫相识，当时他们都身处洛阳，心情沮丧。这次相遇奠定了他们之间的友谊基础。然而，他们的交往并不止于此，同年秋天，他们在梁宋之地再次相遇，这是他们第二次见面。他们的相聚并非偶然，而是命运的安排，使得他们能够更深入地了解彼此。天宝四年（745 年）的秋天，他们在兖州第三次相遇，这次的相聚还有另一位诗人高适加入。

在这期间，他们创作了许多著名的诗篇，这些作品成为他们友谊的见证。

然而，安史之乱的爆发改变了一切。李白被永王征入军幕，他与杜甫的交往被迫中断。随后，永王被唐肃宗剿灭，李白因被判从逆罪而被关押。幸运的是，他的朋友出面营救，使他得以避免更严重的刑罚。最终，李白被流放夜郎，随后他又遇到了大赦，得以重获自由。

上元二年（761年），李白听到李光弼率大军征讨史朝义的消息，即由当涂北上，准备去临淮（今江苏泗洪）前线请缨杀敌，行至金陵，因病折回当涂县，后病死于此地。

李白的诗歌从内容题材来说，涉及盛唐诗的所有领域，观照了大唐帝国的上上下下。他的山水景物诗，尽情讴歌了祖国山河的壮丽与秀美，热烈地表达了热爱自然、热爱生活的情怀；他的政治抒情诗表现了强烈的爱国情结和报国忧国的精神，既昂扬地反映了开元盛世的盛唐气象，又深刻揭露了朝政的昏庸腐败和社会的黑暗险恶，抒发了自己理想不能实现、遭谗蒙冤的愤慨与悲愁；此外，还有不少酬答诗、纪行诗、羁旅诗、妇女诗、饮酒诗、游仙诗等。

在创作形式上，热爱自由、追求自由是李白诗中最为突出的特点，为了畅快淋漓地抒情写意，李白的诗歌往往脱去笔墨蹊径，不受常规所限制。他善用古乐府旧题，但并不受原主题的束缚，而是大胆革新，使许多乐府古题获得了新的生命，如《蜀道难》。这首古乐府诗对蜀道高峰绝壁、万壑转石的险难的渲染，也是诗人对于世道艰险的渲染，蕴含了现实难以逾越的悲剧意识。诗中引用了大量的神话、传说，而且运用了一系列比喻、夸张、神奇化等浪漫手法，艺术地再现了蜀道突兀、崎岖、峥嵘等奇丽惊险和不可凌越的磅礴气势，歌颂了蜀地山川的壮秀和祖国山河的雄伟壮丽。而再三嗟叹"蜀道之难难于上青天"，则表达了诗人初入长安追求功业未成时的悲愤之意。从这首诗中可以看出，李白诗歌塑造形象方式的奇特大胆，当现实生活中的事物不足以表现他所追求的境界和情感时，他不屑于对客观事物作具体细致的描写，而是更多地从神话和传说中汲取素材，借助丰富的想象、奇特的比喻和大胆的夸张等表现手法来宣泄情感、突出形象，达到一种惊世骇俗的美感效果。

李白最擅长的是七言歌行和七言绝句。歌行的篇幅一般都比较长，容量也大，句式长短错落，形式自由灵活，《远别离》《将进酒》《日出入行》《梦游天姥吟留别》

中国古代诗歌的流变与赏析

等都是最能体现其七言歌行语言特点的典范之作。如《将进酒》：

> 君不见黄河之水天上来，奔流到海不复回。君不见高堂明镜悲白发，朝如青丝暮成雪。人生得意须尽欢，莫使金樽空对月。天生我材必有用，千金散尽还复来。烹羊宰牛且为乐，会须一饮三百杯。岑夫子、丹丘生，将进酒，杯莫停。与君歌一曲，请君为我倾耳听。钟鼓馔玉不足贵，但愿长醉不复醒。古来圣贤皆寂寞，惟有饮者留其名。陈王昔时宴平乐，斗酒十千恣欢谑。主人何为言少钱，径须沽取对君酌。五花马，千金裘，呼儿将出换美酒，与尔同销万古愁。

诗篇开首两个"君不见"直接喷涌出郁积在心中的炽烈感情，形成一种排山倒海、先声夺人的气势，抒发了诗人"天生我材必有用"的豪壮气概。诗中的圣贤是文化理想的代表，而理想永远走在现实的前面，从古至今，文化理想从来就没有充分地实现过，所以具体历史境遇中的圣贤必定是"寂寞"的，这也就是"万古愁"。李白不仅将这样的悲剧意识抒写得酣畅淋漓，并且借酒消"愁"，在酒的帮助下获得了消解。

李白另一首七言歌行也写得非常出色，如《行路难》（其一）：

> 金樽清酒斗十千，玉盘珍羞直万钱。
> 停杯投箸不能食，拔剑四顾心茫然。
> 欲渡黄河冰塞川，将登太行雪满山。
> 闲来垂钓碧溪上，忽复乘舟梦日边。
> 行路难，行路难，多歧路，今安在？
> 长风破浪会有时，直挂云帆济沧海。

这首诗以一个欢乐的宴会场面开篇，诗中用"行路难"比喻世道险阻，抒发了诗人在政治道路上遭遇阻碍时的不可抑制的激愤。中间四句感叹道路艰险，"行路难"四个短句表现了诗人进退两难的纠结情绪和想要继续前进的心理，最后两句写诗人终于从纷乱的思绪和低沉的情绪中挣脱出来，重又昂起头颅，踏上新的征途。全诗从语调到气势，都是李白式的，以第一人称的抒怀和议论表达主观感受，完全打破了传统乐府用赋体叙事的写法，有一种奔腾回旋的动感。

李白的五言绝句往往格调明快，表现出无尽的情思韵味，既自然又含蓄，真实简练又蕴含丰富，如《独坐敬亭山》：

众鸟高飞尽，孤云独去闲。
相看两不厌，只有敬亭山。

这首绝句是写片刻超然意趣的佳作，一人独坐时的寂寞心情与寂静的山景忽然冥会，感受到与自然亲近的温暖，人与山刹那间灵性相通、浑然一体，诗人将这种心领神会的感受信口说出，仿佛毫不费力，但在相看两不厌的人与山的冥会中，却又带有似未曾说出且不必说出的无限情思。

总之，李白的诗歌以极其丰富的想象、磅礴雄奇的气势、清新飘逸的风格、奔放激荡的情感，广阔生动地反映了盛唐气象和社会生活；他以非凡的笔力和意象，运用各种的自如形式，清新自然的语言，创造出瑰丽绚烂、多姿多彩的艺术形象，达到"笔落惊风雨，诗成泣鬼神"的境界，他的诗歌代表着盛唐诗歌的伟大成就，对后代诗歌产生了极其深远的影响。

二、兵火丧乱的唐历史记载者：诗圣杜甫

杜甫（712—770年）是中国唐代著名诗人，他以现实主义风格和批判社会的态度而著称。他出生于京兆杜陵（今陕西西安西南），因此常自称"杜陵布衣"。杜甫在青年时期也曾游历各地，他南下吴越，北游洛阳，并在洛阳参加进士考试，遗憾的是他未能及第。其后，他于30岁时重回洛阳，在偃师定居并结婚。在32岁那年，他与备受推崇的诗人李白在洛阳相遇，并建立了深厚的友谊。他们曾共同游历梁宋等地，并留下了许多传世佳话。杜甫写给李白的诗歌总共接近20首，其中约有12首专门致敬李白。这些诗作既表达了杜甫对李白的景仰，也凸显了二人的友情之深。不过，杜甫并非一生顺遂，尽管他怀抱着宏大的志向，希望在政治上有所作为，但他的幻想在天宝六年（747年）进京求仕时彻底破灭。当时，他参加了由李林甫操纵的一次考试，被意外卷入了一场骗局而未能及第。此后，他多次上书求职，但未能得到重视。安史之乱爆发后，他被叛军俘虏，历经艰难最终流落到西南地区。大历五年（770年）冬，杜甫逝世于潭州赴岳州的舟上，结束了漂泊的一生。

中国古代诗歌的流变与赏析

　　杜甫诗歌的题材内容十分宽广,如个人生活、民生疾苦、社会时事、自然景物、名胜古迹、题咏酬答等,可以说是应有尽有、包罗万象。

　　杜甫早期的诗歌内容多是歌颂祖国的山川和托物言志的,如《望岳》。十年困守长安的生活使得杜甫尝尽人生辛酸,他的理想一再碰壁,生活也越来越拮据,他的诗风也开始有了较大的变化。

　　《兵车行》是杜甫第一篇具有现实主义意义的诗作,诗中诗人借征夫与老人的对话,倾诉了百姓对战争的痛恨,愤怒控诉了统治者穷兵黩武的扩边政策带来人民死亡、农村凋敝的罪责。全诗由点及面、由现象到本质勾画出安史之乱前的历史时期里社会的真实状况,表现了诗人反对"开边"战争的坚定立场。"边庭流血成海水,武皇开边意未已",说明诗人认识到这种不义的战争是一切苦难的根源。

　　安史之乱带来了无数灾难,战乱生活很自然地成为诗歌的主要创作题材。杜甫写了这场战争中的许多重要事件,写了百姓在战争中承受的苦难,以深广生动、血肉饱满的形象,展现了战火中整个社会生活的广阔画面。他的诗作客观地描述了时代的真实,许多诗篇对战火和灾荒中人民的苦难都有深刻的描写,有着"诗史"的伟大意义。

　　杜甫写战争带给百姓的苦难,是从一个人、一个家庭写起的。写他们的遭遇,写他们内心的悲酸。组诗"三吏"(《新安吏》《石壕吏》《潼关吏》)、"三别"(《新婚别》《无家别》《垂老别》)在谴责横暴的差吏把未成年的孩子、孤苦无家的老人、村野老妇和刚完婚的新郎都强征入伍的同时,从维护国家安定统一的前提出发,含着眼泪劝勉人们走上前线。诗中歌唱了人们做出最大牺牲为祖国献身的精神,也表达了诗人自己的政治态度,如《无家别》(节选):

　　　　寂寞天宝后,园庐但蒿藜。
　　　　我里百余家,世乱各东西。
　　　　存者无消息,死者为尘泥。
　　　　贱子因阵败,归来寻旧蹊。
　　　　久行见空巷,日瘦气惨凄。
　　　　但对狐与狸,竖毛怒我啼。
　　　　四邻何所有?一二老寡妻。

这首诗写故乡荒凉，老母病死，归来无家，只能再次从军，令人不忍卒读。他把处于战火中的人物的内心世界慢慢展开，令人为之动情。而同为"三别"之一的《新婚别》中，那位新娘子先是怨恨、悲叹自己"暮婚晨告别""妾身未分明，何以拜姑嫜"的命运，后又劝勉丈夫不要以新婚为念，要一心杀敌，报效国家。这些由沉痛转为坚决的内心矛盾发展过程都被诗人表达得十分清楚。

又如《石壕吏》，该作品写诗人在兵荒马乱的年月歇宿乡村，遇到小吏抓丁，老翁越墙而逃，老妇悲啼诉苦，全诗用客观写实的笔墨将这一经过交代得清清楚楚，让人读来如临其境。虽然诗人并未作一字主观评述，但在这种客观的叙述描写中，体现了诗人或叹息，或怨怼，或悲痛，或同情，或无可奈何等的复杂感情。

杜甫的一些诗，虽然不是直接写时事，只写一己的感慨，但由于他处在颠沛战乱之中，与这场灾难息息相关，心之所向，情之所系，未离时局，因此从他的感慨里，我们可以感受到当时社会人们的某些心理状态，如《登高》：

风急天高猿啸哀，渚清沙白鸟飞回。

无边落木萧萧下，不尽长江滚滚来。

万里悲秋常作客，百年多病独登台。

艰难苦恨繁霜鬓，潦倒新停浊酒杯。

这首诗首联集中了急风、猿、飞鸟等多种景物，把几个意象压缩在两句诗中，显得凝重、深沉。颔联以传神之笔描绘了三峡秋光和长江气势，表达了诗人对艰难身世的感慨。颈联叙述了诗人的境遇并点明登高。"万里"写思乡之情；"悲秋"写凄凉感受；"常作客"说明漂泊异乡的生涯了无期限；"百年"悲叹人生短暂；"多病"指出疾病缠身，更添苦恼；"独登台"写自己流落异乡的孤单寂寞。尾联写种种人生痛苦一起向诗人袭来，使诗人"苦恨繁霜鬓"，可身患疾病使得他不得不"新停浊酒杯"，连消愁的机会都没有了。在整首诗中，诗人用了很多连贯性极强的动词，增强了全诗的整体感和流动感，使人读来有一气呵成之感。

杜诗的"诗史"性质，在于它不仅提供了史的事实，还提供了比历史事件更为广阔、更为具体，也更为生动的生活画面。至德元年（756年），唐军陈陶斜大败，继又败于青坂，杜甫作诗《悲陈陶》《悲青坂》；收复两京，杜甫作诗《收京三首》《喜闻官军已临贼境二十韵》；九节度兵围邺城，胜利在即，杜甫写了《洗

中国古代诗歌的流变与赏析

兵马》，其中提到胜利的消息接踵而至，提到回纥军助战并在长安受到优待的事，提到平叛诸将的功业，反映了此事件在当时造成的普遍心理状态。后来九节度兵败邺城，为补充兵员而沿途征兵，杜甫作有"三吏""三别"。宦官市舶使吕太一反于广州，杜甫后来写了《自平》。

总之，杜甫继承了《诗经》以来的现实主义诗歌传统，以自己饱蘸血泪的现实主义诗篇，真实而广阔地反映了唐王朝由盛而衰的历史现实，堪称安史之乱前后唐代社会生活的历史画卷，为中唐写实诗风的发展开辟了道路，且此后宋、元、明、清几朝受其影响的社会写实诗人比比皆是。

第三节　中唐时期的诗歌

一、歌诗合为事而作：白居易与新乐府

在中唐时期，唐王朝面临着内忧外患的困境，特别是安史之乱后，社会阶级和民族矛盾加剧，这一时期的诗歌大都反映了这一现实。在这一背景下，当时的庶族地主为挽救王朝命运提出了一系列的改革主张，但遗憾的是，唐顺宗永贞年间开展的永贞改革和后续的一系列其他尝试均以失败告终，这导致唐王朝的统治岌岌可危。面对这样的现况，诗人们的创作不再局限于传统的文辞格调，而是更加注重对社会现实的反映和对时代命运的思考，他们通过古乐府的形式，创作出了一系列抒发对社会不公、对时局动荡的忧虑和反思的作品。诗人们希望通过自己的笔端唤起人们对社会变革的关注，引发人们对现实的反思和对未来的希冀，于是，这场文人们发起的诗歌创作浪潮也被后人称为新乐府运动。

在这场新乐府运动中，诗人们秉承了《诗经》和汉乐府民歌的传统，将古代诗歌形式与当时社会现实相结合，通过诗歌反映和批判了当时的社会状况。这些作品不仅具有极高的文学价值，更能让我们借此了解到当时的社会风貌。同时，这些诗人在创作中还发展了儒家诗教观念，注重诗歌的教化作用，强调诗歌对人心的感化和教育作用。他们希望通过诗歌的力量唤起人们的社会责任感和道德情操，推动社会的正面变革。白居易是新乐府运动中的杰出代表之一，在这一群体中，他的诗歌具有极强的代表性。白居易的诗歌在形式上继承了古乐府的传统，

但在内容上却充满了对时代的关切和对社会现实的批判。他的诗作既有对个人情感的表达，又融入了对社会变革的期许，呈现出了强烈的现实主义色彩。

白居易（772—846年），字乐天，号香山居士，原籍太原，后迁居下邽（今陕西渭南市）。作为新乐府运动的倡导者和名称的提出者，白居易对唐代诗歌的发展产生了深远的影响。他受到早年贫困生活的影响，对社会现实有着更为深刻的认识，这促使他走上了现实主义的道路，使得他的诗歌作品充满了对社会的关切和对民生疾苦的反映。白居易的思想受到了儒、释、道三家的影响，但以儒家为主导。他在诗歌创作中融入了儒家的仁爱之道，注重诗歌的教化作用，希望通过诗歌来感化人心，引导人们向善。这种思想观念也贯串于他的诗歌创作过程之中，使其作品充满了人文关怀和社会责任感。与此同时，白居易还特别强调诗歌的政治服务作用。他通过诗歌批评社会现实，反映民生疾苦，呼吁当权者重视当时社会的变革和动荡。此外，白居易还很注重诗歌的情感表达，强调诗歌的语言艺术和音韵美感，同时也注重诗歌的内容表达，希望通过诗歌的真挚感人来感动读者的心灵。在他看来，在优秀的诗歌面前，不论是贤圣还是凡愚，都能受到感动，这种观念也体现了他对诗歌艺术的追求和对文学的态度。

同时，白居易明确诗歌创作的正确目的，认为"文章合为时而著，歌诗合为事而作"（《与元九书》），"为君、为臣、为民、为物、为事而作，不为文而作也"（《新乐府序》），"上以纫王教、系国风，下以存炯戒、通讽喻"（《策林》六十八）。即要求诗歌反映时事，为宣扬王者的教化、改变民间的风俗而作，起劝诫和讽喻统治者的作用，而不是仅仅为作文而作文。

在这一思想的主导下，白居易的诗歌大体上可分为前期和后期。前期，即从入仕到贬江州司马以前，是白居易"志在兼济"的时期。这时，他在仕途上一帆风顺。但仕途的顺利，并没有使他忘记残酷的现实。随着地位日高，他深感有"为民请命"的必要，于是"兼济天下"的思想便占主导地位。他写成《策林》75篇，对当时的经济、政治、军事、文教各方面弊端提出改革意见。更为重要的是，他还利用诗歌来抒发政治主张，凡"难于指言者，辄咏歌之"。《秦中吟》和《新乐府》等讽喻诗便是这时写出的。这些诗刺痛了所有权豪的心，产生了一定的社会效果。

白居易的讽喻诗具有丰富的思想内容和强烈的针对性，《新乐府序》言："其辞质而径，欲见之者易谕也；其言直而切，欲闻之者深诫也；其事核而实，使采之者传信也；其体顺而肆，可以播于乐章歌曲也。"白居易的讽喻诗多为揭露和抨击黑暗现实、反映民生疾苦、同情劳动人民。

白居易的大多数讽喻诗的前面都有小序，表明作诗的缘起和诗的主旨，所谓"一吟悲一事""首句标其目，卒章显其志"。这不仅是讽喻诗突出的艺术特色，也是讽喻诗的基本思想特征。如《卖炭翁》：

> 卖炭翁，伐薪烧炭南山中。
> 满面尘灰烟火色，两鬓苍苍十指黑。
> 卖炭得钱何所营？身上衣裳口中食。
> 可怜身上衣正单，心忧炭贱愿天寒。
> 夜来城外一尺雪，晓驾炭车辗冰辙。
> 牛困人饥日已高，市南门外泥中歇。
> 翩翩两骑来是谁？黄衣使者白衫儿。
> 手把文书口称敕，回车叱牛牵向北。
> 一车炭，千余斤，宫使驱将惜不得。
> 半匹红绡一丈绫，系向牛头充炭直。

全诗通过卖炭翁辛劳烧炭、艰难运炭上市、炭被宫使掠夺的悲惨经过，借卖炭翁的不幸遭遇，揭露皇宫直接掠夺式的"宫市"制度的残酷，用卖炭翁的形象反映广大劳动人民的辛酸和痛苦。这也正符合《新唐书》的记载："有赍物入市而空归者。每中官出，沽浆卖饼之家皆撤肆塞门。"可见，白居易选取的"一事"都是很有代表性的。又如《新丰折臂翁》（节选）：

> 新丰老翁八十八，头鬓眉须皆似雪。
> 玄孙扶向店前行，左臂凭肩右臂折。
> 问翁臂折来几年？兼问致折何因缘。
> 翁云贯属新丰县，生逢圣代无征战。
> 惯听梨园歌管声，不识旗枪与弓箭。
> ……
> 应做云南望乡鬼，万人冢上哭呦呦。
> 老人言，君听取。

君不闻开元宰相宋开府，不赏边功防黩武。

又不闻天宝宰相杨国忠，欲求恩幸立边功。

边功未立生人怨，请问新丰折臂翁。

　　这首诗与杜甫的《兵车行》相似，都是描写退伍军人的悲惨社会现实。如果说杜甫的《兵车行》是概括描写，那么，白居易的《新丰折臂翁》就是选取了千千万万被征发的士兵中的具体的、有个性的一个，诗中的主人公用自己的独特方式来对抗征兵去进行非正义的战争。诗作通过对老人的外貌特征及其当年自折臂膀以对抗征兵的典型细节描写，真实地揭示了他年老伤痛却又庆幸性命得以保全的复杂心理，对杨国忠的穷兵黩武进行了深刻有力而又极其形象的抨击。

　　白居易特别善于体察各种人物的社会处境和情感活动，把他们隐藏在内心深处的矛盾痛苦细腻真切地展现出来。类似于《新丰折臂翁》这种谴责中唐黑暗社会现实的作品还有很多，如《杜陵叟》小序云："伤农夫之困也。"诗中揭露了苛政猛于虎的悲惨现实，喊出了"剥我身上帛，夺我口中粟。虐人害物即豺狼，何必钩爪锯牙食人肉"的愤怒的呼声。《红线毯》小序云："忧蚕桑之费也。"诗中对统治者的奢侈享乐进行了抨击，对中唐危害日重的贡奉弊政进行了揭露："宣城太守知不知？一丈毯，千两丝。地不知寒人要暖，少夺人衣作地衣！"这些诗确实都充满了强烈的人民性，对不合理的传统封建制度也进行了揭露，对深受戕害的下层人民表示了深切的同情。《观刈麦》写农民酷暑辛勤割麦的情景及"家田输税尽"的悲惨境地；《上阳白发人》写宫女制度摧残青春、残害妇女的罪恶；《伤宅》写豪门贵族大兴土木建造深宅甲第、穷奢极欲歌舞不休的享乐生活。另外，这些诗歌在艺术上也很有特色，如主题明确、语言通俗晓畅、对比鲜明、情感强烈、叙事和议论相结合，并善于以白描手法来刻画人物的心理等。公元815年，地方军阀、平卢节度使李师道遣人杀死主张削藩的当朝宰相武元衡，刺伤刑部侍郎裴度。出事当天，百官不敢言，白居易却上书"急请捕贼，以雪国耻"。朝廷认为他越职言事，将他贬到江州做司马。这次被贬对白居易是个沉重打击。此后，他再也不像从前那样锋芒毕露，消极情绪日渐上升，成天寄情于诗酒之中，这样白居易的诗歌创作也进入后期阶段。这一时期他的诗歌多闲适、感伤之作，"苦词无一字，忧叹无一声"。这一时期的代表作品是《琵琶行》，这首诗通过写琵琶女生活的不幸，融入诗人自己的身世之感，唱出了"同是天涯沦落人，相逢何必曾相识"的心声。

二、瑰奇谲怪：诗鬼李贺

李贺作为唐代诗歌世界中的一颗耀眼流星，以其独特的诗歌风格和丰富的想象力，成了韩愈诗派中最富有创造力的年轻诗人之一。他的诗作充满了奇幻色彩和诡异意境，展现了他独特的审美追求和对诗歌艺术的探索。他的诗歌蕴含着极丰富的情感和意蕴，表达了对短暂美好的感伤和对生命的思考，充满了深刻的哲理和情感的张力。因为他的诗作充满了丰富的想象力，经常用神话传说来托古寓今，所以他被后人誉为"诗鬼"。这个称号既是对他诗歌创作风格的赞美，也是对他个人特质的肯定。他的诗作以其独特的艺术魅力和深刻的内涵，为唐代诗歌的发展做出了重要贡献，为后人留下了宝贵的遗产。

李贺（790—816年），字长吉，河南府福昌县昌谷乡（今河南宜阳）人，被世人称为鬼才、诗鬼等。他与李白、李商隐三人并称唐代"三李"，是唐代诗坛上备受瞩目的文学奇才之一。李贺的身世背景为其创作和生活带来了特殊的影响。作为没落的皇族后裔，他的先祖是唐高祖李渊的叔父大郑王李亮，这一身世让他自视甚高，因此频频在诗作中以"皇孙""宗孙""唐诸王孙"自居，希望通过这种自我标榜获得较高的地位。然而，他所渴望的显赫身份与家族的败落形成了鲜明对比，家境贫寒使得他的这种奢望只能成为一种幻想。这种身份的复杂性和对权势的追求，成了他诗歌创作的重要素材之一。元和六年（811年），李贺获得了一个九品太常寺奉礼郎的小官，他看不上这个官职，于是毅然告病辞官。此后不久，他便因病去世，结束了短暂而传奇的一生。

李贺的一生虽然非常短暂，但他在诗歌创作上的表现却足够耀眼。他在世时饱受压抑，于是他的诗作便成了他表达内心情感的宣泄口。他的诗作数量众多、内容丰富，表达了他对生命、对时代的独特理解和深刻感悟。此外，他的诗作不仅在形式上富有创意，而且在内容上充满了对人生、对自然、对社会的思考，展现了他敏锐的感知和深沉的情感。这些诗作构建了一个意境深远、内涵丰富的诗歌世界，使他成了唐代诗坛上一颗独具光芒的明星。如组诗《南园》（其五）：

男儿何不带吴钩，收取关山五十州。
请君暂上凌烟阁，若个书生万户侯？

这首诗展现了李贺内心深处的挣扎和对社会现实的无奈。诗中的"请君暂上凌烟阁，若个书生万户侯？"这两句以反问句的形式呈现，看似向读者提出了问题，实则表达了诗人对自己命运的疑问和对社会现实的不满。通过"请君"这种委婉的请求方式，诗人暗示了自己的无能为力和对未来的渴望，同时也暗含了对身份和地位的向往。凌烟阁象征着权势和荣耀，而"书生万户侯"则暗示了诗人对于晋升和成功的渴望。这种反问句的构思形式，使得诗句更加生动有力，突出了诗人内心的怨愤情绪。

李贺的诗歌虽然充满了激情，但其中却常常流露出一种深深的忧伤和痛苦。他对于自己命运的无奈和对于社会现实的不满在诗作中得到了充分的表达，但这同时也使得他的身心备受煎熬。在他的诗作中，常常可以感受到他那种身心交瘁的状态。其诗《秋来》这样写道：

桐风惊心壮士苦，衰灯络纬啼寒素。
谁看青简一编书，不遣花虫粉空蠹。
思牵今夜肠应直，雨冷香魂吊书客。
秋坟鬼唱鲍家诗，恨血千年土中碧。

在这首诗中，李贺通过描述桐风、衰灯、寒素、冷雨、秋坟等形象，构建了一幅阴冷恐怖的画面，令人不寒而栗。这些形象的运用不仅加深了诗歌的意境，也突显了诗人内心的孤寂和绝望。他通过这些意象的描绘，表达了死亡的恐惧，以及对人生命运无常的感慨和思考。

与此同时，李贺还是一位关心时事、抱负远大的诗人。在《公无出门》中，李贺描述了天地陷入黑暗，熊虺吞噬人魂的景象，暗示政治黑暗和社会动荡，表达了诗人对当时乱世的忧虑和对人民苦难的关怀。而《猛虎行》则暗示了当时的藩镇割据，反映了当时政治权力分散、混乱的现实，揭示了当时政治体制的腐败，以及对人民生活造成的影响。在《吕将军歌》中，李贺以犀利的语言嘲讽宦官监军的腐败现象，揭露了当时宦官干政、专权横行的弊端，表现了他对政治腐败的警醒和对社会风气的担忧，体现了他作为诗人的社会责任感和批判精神。《苦昼短》则对求仙等荒谬行为进行了犀利批判，呼吁人们理性思考，抛弃愚昧迷信。

值得注意的是，年轻的诗人并没有因为个人失意而忽视人民的痛苦，《老夫采玉歌》就是突出例子：

中国古代诗歌的流变与赏析

采玉采玉须水碧，琢作步摇徒好色。
老夫饥寒龙为愁，蓝溪水气无清白。
夜雨冈头食蓁子，杜鹃口血老夫泪。
蓝溪之水厌生人，身死千年恨溪水。
斜山柏风雨如啸，泉脚挂绳青袅袅。
村寒白屋念娇婴，古台石磴悬肠草。

诗人运用出奇的比拟想象手法描写采玉工人饥寒死亡的悲惨情景，并突出地刻画了一位老玉工的形象。当他在狂风暴雨中从悬崖上冒死下水采玉时，还一心挂牵着家中幼弱的儿孙。而这一切痛苦，都是为了满足统治者奢靡享乐的需要。景物描写与心理描写的自然融合，加强了情感的内蕴。

李贺是一位遭遇不幸的天才诗人。他生活在贞元、元和年间，这是一个各种矛盾复杂交织、国势不振、政治腐朽的时代，没落的家境、险恶的世态、卑微的官职，乃至孱弱多病的身体，都给这位富于幻想、热情冲动、渴望实现远大抱负的青年以沉重的打击。理想与现实的尖锐冲突又使他愈益沉溺于主观情感和幻想之中。他把诗歌作为呕心沥血的事业，用自己的独特创造实现着生命的价值。他在诗歌中将视觉、听觉、味觉、触觉等各种感觉极为大胆而又奇妙地结合起来，这种结合有时接近幻觉，正是这种类似幻觉的通感的手法才使他创造出了瑰丽、冷峭、奇谲的诗境。

在李贺的诗作里，充满了奇特的造语、怪异的想象，写荒芜的山野，写惨淡的黄昏，写阴森可怖的墓地，而活动于这些场所的则是忽闪忽灭的鬼灯、萤光、百年老鸮、食人山魅。如《南山田中行》的"秋野明、秋风白，塘水潝潝虫喷喷……石脉水流泉滴沙，鬼灯如漆点松花"，《感讽五首》（其三）的"南山何其悲，鬼雨洒空草。……月午树立影，一山惟白晓。漆炬迎新人，幽圹萤扰扰"，《神弦曲》的"百年老鸮成木魅，笑声碧火巢中起"，《神弦》的"呼星召鬼歆杯盘，山魅食时人森寒"……这些诗句，读后令人深感其"险怪如夜壑风生，瞑岩月堕"（谢榛《四溟诗话》卷四）。由此，描写冥界成为李贺诗歌的重要特色。他在人世间感到社会冷酷，没有温暖，便去和鬼交朋友。如《苏小小墓》：

幽兰露，如啼眼。
无物结同心，烟花不堪剪。

草如茵，松如盖。
风为裳，水为珮。
油壁车，夕相待。
冷翠烛，劳光彩。
西陵下，风吹雨。

诗人通过苏小小抒发了自己的忧郁和苦闷。"无物结同心"的孤独之感，"烟花不堪剪"的虚无之感便是李贺在冷酷的社会中的切身感受。

同时，李贺追求意象的跳跃，诗中的想象和比喻有时根本找不到逻辑联系，因此他的诗歌在结构上，不仅跳跃跌宕，还工于开篇，巧于结尾。他的很多诗都是起句奇极，让人有陌生、惊讶乃至震撼的感觉。如"吴丝蜀桐张高秋，空山凝云颓不流"（《李凭箜篌引》），"南风吹山作平地，帝遣天吴移海水"（《浩歌》），"东方风来满眼春，花城柳暗愁杀人"（《三月》），"天河夜转漂回星，银浦流云学水声"（《天上谣》），"秦王骑虎游八极，剑光照空天自碧"（《秦王饮酒》），"一方黑照三方紫，黄河冰合鱼龙死"（《北中寒》），"白狐向月号山风，秋寒扫云留碧空"（《溪晚凉》）等，这样的起句增强了诗歌的艺术震撼力，也强化了李贺诗的奇诞特点。

李贺作诗用词极力避免平淡，追求奇峭。为了传达细腻的感觉，李贺极力渲染对象的色彩和情态。写绿，有"寒绿""颓绿""丝绿""凝绿""静绿"。写红，有"笑红""冷红""愁红""老红"。风有"酸风"，雨有"香雨"，泪有"红泪"，春有"古春"。龙凤的玉脂会"泣"，而天若有情天也会"老"。《雁门太守行》整首诗就是用奇异的色彩组成的：

黑云压城城欲摧，甲光向日金鳞开。
角声满天秋色里，塞上燕脂凝夜紫。
半卷红旗临易水，霜重鼓寒声不起。
报君黄金台上意，提携玉龙为君死。

黑云、甲光、金鳞、秋色、燕脂、夜紫、红旗、玉龙，一系列变幻莫测的光与色组成了这幅战场的图画，真让人眼花缭乱、目不暇接。

李贺用词的峭奇，以自己不同于一般人的感受力，把世上毫不相关的事物似乎建立了特殊的关系。《吕将军歌》一诗中"独携大胆出秦门，金粟堆边哭陵树"

中国古代诗歌的流变与赏析

的"携"字出奇。"大胆"竟可以用手"携"着走出秦门,如同携杖、携剑一般,而其英勇的神气也就跃然于纸上了。

第四节 晚唐时期的诗歌

唐穆宗长庆时期,是中唐诗歌的黄金时代,此时的诗歌创作达到了高峰。在这一时期,诗人们多以抒发壮志豪情、抨击社会黑暗、歌颂壮丽山河为主题,形成了雄浑豪放的诗风。然而,长庆以后,随着政治、社会的变革,到了晚唐时期,诗歌的氛围逐渐发生了转变。晚唐时期的士人,面对朝廷的腐败和社会的动荡,心态发生了明显的变化。他们对现实失去了信心,表现出了一种愁绪缭绕、感伤迷离的情感倾向。这种情绪在晚唐诗歌中得到了充分的表达,形成了华艳纤巧的唯美主义诗风。

晚唐前期的诗人,如杜牧、许浑、李商隐等,在对朝廷抱有希望和对现实失去信心之间徘徊,创作了许多咏史怀古之作。他们通过对历史人物、故事的描写,表达了对过去的向往和对现实的失望,反映了时代的动荡和人心的沉寂。李商隐则以其追求细腻幽婉的朦胧美成为晚唐诗歌的最后一个高峰。他的诗作以清新淡雅、含蓄委婉见长,充满了诗情画意。晚唐后期的诗人,如皮日休、聂夷中、杜荀鹤等,则主要继承了元稹、白居易新乐府的传统,成为唐代现实主义诗歌的余晖。他们的诗作多以描写生活琐事、抨击社会黑暗为主题,形成了一种平实质朴、感情真挚的艺术风格。

一、小杜文章天地并:杜牧七绝

杜牧(803—852年),字牧之,京兆万年(今陕西西安)人。虽然其在仕途上并不顺利,但在文学上他却取得了极高成就。杜牧注重诗歌的内涵和意蕴,主张以意为主、气为辅,追求诗歌创作的深度和内在的思想表达。杜牧的诗歌风格豪迈、爽快、明朗、劲健,给人以直抒胸臆、豪情万丈的感受。而且,他的诗作在形式上注重韵律和节奏的控制,因此他的诗作语言简练、意境深远,能够用简洁的语言表达复杂的情感和思想,给人以愉悦的阅读体验。与此同时,杜牧的诗歌题材广泛,涉及忧国伤时、咏史讽今、行旅感怀、江南风光等各个方面。

120

杜牧有相当一部分抒写理想抱负、关心国计民生、慨叹壮志难酬的诗作。如《河湟》，该诗表达了杜牧渴望解除边患、收复失地、报效国家的心愿，对边地人民的苦难表示同情，对朝廷的软弱无能表示愤慨。又如《早雁》描写了因遭受回鹘侵扰而流亡的民生哀怨。该诗作运用比兴手法，以哀鸿喻逃避回鹘侵扰的边民，表现出对人民同情的情怀，也隐含着对朝廷不能御侮安民的强烈不满。另外，像《郡斋独酌》主张削平藩镇、抗击吐蕃侵扰、发展农业，使老百姓安居乐业，认为自己在这些方面能为国家做出贡献；《感怀诗一首》乃针对藩镇割据而作，揭露安史之乱以后藩镇割据、长期战乱、国弱民困、灾难深重的现实。

杜牧比较著名的还是他的咏史诗，在即景抒情中注入了深沉的历史感慨。如《九日齐山登高》就带有浓厚的吊古伤今意味：

江涵秋影雁初飞，与客携壶上翠微。
尘世难逢开口笑，菊花须插满头归。
但将酩酊酬佳节，不用登临恨落晖。
古往今来只如此，牛山何必独沾衣。

这首诗是唐武宗会昌五年（845年）杜牧任池州刺史时的作品。重阳佳节，诗人和朋友带着酒，登上池州城东南的齐山。诗人用"涵"来形容江水仿佛把秋景包容在自己的怀抱里，用"翠微"这样美好的词来代替秋山，都流露出对于眼前景物的愉悦感受。但郁闷仍然存在着，尘世终归是难得一笑，落晖毕竟就在眼前。诗人虽感慨系之，但又豪爽洒脱；虽不无豪放之意，但骨子里却愤激不平，英雄之气仍存。

杜牧在怀古咏史诗中常常抒写对于历史上繁荣昌盛局面消逝的惆怅情绪，如《登乐游原》《过勤政楼》。前一首感叹盛大煊赫的西汉王朝，只剩下荒陵残冢。后一首写唐玄宗时代作为盛世标志的勤政楼，被遗忘冷落，独任苔藓滋蔓。两首诗虽然一叹汉代，一咏本朝，但抒发的都是对于现实衰颓已经无可挽救的感触。杜牧的这种感触又经常带有盛衰兴亡不可抗拒的哲理意味，又如《题宣州开元寺水阁，阁下宛溪，夹溪居人》：

六朝文物草连空，天淡云闲今古同。
鸟去鸟来山色里，人歌人哭水声中。

中国古代诗歌的流变与赏析

深秋帘幕千家雨,落日楼台一笛风。

惆怅无因见范蠡,参差烟树五湖东。

该诗伤悼六朝繁华消逝,同时又以"今古同"三字把今天也带入历史长河。诗歌纵贯今古的大概括,而又具体形象,寓深刻的人生哲理于感情的抒发之中。意象是高度浓缩的,而且带着象喻的性质。"六朝文物",使人想起六代豪华,想起当年的歌吹宴乐,想起当年的文化之昌盛、商业之繁荣,以至楼台亭榭、寺庙山林等。而接以"草连空",中间压缩进岁月绵远的种种变化,直接示以变化之结果:一片衰飒荒凉、引人愁思的杳远景象。两个带象喻性的意象的衔接,容纳了大跨度的时间与空间,留下了广阔的联想余地。"天淡云闲""鸟去鸟来""人歌人哭",都既是具象,又是高度的抽象。前两个意象,是对亘古不变的山光物态的最有特色的大概括,但又十分生动具体;后一个意象则使人想起人世的种种悲欢离合、纷争扰攘。颈联则是一系列意象的叠合:深秋、帘幕、千家、雨、落日、楼台、笛、风。由于直接叠合,省略判断词,因此造成多义性,可以作多种解释,使情思和境界都具有多层次的性质。大概括,意象高度压缩、情思丰富,而表述又明决俊爽。全诗笔意超脱,一方面在广阔远大的时空背景上展开诗境,另一方面又以丽景写哀思,很能体现杜牧律诗含思悲凄、流情感慨的特色。

杜牧的怀古咏史诗也有不少是借题发挥,表现自己的政治感慨与识见,如《赤壁》:

折戟沉沙铁未销,自将磨洗认前朝。

东风不与周郎便,铜雀春深锁二乔。

借慨叹周瑜因有东风之便取得成功,抒发自己怀才不遇的心情。历史上对赤壁之战中周瑜的功绩评价甚高,而杜牧却提出了自己的看法:若不是东风之力,亡国者定是东吴。这里既含有他对曹操的异于史家的评价,也曲折地反映了他的抑郁不平。他有政治军事才能,抱负极高而生不逢时,不得一展雄才,只能慨叹历史上英雄成名的机遇。这类诗虽主要意思不在怀古,但由于是由古代历史或遗迹触发的感慨,一般仍带有伤悼往事的情绪。

杜牧作诗还针对晚唐朝廷的黑暗政治和腐朽没落的社会现实,借历史上盛衰兴亡的经验教训加以讽喻。历史人物吴王夫差、秦始皇、隋炀帝、陈后主,特别是本朝的唐玄宗，都是诗人笔下批判的对象。这类诗的代表作当数脍炙人口的《过华清宫绝句三首》：

> 长安回望绣成堆，山顶千门次第开。
> 一骑红尘妃子笑，无人知是荔枝来。
> 新丰绿树起黄埃，数骑渔阳探使回。
> 霓裳一曲千峰上，舞破中原始下来。
> 万国笙歌醉太平，倚天楼殿月分明。
> 云中乱拍禄山舞，风过重峦下笑声。

诗人借人们熟知的唐玄宗、杨贵妃荒淫误国的故事，选取几个典型的事件、场景，加以艺术的概括，既巧妙地总结了历史，又深刻地讽喻了当时的现实。

杜牧的写景纪行一类的诗也颇多佳作，脍炙人口的《山行》《清明》，前一首写秋日山行所见，色彩鲜艳，感情激越；后一首写清明春雨所见，色彩清淡，心境凄冷。"停车坐爱枫林晚，霜叶红于二月花""借问酒家何处有，牧童遥指杏花村"更成为千古流传的佳句。又如《齐安郡中偶题》《齐安郡后池绝句》，前一首写初秋落日残荷，后一首写夏日细雨鸳鸯。两首诗虽然通篇写景，但并非单纯的写景诗，景中自有人在，自有情在，一借"绿荷倚恨"抒发诗人壮志难酬的隐痛，一借"无人看雨"引出诗人孤独生情的联想。

杜牧还有一些写景抒情的七言绝句，体现出清丽明朗、深情细腻甚至多愁善感的艺术风貌，如《泊秦淮》《江南春》《秋夕》《赠别二首》。

除上面列举的各种类型的作品外，杜牧还有写自己轻狂放荡的诗，如"十年一觉扬州梦，赢得青楼薄幸名"(《遣怀》)，这些诗毕竟是失意无聊之作，在杜牧诗集中数量并不多。

杜牧既善用比兴手法，状物抒情，又善用白描手法，直叙见闻；既长于舒徐婉转地描述人物故事，更长于敏捷真切地捕捉景物的动态变化和自己的瞬间感受；既注意叙议结合，又注意情景交融；既常用对照手法，又巧以数字入诗。杜牧诗歌的语言风格既绚丽多彩，又清新自然；既明丽爽俊，又含蓄委婉；既风流华美，又神韵疏朗。前人评价杜牧诗歌的特色有"俊爽""俊迈""气俊思活""雄姿英发""情致豪迈""轻倩秀艳""豪而艳，宕而丽"等语。李商隐曾写诗极表自己

中国古代诗歌的流变与赏析

对杜牧的关切倾倒之意:"高楼风雨感斯文,短翼差池不及群。刻意伤春复伤别,人间惟有杜司勋。"(《杜司勋》)含蓄而准确地道出了杜牧诗歌的那种把忧国忧民的壮怀伟抱与伤春伤别的绮思柔情交织在一起的豪放爽朗、清新俊逸的艺术特征。杜牧的诗歌在当时就广为流传、享有盛名,特别是他的抒情写景、咏史怀古的七绝,脍炙人口、千古流传,唐以后各代更受到人们的推崇。

二、言不尽意:李商隐的朦胧诗

李商隐(约813—858年),字义山,号玉溪生,怀州河内(今河南沁阳)人。他是晚唐时期一位备受推崇的诗人和文学家,但其一生却充满了曲折和坎坷。李商隐早年以卓越的文才闻名,曾受到令狐楚等知名文人的赏识,但由于受到政治纷争的牵连,他最终只能辗转幕府,潦倒终生。

李商隐的诗歌作品不仅在形式上优美精致,更在内容上蕴含着丰富的思想和情感。他的诗作既关注个人遭遇和内心感情,又深刻反映了对时代政治和社会现实的观察和批判。在他的诗中,常常可以看到对封建统治者淫奢昏愚的尖锐讽刺,如《贾生》《瑶池》等作品,直言不讳地揭露了当时统治者的腐化和荒诞。除了对统治者的批判外,李商隐的诗歌也表达了对唐玄宗失政的痛心和不满。在《马嵬》一诗中,他以悲愤的笔调描绘了唐玄宗在安史之乱中的软弱无能,对国家危机的无奈和忧虑溢于言表,展现了他对时代动荡的深刻关注和思考。

除了其著名的政治诗外,他的诗作中还有大量的吟咏怀抱、感慨身世之作。这些诗篇不仅表现了他对世态人情的观察和思考,更展现了他的用世精神,如《安定城楼》就是其中的代表性作品。

李商隐抒情之作中,最为杰出的是无题诗。这些诗在李诗中不占多数,却是李商隐诗独特的艺术风貌的代表。无题诗虽多包含情节和事件,却往往跟一般叙事诗不同,它不是事件的简单再现,而更多伴随着心境的表现。从事件看,常觉若断若续、莫知指归,从物的丛象和某些心象序列的交织与融合看,则更能窥见诗人的"文心"。如《无题四首》(其二):

飒飒东南细雨来,芙蓉塘外有轻雷。
金蟾啮锁烧香入,玉虎牵丝汲井回。
贾氏窥帘韩掾少,宓妃留枕魏王才。

春心莫共花争发，一寸相思一寸灰。

该诗首联写环境，似伴随着主人公一种有所期待的心象。颔联作叙事看难以连属，作心象看，它暗示了主人公在孤寂之中，直欲化烟化雾以达精诚和时时被牵引的情思。颈联则是情思缠结时的内心独白。尾联，春心似花蕾绽放，又转似火焰化为灰烬，则是由追求到幻灭的心象。把握这一心象序列，不难意会主人公在幻灭中产生新的期待，却又自思自叹，极力收敛春心。

李商隐诗歌在艺术上具有多方面成就。名篇如《有感二首》（五排）典重沉郁，《韩碑》（七古）雄健高古，《筹笔驿》（七律）笔势顿挫，《骄儿诗》（五古）类似人物写生，《鄠杜马上念汉书》（五律）具有古诗排比之笔势，《偶成转韵七十二句赠四同舍》（七古）豪放健举中见感慨深沉等，都各具面貌、极见功力。但从诗史的演进角度看，他以近体律绝（主要是七律、七绝）写成的抒情诗，特别是无题诗以及风格接近无题的《锦瑟》《重过圣女祠》《春雨》等篇的艺术成就和创新意义，尤其值得重视。

李商隐作诗大量用典，并擅长对典故的内涵加以增殖改造，用典的方式也别开生面。他往往不用原典的事理，而着眼于原典所传达或所喻示的情思韵味。如《锦瑟》中的"庄生晓梦迷蝴蝶"，原典不过借以阐发万物原无差别的"齐物我"的思想而已，李商隐却抛开原典的哲理思索，由原典生发的人生如梦引入一层浓重的迷惘感伤情思。"望帝春心托杜鹃"也由原典之悲哀意蕴而引入伤春的感怆，这些典故不是用于表达某种具体明确的意义，而是借以传递情绪感受。

从风格上看，李商隐的诗歌是凄艳的。如《回中牡丹为雨所败二首》（其二）的"玉盘迸泪伤心数，锦瑟惊弦破梦频"，《无题二首》（其一）的"曾是寂寥金烬暗，断无消息石榴红"，《楚宫》的"枫树夜猿愁自断，女萝山鬼语相邀"，《燕台诗四首·春》的"雄龙雌凤杳何许，絮乱丝繁天亦迷"等，都是把感伤情绪注入朦胧瑰丽的诗境，融多方面感触于沉博绝丽之中，形成凄艳之美。

李商隐的诗不重意象的外部联系，同时又用了许多美丽的辞藻与事典，这难免让人感到支离垣竹。不过，由于李商隐拥有自己的意象群，所用的意象在色调、气息、情意指向上有其一致性，加上其纯熟的技法，统一的情感，其诗也因此具有博大的气象和完整性。

李商隐的诗有高度的语言美和声韵美。他的语言色泽丰富，有时深沉悲怆，有时妩媚流丽，更因仿效杜甫的锤词炼句，诗中多有警策。如"江海三年客，乾坤百战场"(《夜饮》)，"天意怜幽草，人间重晚晴"(《晚晴》)，"人生岂得轻离别，天意何尝忌险巇"(《荆门西下》)等均言简意深。他喜用叠词，并且善于根据心境加以选择。如同是写水，焦躁时是"伊水溅溅相背流"(《十字水期韦潘侍御同年不至时韦寓居水次故郭汾宁宅》)，恬静时却是"秋水悠悠浸墅扉"(《访隐者不遇成二绝》)。他巧妙地使用双声叠韵词造成和谐的韵律。如"悠扬归梦惟灯见，濩落生涯独酒知"(《七月二十九日崇让宅宴作》)以平声的双声词状游子思乡梦之绵邈，以入声的叠韵词状寒士落魄相之凄楚。"悠扬""濩落"不但平仄为对而且双声叠韵为对，表现形式上达到贴切工巧、抑扬有致的美妙境地。他的诗句式灵活多变，"一名我漫居先甲，千骑君翻在上头"(《韩同年新居》)，"梅花大庾岭头发，柳絮章台街里飞"(《对雪》)，"胡马嘶和榆塞笛，楚猿吟杂橘村砧"(《宿晋昌亭闻惊禽》)等变格，读来有不同常调的节律之美。而"莫遣佳期更后期"(《一片》)，"不是花迷客自迷"(《饮席戏赠同舍》)和"纵使有花兼有月，可堪无酒又无人"(《春日寄怀》)等句式则更具有回环往复、缠绵柔腻的艺术效果。

第五节　唐代诗歌诗体流派与名作欣赏

一、唐代诗歌诗体流派

（一）上官体

上官体诗是初唐宫廷诗人上官仪（608—665年）所创立的一种诗体，这种诗体主要有三个特点。第一，上官体诗以工于五言诗为主要特征，追求文辞的华美和绮丽，注重在意境上营造出绮错婉媚的氛围，给人以细腻柔美的感受。第二，上官体诗多为奉和应诏之作，这意味着这种诗体往往是为了应对朝廷的御制诗题而创作的。因此，这些诗作在内容上往往需要遵循朝廷的要求，这使得上官体诗在形式和内容上都具有一定的规范性和约束性。第三，通过对偶的精妙搭配和运用，上官体诗在形式上体现出了一种精致和优美，使诗歌更富有韵律感和美感，为律诗的发展提供了新的思路和范例。

第三章 唐代时期的诗歌

（二）四杰体

四杰体是指初唐四杰的诗歌风格，即王勃、杨炯、卢照邻和骆宾王的诗歌风格。这四位诗人在唐初文学史上具有重要地位，他们的诗歌风格和创作成就对唐代诗歌的发展产生了深远的影响。首先，他们反对六朝以来颓靡绮丽的文风。虽然他们在创作中仍受到六朝文风的影响，但他们开始将诗人的视野从宫廷引向市井，从台阁引向江山和边塞，拓展了诗歌的题材，使诗歌的风格更加清新刚健。其次，他们吸收了六朝以来讲究声律的诗歌创作特点，这为后来唐代诗歌的发展提供了重要的范本和启示，对唐代诗歌的形式美和审美追求产生了深远的影响。

初唐四杰所擅长的诗歌形式各不相同：王勃和骆宾王擅长五言律诗和五言绝句，而且骆宾王还尤其擅长七古歌行；卢照邻擅长七言歌行，对七言歌行的发展做出了重大贡献；杨炯擅长五言律诗，并开创了盛唐边塞诗的先河。这四位诗人各有所长，共同构成了唐初诗坛上一道璀璨的风景线，为唐代诗歌的发展做出了重要贡献。

（三）沈宋体

沈宋体是唐代诗歌中的一种重要诗体，以初唐诗人沈佺期和宋之问为代表。这种诗体在唐代文学史上占据着重要地位，为五言律诗的定型做出了重要贡献，而且，还推动了七言律诗的成熟，确立了"近体诗"的地位。沈宋体的诗歌在形式上追求音韵的和谐、字句的精致，以及对诗歌形式的严谨要求，这为后来唐代诗歌的发展指明了方向。然而，沈佺期和宋之问的作品大多为"应制"诗，尽管在形式上有所创新，但在内容上仍受到宫廷御制的限制，并没有完全摆脱齐、梁时期的影响，这使得他们的诗歌在某种程度上缺乏真挚的情感表达和个性化的特点，更多还是体现了宫廷文化的审美追求。

沈佺期和宋之问所擅长的诗歌形式也是不同的。沈佺期擅长七言诗，其在七言律诗的创作上有着重要的贡献，为七言律诗的发展提供了新的思路和范例；而宋之问的五言诗则较为突出，他在五言律诗的创作上展现出了独特的艺术风格，并取得了辉煌的成就。

（四）王孟诗派

王孟诗派是盛唐时期的一个重要诗派，以王维、孟浩然为代表，同时还包括綦

中国古代诗歌的流变与赏析

毋潜、储光羲、常建等诗人。他们继承和发展了晋、宋时期陶渊明、谢灵运开创的山水田园风格,形成了具有盛唐时代特色的山水田园诗派。这个诗派的作品以五言为主,且多以田园山水为题材,歌颂隐逸闲适的生活态度,在形式和内容上都体现出了一种精致和优美。在经过司空图、严羽、王士祯等人的理论总结之后,王孟诗派的影响逐渐扩大,使后世更加推崇王维和孟浩然等人。然而,王孟诗派的一些作品也受到一些批评,这是由于该诗派的一些诗作显得过于闲适、空灵,缺乏对社会现实的关注和反映,使得其审美追求在一定程度上与社会现实脱节。

二、唐代诗歌名作欣赏

(一)王维《山居秋暝》

原文:

空山新雨后,天气晚来秋。

明月松间照,清泉石上流。

竹喧归浣女,莲动下渔舟。

随意春芳歇,王孙自可留。

《山居秋暝》是王维晚年创作的一首田园诗,以描写山居秋日的薄暮景色为主题,展现了诗人闲适、淡泊的心境。

这首诗的首联便点明了地点和时间,并以"空山"一词为中心,为整首诗奠定了基调。这个地点的选择是非常精准的,空山给人以开阔、悠远、清幽之感,与诗人的闲适心境相呼应;同时,时间的选择也是恰到好处的,秋日的薄暮更增添了一份宁静与淡泊的意境。

中间两联则具体描写了山居的景象,将诗人的心境与环境融为一体。其中,水声、莲花等自然元素的描绘,使得诗意更加生动,水声清脆,给人以幽静安逸之感;莲花的动态,则增添了一份生机和活力。自此,诗人创造了一个恬静而富有生气的诗境,在这个诗境中,人与自然相融,自然的美与人的心境相映,达到了情景交融的境界。

之后便引出了尾联,"随意春芳歇"表现了王维对自然的随遇而安和随心所欲的态度。春芳虽然美丽,但终将凋零,而王维却不为此而忧虑,他心怀平和,接受自然的更迭，愿意顺应自然的节律。这种"随意"的态度，折射出王维内心的宁静与自在，他不受外界环境的干扰，保持内心的清净和淡泊。而"王孙自可留"则表达了王维对隐居生活的向往，他愿意放弃尘世荣华而选择隐居山林，过简朴清静的生活。这种"王孙自可留"的态度不仅彰显了王维对自我境界的追求和对物质世界的超脱，更体现了他对内心世界的深切关怀和自我价值的认同。

总体看来，这首诗用词简练而质朴，但却描绘了雨后初秋的清新景象，富有感染力。这些简单词汇的运用使得诗意更加深刻，给人以平淡、自然、含蓄、空灵的艺术感受。读者在阅读中可以感受到诗人内心的宁静与淡泊，体味到自然景色所带来的美好与愉悦。

（二）高适《燕歌行》

原文：

开元二十六年，客有从元戎出塞而还者，作《燕歌行》以示。适感征戍之事，因而和焉。

汉家烟尘在东北，汉将辞家破残贼。
男儿本自重横行，天子非常赐颜色。
摐金伐鼓下榆关，旌旆逶迤碣石间。
校尉羽书飞瀚海，单于猎火照狼山。
山川萧条极边土，胡骑凭陵杂风雨。
战士军前半死生，美人帐下犹歌舞。
大漠穷秋塞草腓，孤城落日斗兵稀。
身当恩遇常轻敌，力尽关山未解围。
铁衣远戍辛勤久，玉箸应啼别离后。
少妇城南欲断肠，征人蓟北空回首。
边庭飘摇那可度，绝域苍茫无所有。
杀气三时作阵云，寒声一夜传刁斗。
相看白刃血纷纷，死节从来岂顾勋。
君不见沙场征战苦，至今犹忆李将军。

这首《燕歌行》是高适边塞诗的代表作，是历代边塞诗的上品。本诗以同情

中国古代诗歌的流变与赏析

的态度,描写了边地士卒紧张激烈的战斗生活和他们离家远戍的痛苦,赞颂了他们的英雄气概和牺牲精神。同时,诗篇还揭露了某些将军的腐败无能,以及由此造成的战况恶化的后果。从既写了边地战争,又表现了官兵矛盾以及士兵与朝廷的矛盾来说,其容量与深度是其他边塞诗所不能及的。全诗可分四段:

第一段(前八句),写慷慨出征。前四句说战尘起于东北,将军奉命征讨,天子特赐荣光,已见得宠而骄,为后文轻敌伏笔。五、六两句写出征阵容,摐金伐鼓、旌旗迤逦、浩浩荡荡、大模大样,为失利的狼狈情景作反衬。"校尉"两句写抵达前线,军情紧急,敌阵森严,大战正面临一触即发之势。

第二段(中八句),写作战失利。前四句写敌人来势凶猛,我军伤亡惨重;后四句说我军兵少力竭,不得解围。其中"战士"两句说战士在战场上拼死,而将帅却在营帐中享乐,这是诗中最有揭露性的描写;"身当恩遇常轻敌"一句则正面点出了损兵被围的原因,靠这样的将帅领兵御敌怎样取胜呢?

第三段(中后八句),写被困思乡。敌围未解只好久戍沙场,思乡怀人的心情便油然而生。然而出征的战士只能徒然回首,家乡遥远,军情险恶,欲归无期。在苍茫的大漠中,白天只看见杀气聚成的阵云,晚上只听得戒备的刁斗声。寂寞荒凉的境地与相思的惆怅,只能唤起人们对"美人帐下犹歌舞"的不平与愤懑。

第四段(最后四句),写诗人的礼赞与感慨。前两句写战刀上血痕斑斑,奋不顾身、浴血苦斗的战士们只是一心为国效劳,哪里还去计较个人的功勋呢?这是对爱国士卒们的深情礼赞。结末两句笔锋再转,提出对威镇塞北、体恤士卒的汉代飞将军李广的怀念,人们多么希望能有一个像他那样的将领来带领杀敌御敌啊。这是战士与诗人的共同愿望,也是全诗的主题所在。

《燕歌行》在艺术上很有特色。首先,叙事简练而形象生动。如写行军、布阵、激战都是情景毕现,有声有色。其次,对比是强烈的。如"战士军前"与"美人帐下";"身当恩遇"与"力尽关山"等,都增强了诗的艺术效果。再次,此诗用韵讲究,平仄转换,一般四句一转,表达一层意思(只有第三段八句全用仄韵,为的是与表现双方遥望不安的心绪相适应,其他表现昂扬感情的则用平声韵),在用韵的选择与感情的表达上非常协调。还应当提及的是,本诗拓宽了乐府旧题《燕歌行》的题材范围,作者把前人多用来表现征人思妇离情别恨的《燕歌行》扩展到边塞的事军方面,这是有所突破的。

第四章　宋元时期的诗歌

宋元时期的诗歌在继承唐代诗歌的基础上，呈现出了独特的面貌，本章依次介绍了宋诗、宋词、元代散曲、宋元诗歌诗体流派与名作欣赏四个方面的内容。

第一节　宋　诗

一、以"精意相高"为核心：宋初三体

宋初诗歌可以划分为"白体""晚唐体"和"西昆体"三大派别。这三种不同的诗歌风格各具特色，共同构筑了宋初诗坛的壮美景观，为后世诗歌创作提供了丰富的文学遗产。

（一）白体

白体诗在中国文学史上占有重要地位，其代表人物有李昉、徐铉、王奇和王禹偁。然而，令人遗憾的是，徐铉和王奇的诗集已经失传，李昉的文集也未能完整传世，仅有与李至的合集《二李唱和集》尚存。在这四位诗人中，只有徐铉和王禹偁的完整诗集得以保存传世，这为我们研究白体诗提供了宝贵的文献资料。通过对这两位诗人的诗作进行深入研究，我们可以更全面地了解白体诗的发展历程和特点，把握其在文学史上的地位和作用。

白体诗人的创作倾向主要承袭了唐代元（元稹）白（白居易）唱和诗风，而这种唱和诗风的兴盛恰恰是宋初诗坛的一种普遍现象。这一现象的兴起主要是受到了宋初社会风尚的影响。宋代结束了五代以来的混乱局面，国力虽不及汉唐，但一统天下的局面仍然呈现出了一派歌舞升平的气象，与此同时，社会的稳定与繁荣为文人们提供了更多的创作空间，使得诗歌创作成为一种流行的社交活动。

中国古代诗歌的流变与赏析

而在宫廷和士大夫社交场合中,诗歌也成了交流感情、表达情绪的重要媒介。帝王、文臣相互赋诗、应和,已成为一种常见的社交礼仪,因而唱和诗风在这一时期得以兴盛。另一方面,从诗歌发展本身看,唐诗的高度成熟和规范化,使得宋代诗人们在创作中不再受到语言技巧的束缚,而更注重情感的真挚和自然流露。因此,宋代诗人更倾向于用通俗易懂的语言表达自己的情感和思想,追求真实和质朴,这与白体诗的创作倾向不谋而合。

白体诗人中,真正在艺术上有建树的是王禹偁。早年间,王禹偁就对白居易的诗情有独钟,还特别喜欢称颂白居易在苏杭时期的闲适诗和唱酬诗。此后,王禹偁与毕士安、傅翱、罗处约等一群唱和之友建立了深厚的友谊,并共同创作了大量的酬唱诗篇。通过与他们的切磋交流,王禹偁不断丰富和完善了自己的创作思路和技巧,使得他的诗作更加出色。同时,他们之间的唱和创作也推动了白体诗的进一步发展,为这一流派增添了新的活力。从王禹偁的创作实践来看,他在白体诗领域的成就可以说是举足轻重的。他不仅深入研究和实践了白居易的诗风,而且还在此基础上发展出了自己的独特风格。他的诗作不仅继承了白体诗的优秀传统,如抒发闲适情怀、描绘生活场景等,而且还融入了自己的创新元素,如善于运用对比手法、巧妙运用诗语等。这些都使得他的诗歌作品在艺术上有了很大的建树,成了白体诗的重要代表,他甚至因此还得到了宋太宗的赏识。

在淳化二年(991年)至淳华四年(993年)的商州谪居期间,王禹偁的诗风发生了转变。面对仕途上的挫折,他将所有的情感都倾注在了诗歌创作之中,通过吟诗作对的方式来宣泄内心的郁闷和不满。这种情感的宣泄不仅使他的诗歌充满了真挚的情感,也使他的诗歌作品更具有感染力和表现力。与此同时,他的唱和诗的情调也发生了重要变化。在商州之前,他的唱和诗主要是用作互相娱乐和图谋进身之阶的需要,但在商州期间,这些诗歌更多地用作互相慰藉和排遣郁闷情感。这种情感上的转变使得他的诗歌更加贴近生活、更具真挚情感,也使得他的诗歌作品更受到人们的喜爱和赞赏。如《岁暮感怀贻冯同年中允》(其三):

> 谪居京信断,岁暮更凄凉。
> 郡僻青山合,官闲白日长。
> 烧烟侵寺舍,林雪照街坊。
> 为有迁莺侣,诗情不敢忘。

第四章 宋元时期的诗歌

领联虽有寄情"青山""白日"之意，但前有"信断""凄凉"，后有"烟侵""雪照"，已构定全诗孤寂凄冷的氛围和情调，"官闲白日长"的表面悠闲实际上正是其绵长愁绪的表露，"郡僻青山合"的外在景观实际上也是其郁闷心态的外现。至如《寄海州副使田舍人》诗云"眼前有酒长须醉，身外除诗尽是空"，更明显是内心忧愤之情的发泄与排遣了。王禹偁素怀大志，而当其面对残酷的政治斗争，自身仕进之途遭受严重挫折之时，则必然更多地化为幽忧讽怨而涌发出来。如《得昭文李学士书报以二绝》诗云"左宦寂寥惟上洛，穷愁依约似长沙。乐天诗什虽堪读，奈有春深迁客家"，诗中"寂寥""穷愁"已饱含幽忧，"春深迁客"更明见怨愤，同时将读"乐天"之诗与似"长沙"之境联系起来，固然体现出白体唱和诗在失意境况中的慰藉和自遣作用，但通过"虽堪读"与"奈有"二词，无疑又显露出白体唱和诗与诗人当时心理状态已不相谐适的意向。正是在这样的心态驱使下，王禹偁诗歌创作显示出由仿效白居易晚年唱和诗转而学习白居易早年讽喻诗的变化迹象。

王禹偁在由对白居易诗的仿效而至于对杜甫诗的学习的诗歌创作道路上，最终超越白体诗风范围，其成就是显著的。特别是在中晚唐诗风末流弥漫笼罩的宋初诗坛，明确提倡"诗效杜子美，为杜诗于人所不为之时"，开有宋一代尊崇研习杜诗风气之先河，自当功不可没，而其推崇杜诗的着眼点尤足重视。历来尊杜者大多皆从杜甫博采众家之长的角度，称其"上薄风骚，下该沈宋"，尽得古今之体势，即使在王禹偁之后的北宋中期，虽然诗坛已形成"学诗者非子美不道，虽武夫女子皆知尊异之"的局面，但论杜者仍然是从杜诗对前代的总结角度称其为"集大成"。王禹偁论杜则别开生面，在《日长简仲咸》诗中明言"子美集开诗世界"，可见其主要是从诗歌的新变与发展的角度，更多地注意到杜诗的创新精神，是对杜诗在推动诗歌史发展中的功绩和作用的高度评价。可以认为，这一创新意识，正是促使王禹偁"为杜诗于人所不为"的重要原因，也是其在中晚唐诗风笼罩的宋初诗坛便初露在北宋中期才开始形成的具有独特风貌的宋诗的端倪与隐绪的重要原因。

（二）晚唐体

稍后于白体诗人活跃于宋初诗坛上的是晚唐体诗人。这一派诗人主要有林逋、潘阆、寇准、魏野、魏闲、鲁三交、赵抃及九僧等，以林逋、魏野、寇准为代表。

其诗多偏重构思，意精词巧，幽峭清丽。

晚唐体诗人除寇准外，大多是在野的僧侣或薄视功名的士人，相似的生活遭遇也是构成其大体相同的审美趣味的原因之一。晚唐体的出现，有着寻求改变白体诗过于浅俗平易的潜在心理背景，但是在宋初诗坛以酬唱赠答为主要特点的总的风气的影响下，晚唐体诗人也不可避免地表现出与白体诗人创作风气的相同之处。如前所述，唱和诗风的广泛流行，是宋初社会风尚所造成，由于皇帝的喜好，无论表现为文人的趋尚，还是表现为交际的方式，唱和之风无疑主要流行于宫廷和官场之间，因此大多身为高官的白体诗人就自然成为宋初诗坛第一个以唱和为重要特征的诗派了。白体诗人大多既为高官，又是诗人，因而又成为唱和诗风从官场走向诗坛从而更广流布的重要推导之力。大多为在野僧侣文士的晚唐体诗人热衷于唱和酬赠并使之构成其创作中的一个显著特点，正可于此窥探一源。

晚唐体代表作家林逋在《读王黄州诗集》中，就极力称颂"放达有唐惟白傅，纵横吾宋是黄州"，可见其对白体大家王禹偁的崇仰之情。由此可见，晚唐体诗人在主要师法贾岛、姚合之外，也同时受到流行一时的宋初唱和诗风的深刻浸染。

晚唐体诗人虽然趋尚酬唱，但是与以唱和为最主要特征、大多作品皆为唱和诗的白体以及直接因唱和诗集而得名的西昆体相较，毕竟有着相当大的区别。首先，晚唐体诗人多有酬唱之作，但并不占其全部创作中的大多数；其次，晚唐体诗人喜好唱和酬赠，但并未构成其诗歌创作的主要风气和特征；最后，也是最重要的，由于晚唐体诗人大多遁迹山林、淡薄功名，因而其唱和诗中表达的意旨、情调及风格与白体、西昆体唱和诗更是大异其趣。如林逋《和梅圣俞雪中同虚白上人来访》诗：

> 湖上玩佳雪，相将惟道林。
> 早烟村意远，春涨岸痕深。
> 地僻过三径，人闲试五禽。
> 归桡有余兴，宁复比山阴。

此诗虽为唱和之作，却一洗庸语俗套，以"湖上佳雪"开篇，以"山阴余兴"作结，中间以"早烟村意""春涨岸痕"铺染清幽景致，以"地僻""人闲"动静相间，融"人"之兴入"地"之景，全诗辞意精巧、清淡自然，全然抹去唱和应酬之迹，实如一幅流连山水的工笔图画。类似的题材，在白体诗人笔下，则通篇应酬之辞，平白如话、语浅意乏，在西昆体诗人笔下，则雕章琢句、华丽浓艳，其间诗风的区别是显而易见的。

着意改变白体末流过于浅俗平易的诗风，又不同于西昆体诗人轻白描而重用事的倾向，便构成了晚唐体诗风的基本特色，这也就是晚唐体作为宋初唯一的以在野诗人为主的诗派所显示出的独特个性所在。如林逋《即席送江夏茂才》诗：

> 与君未别且酣饮，别后令人空倚楼。
> 一点风帆若为望，海门平阔鹭涛秋。

这是一首把酒送别诗，就这一题材本身看，无论是赠语相勉，还是借酒浇愁，也无论写得平白如话，还是雕琢用事，都极易落入陈习俗套。但林逋此诗，只就眼前景事描摹而出，清淡自然，绝无用事做作之迹，同时从"未别"之现实到"别后"之怅惘，由"一点风帆"扩及"海门平阔"，实写与虚拟融契通贯，短短四句，构思精密，又足见惨淡经营之功。从前述唱和诗到这里的送别诗之类主题，尽管受到应酬性极强的限制，但仍然流溢出晚唐体诗善于在精巧构思中描摹自然景物这一显著特点。与不求仕进、遁迹山林的生活状况相适应，大多晚唐体诗人精于写景，多有流连山水、逍遥泉石之作，也就构成这一派诗歌创作的最主要内容。如魏野《暮秋闲望》：

> 水阁闲登望，郊原欲刈禾。
> 坏檐巢燕少，积雨病蝉多。
> 砧隔寒溪捣，钟随晚吹过。
> 扁舟何日去，江上负烟蓑。

时时"闲登望"，往往"尽日看"，写景咏物益趋细致精密，正是晚唐体诗人创作中的普遍现象和显著特点。晚唐体诗人的写景咏物之作，当时就多为人所激赏，甚至被称为"有唐人风格""精致不减唐人"。

晚唐体诗人咏物写景之细致工巧，诗歌风格之幽静清丽，固已臻极致，然与其所师法的对象贾岛、姚合一样，晚唐体诗人所咏景物毕竟局限于细部，只能从小中见巧，造成诗风寒窘、诗境狭小。在创作态度上，则一草一木，推敲苦吟。

宋代晚唐体诗人推敲苦吟的创作态度与贾岛几无二致。正因如此，晚唐体诗人在经过反复锤炼，最终也形成与贾岛诗相近的明洁省净、冷落寒寂的诗风与诗境。如魏野《寻隐者不遇》诗：

寻真误入蓬莱岛，香风不动松花老。
采芝何处未归来，白云遍地无人扫。

此诗通过对隐者居住环境景物的描写，极力渲染出隐者清寂的生活，全篇虽未及隐者本人一字，但隐者的风神形貌实已宛然在目。其辞意精巧凝练，诗境静谧幽清，以及由此显示出的孤寂心态，皆与贾岛同题名诗"松下问童子，言师采药去，只在此山中，云深不知处"如出一辙。

总之，作为一个诗歌流派的晚唐体，其内部构成既有以林逋、魏野为代表的在野贫士，又有以寇准为代表的达官贵人，而这两类生活境遇相差极大的作家，正是在创作心理的积淀与审美意识的稳固过程中统一起来。同时，由于宋初社会风尚的影响，流行于宫廷、官场的唱和诗风也在以山林气息为主要特点的晚唐体诗人创作中体现出来，而这种官场与山林之间的实际交流以及晚唐体内部构成的复杂性，则又使以山林气息为本色的晚唐体诗风渗入官场，使得某些官居高位者实际上也成为晚唐体中的一员。这样双向的交互影响和作用，就构成晚唐体诗人创作的整体过程的动态描述。

（三）西昆体

与晚唐体诗人基本同时活跃于宋初诗坛上的另一诗派是西昆体。这一诗派的形成，是以《西昆酬唱集》为标志的。该集共收杨亿、刘筠、钱惟演、李宗谔、陈越、李维、丁谓、刁衎、任随、刘骘、张咏、舒雅、钱惟济、晁迥、崔遵度、刘秉、薛映等十七人相互酬唱的五七言律诗247首，其中杨亿75首，刘筠71首，钱惟演55首，三人所作占全集五分之四多，杨亿在《西昆酬唱集序》中自述其主要是同刘筠、钱惟演"更迭唱和，互相切劘"并将之"析为二卷"编纂成集的。虽然西昆体作家的创作并不仅仅局限于《西昆酬唱集》，但西昆体之所以形成一个诗以及对后世产生了一定的影响，却全然是由于《西昆酬唱集》的行世所造成，而整个西昆体的主要代表实际上也就是杨亿、刘筠、钱惟演三人。

在宋初唱和诗风广为流行的背景下，西昆体诗人全然以酬唱诗集构成诗派，可见酬唱已不仅是其诗歌创作的一个重要方面，而且几乎与西昆体之名同义，因而从根本上讲，西昆体实为宋初唱和诗风极度发展的产物。同时，由于西昆体稍晚于白体和晚唐体，诗歌创作具有对诗坛前辈学习以至于发展的意义，所以其酬唱诗也就在前人创作经验的基础上使唱和诗技巧尤为纯熟。如一个《泪》题，杨亿、刘筠、钱惟济各作二首七律，句句以典写泪，由泪生出，不仅绝无重复，而且辞意精切。试以杨亿一首为例：

> 锦字梭停掩夜机，白头吟若怨新知。
> 谁闻陇水回肠后，更听巴猿拭袂时。
> 汉殿微凉金屋闭，魏宫清晓玉壶欹。
> 多情不待悲秋气，只是伤春鬓已丝。

通篇用典，句句写泪，将自《楚辞》、汉魏以来诗中暇有意象与典实信手拈来，极见熔铸之功。再看刘筠一首：

> 含酸茹叹几伤神，呜咽交流忽满巾。
> 建业江山非故国，灞陵风雨又残春。
> 虞歌决别知亡楚，宴酒初酣待报秦。
> 欲断青天销积恨，月娥孀独更愁人。

同为以典写泪，然所用之典又与杨诗全然不同，而驭意遣词之纯熟精密，亦略无逊色于杨诗。

作为宋初唱和诗风极度发展的产物，西昆体唱和诗的表达形式、艺术风格与白体唱和诗显然有别。如杨亿《夜宴》：

> 凉宵绮宴开，酃渌湛芳罍。
> 鹤盖留飞舄，珠喉怨落梅。
> 薄云齐鬓腻，流雪楚腰回。
> 巧笑倾城媚，雕章刻烛催。
> 盘空珠有泪，鑪冷蕙成灰。
> 巾角弹棋胜，琴心促轸哀。
> 醉罗惊梦枕，愁黛怯妆台。

> 风细传疏漏，犹歌起夜来。

此题唱和除杨亿之外，尚有刘筠、钱惟济各一首，并皆对仗工整、色彩明艳，不仅句句用典、铺陈夸饰，而且辞藻华美、富丽堂皇。即如杨亿此诗，通篇贯串"绮宴""芳罍""鹤盖""珠喉""齐鬟""楚腰""醉罗""愁黛"等语，华艳富丽，雕饰之迹甚明。诗中所云"巧笑倾城媚，雕章刻烛催"，正可视为"并负懿文，尤精雅道，雕章丽句，脍炙人口"的西昆一派诗歌基本风貌的形象表征。

西昆体对浅俗诗风的变革，是时代趋势使然，在这一点上，与晚唐体处于同一地位。然而，由于这两个作家群在总体经历上的不同，又造成西昆体与晚唐体总体风格特征的显著差异。如果说，贵白描而忌用事、小巧清丽、构思精密是晚唐体诗人的创作本色和总体风格特征，那么，西昆体诗人的创作本色和总体风格特征则是轻白描而重用事、辞藻雕饰、组织华丽。因此，作为宋初后期的一个作家最多、影响最广的诗派，西昆体不仅截断了白体诗风末流的延续，而且也着意改变晚唐体诗风。宋末诗论家方回尝言"组织华丽，盖一变晚唐诗体、香山诗体而效李义山，自杨文公、刘子仪始"，联系田况所谓"五代以来芜鄙之气，由兹尽矣"之说，可见西昆体的出现，实为宋诗发展史上的一个重要现象，标志着宋初诗风的一次最大的变革，只是它的主流并未向具有独特风貌的宋诗的形成方向迈进，反倒实现了又一派晚唐诗风的又一次复归。

二、由古淡到雄赡：梅、苏与欧阳修

北宋中期诗歌复古运动的兴起标志着文学史上宋诗独特风貌的初现。这一时期，诗坛上出现了一批杰出的诗人，如梅尧臣、苏舜钦和欧阳修，他们的作品在宋诗发展史上留下了浓墨重彩的一笔，对于宋代诗歌的独特风貌形成具有重要的历史意义。

（一）梅尧臣

梅尧臣（1002—1060年），字圣俞，世称宛陵先生，宣州宣城（今安徽宣城市）人。梅尧臣的诗歌创作代表了一种对传统诗歌形式的挑战和突破。他对诗歌有着独特见解，并且尤其反对西昆体，他主张诗歌应当有所为、有所感，这意味着诗歌不应该只是华丽的语言和虚幻的意境，而应该承载着对社会现实的关注和对人民生活的思考。如《田家》《岸贫》《小村》等作品，生动地描绘了农民艰辛的生活状况，反映了当时农民的悲惨处境；而在《田家语》《汝坟贫女》等作品中，他生动地描绘了兵役造成的农民家庭破碎、妇女遭殃等悲惨画面，表达了对这一不合理制度的强烈批评；此外，梅尧臣还在诗作中反映了统治阶层内部的矛盾斗争，如《猛虎行》《杂兴》《书窜》《古意》等作品，通过生动的比喻和讽刺手法，批评了朝廷权奸排斥迫害正直之士的罪行，表达了对社会不公的强烈不满。《汝坟贫女》一诗将梅尧臣的创作风格展现得淋漓尽致：

> 汝坟贫家女，行哭音凄怆。
> 自言有老父，孤独无丁壮。
> 郡吏来何暴，县官不敢抗。
> 督遣勿稽留，龙钟去携杖。
> 勤勤嘱四邻，幸愿相依傍。
> 适闻闾里归，问讯疑犹强。
> 果然寒雨中，僵死壕河上。
> 弱质无以托，横尸无以葬。
> 生女不如男，虽存何所当。
> 拊膺呼苍天，生死将奈向。

在宋仁宗康定元年（1040年），由于西夏的入侵，朝廷不得不征集乡兵备战。与此同时，天灾也降临了大宋王朝，全国多地大雨成灾，农民生计受到了严重的损害，人们的生活陷入了困境之中。在这样的背景下，一位贫苦家庭的女子成了诗人笔下的主角，她的哀怨成了诗人表达当时人们苦难的突破口。通过贫家女子的形象，诗人将人们生活的苦难真实地展现在了读者面前，使读者更加深刻地感受到了当时社会的艰难与煎熬。可敬的是，当时诗人本身就是一位县官，但他在诗中依旧对官吏的不义行为表示了强烈的抗议，展现出了对人民的同情和关怀。这种不畏权势，敢于直言的精神令人钦佩。

在《陶者》一诗中，梅尧臣以质朴的语言描绘了当时社会的阶级对立：

> 陶尽门前土，屋上无片瓦。
> 十指不沾泥，鳞鳞居大厦。

中国古代诗歌的流变与赏析

他通过对劳动者一无所获和不劳而获者的对比描述,生动展现了当时社会的现状。尽管这类反映现实的诗在他的作品中只占很少一部分,但这确实是诗人对自己诗歌主张的实践。正如他在《答裴送序意》中所言,他的诗歌要追求实际情境,要摒弃华而不实的诗风。这种对诗歌的追求为当时的诗坛注入了新的活力,使得诗歌创作更加贴近生活,更具真实感,同时也更容易引起读者的共鸣。

此外,梅尧臣也极为擅长写抒情写景诗,其中,他的《鲁山山行》尤为出色:

适与野情惬,千山高复低。
好峰随处改,幽径独行迷。
霜落熊升树,林空鹿饮溪。
人家在何许,云外一声鸡。

在这首诗中,梅尧臣用诗人独特的视角,描绘了山峦起伏、溪水潺潺、树木葱茏的景象,将山水之美展现得淋漓尽致。读者在阅读诗歌时,不仅能够看到诗人所描绘的景物,更能够感受到那种清新、宁静的山野气息,仿佛置身于山间,感受大自然的鬼斧神工。同时,梅尧臣在诗中还融入了自己的情感和心境,使诗作更具韵味。而诗歌末两句的结尾处,梅尧臣以简洁而凝练的语言,点出了诗人的心境和情感,将读者的思绪引向一个更加深远的境界。这种妙笔生辉的结尾,不仅使诗歌更加完整,也使读者在品味诗作时,更能够领略到其中蕴含的情感和意境。

(二)苏舜钦

苏舜钦(1008—1048年),字子美,原籍梓州铜山(今四川中江县),自曾祖起迁居汴京(今河南省开封市),遂为开封人。苏舜钦以其诗歌作品闻名于世,与梅尧臣齐名,两人合称"苏梅"。他强调诗歌的教化作用,主张诗歌应该具有警示和教育的功能。因此,在他的诗作中,经常出现反映现实的主题。这种诗歌理念使得他的作品在当时诗坛上独具特色,成为当时诗坛中的一股清流。如在他的《城南感怀呈永叔》一诗中,诗人因感怀而描绘了荒年时节城南农民饿死路边的凄惨景象,通过对这一悲惨情景的真实再现,引起了读者对农民困境的深切关注和同情。除此之外,诗人还通过对达官贵人酒足饭饱后高谈阔论的描述,揭露了当时达官贵人们对国计民生的漠视,以及他们过着奢华生活却不关心民生疾苦

的现实,深刻地反映了当时社会的阶级对立和不公正现象。诗中对自然灾害后农村景象的描写真实感人,诗中这样写道:

> 老稚满田野,斫掘寻凫茈。
> 此物近亦尽,卷耳共所资。
> 昔云能驱风,充腹理不疑。
> 今乃有毒厉,肠胃生疮痍。
> 十有七八死,当路横其尸。
> 犬彘咋其骨,乌鸢啄其皮。

这是一幅多么悲惨的图画!诗人怨天:"胡为残良民,令此鸟兽肥?"更怨人:"高位厌梁肉,坐论搀云霓……岂无富人术,使之长熙熙?"诗人的心里愤愤不平。

在苏舜钦的诗作中,还有一个较为突出的主题,就是对宋辽战争的关心,表现诗人的爱国之情,《庆州败》就是这样一首代表作。诗中谴责西夏"直随秋风寇边城""屠杀熟户烧障堡"的罪行,揭露了北宋军队主将的无能,以及他们骄纵轻敌的行为,指出北宋军队庆州失利,乃是"尽由主将之所为",深刻地反映了北宋军队腐败至极。在《舟中感怀寄馆中诸君》中,表现诗人早年的志向:"不然弃砚席,挺身赴边疆。喋血鏖羌戎,胸胆森开张。弯弓射搀枪,跃马埽大荒。功勋入丹青,名迹万世香。是亦丈夫事,不为鼠子量。"他要卫国杀敌,立功疆场。后来虽自己壮志未酬,但还是满腔热情地寄希望于诸君:"顾当发策虑,坐使中国强。蛮夷不敢欺,四海无灾殃。"在《吾闻》中,诗人将这种感情写得更加激越:"予生虽儒家,气欲吞逆羯。斯时不见用,感叹肠胃热。昼卧书册中,梦过玉关北。"像这样抒写卫国杀敌的决心,表现出强烈的爱国意志,在当时是很突出的。

除了现实性较强的诗篇外,他的写景诗也有佳作传世。如《淮中晚泊犊头》:

> 春阴垂野草青青,时有幽花一树明。
> 晚泊孤舟古祠下,满川风雨看潮生。

诗人将情融入景中,于写景中透出诗人的孤寂之情。情与景浑然一体。

应该看到,在西昆体盛行之时,他们不顾人们讥笑嘲讽,能够摒除西昆体华而不实的作风,学习古代诗歌反映现实的传统精神,学习韩愈的以文为诗,实属不易。虽然他们的创作实践还有一定的局限性,但是应该承认他们的倡导和创作实践实为宋诗革新之开端。正是因为宋诗革新在他们二人手中兴起,所以随后的欧阳修才因势利导,将这个运动推向了高潮。

(三)欧阳修

欧阳修(1007—1072年),字永叔,自号醉翁,又号六一居士。庐陵吉水(今江西吉水县)人。宋仁宗天圣八年(1030年)进士,官至枢密副使、参知政事。为人正直敢言,早年支持范仲淹的改良措施,晚年与王安石在新法问题上意见不合,退居颍州,卒谥文忠。他是著名的政治家、文学家、史学家,是名重一时的文坛领袖。他将古文运动的精神贯串诗歌革新之中,强调诗歌与现实的密切关系。这对于当时诗坛上无病呻吟、闭门造车的不良风气是很好的批判。

在他的诗歌理论指导下,他的诗歌创作能够与现实紧密结合,反映民生疾苦,揭露社会矛盾。他在颍州期间所写的《食糟民》就是这样的作品:

田家种糯官酿酒,榷利秋毫升与斗。酒沽得钱糟弃物,大屋经年堆欲朽。酒酤瀺灂如沸汤,东风吹来酒瓮香。累累罂与瓶,惟恐不得尝。官沽味醲村酒薄,日饮官酒诚可乐,不见田中种糯人,釜无糜粥度冬春?还来就官买糟食,官吏散糟以为德。嗟彼官吏者,其职称长民,衣食不蚕耕,所学义与仁,仁当养人义适宜,言可闻达力可施。上不能宽国之利,下不能饱民之饥。我饮酒,尔食糟。尔虽不我责,我责何由逃!

诗中一方面写"田家种糯""还来就官买糟食",另一方面写"官酿酒""酒沽得钱糟弃物";一方面写种糯人"釜无糜粥度冬春",另一方面写官吏们"日饮官酒诚可乐"。通过鲜明的对比,表现了官府与百姓的矛盾,揭露了封建官吏不劳而获的寄生生活,以及他们所标榜的仁义的虚伪性。同时,诗人还将自己摆进去:"我饮酒,尔食糟,尔虽不我责,我责何由逃!"表现了诗人的自责和不安。作为一个正直的封建官吏,诗人能够面对现实,写出这样的作品是难能可贵的。

北宋统治者对辽和西夏的侵扰采取妥协退让政策,导致人民尤其是边地人民深受其害。他们得不到朝廷保护,经常受到敌方的侵扰蹂躏,另一方面又承受着沉重的赋税徭役之苦。欧阳修的《边户》一诗真实地反映了这种现实。诗中表现了边户"两地供赋租""身居界河上,不敢界河渔"的痛苦。同时,诗人还以满腔的热情歌颂了边地人民的爱国精神和英雄气概：

> 家世为边户，年年常备胡。
> 儿童习鞍马，妇女能弯弧。
> 胡尘朝夕起，虏骑蔑如无。

人民要抗敌，朝廷却退让。诗中表现了诗人对朝廷妥协退让政策的不满。

在欧阳修的诗歌创作中，还有一部分咏物诗，诗人往往借物咏怀，或讽喻现实，或抒发某种感慨。如在《古瓦砚》中，诗人借咏古瓦砚，发出这样的议论："于物用有宜，不计丑与妍""乃知物虽贱，当用价难攀"。并进而由物及人，"岂惟瓦砾尔，用人从古然"，表明诗人用人的观点。在《画眉鸟》中，诗人借画眉鸟在林间自由自在地歌唱，来抒写他离朝廷贬滁州后的自适自得之情。在《宝剑》中，借咏宝剑，抒发诗人的爱国感情。在《寄生槐》中，借寄生于桧柏树上的槐，比喻朝廷中依附大臣的奸邪小人，诗人认为对这些奸邪小人"剪除初非难，长养遂成患"，应该"剿绝须明断"，表现诗人对这些小人的深恶痛绝。不难看出，他的这类咏物诗也是与现实生活紧紧地连在一起的。

在欧阳修现存的900多首诗中，大多数是抒写个人情怀的，以及友朋唱和赠答之作。虽然如此，他的这类诗也不同于西昆体诗人的无病呻吟，其中多数是诗人感情的抒发。

欧阳修领导的古文运动是打着学习韩愈的旗帜的，他的诗也是向韩愈学习的。他在推崇韩愈的诗时曾说："退之笔力无施不可。……然其资谈笑，助谐谑，叙人情，状物态，一寓于诗，而曲尽其妙。"（《六一诗话》）他的诗正是"笔力无施不可"，无论写什么都能"曲尽其妙"。甚至有时"意所到处，虽语有不伦，亦不复问"（叶梦得《石林诗话》）。他特别发展了韩愈的以文为诗，以议论为诗，因此诗中多说理议论，即使在一些抒情诗中也往往如此。如《去思堂手植双柳今已成荫，因而有感》：

> 曲栏高柳拂层檐，却忆初栽映碧潭。
> 人昔共游今孰在？树犹如此我何堪！
> 壮心无复身从老，世事都销酒半酣。
> 后日更来知有几，攀条莫惜驻征骖。

诗人将眼前的景与深沉的感慨结合在一起，边叙写，边议论，而惜别的忧伤之情正是从议论中传出。其中"人昔共游今孰在？树犹如此我何堪"二句，简直如同散文。

在欧阳修那些以诗论诗的作品中，说理议论尤为明显。如《水谷夜行寄子美圣俞》《赠王介甫》《读李白集效其体》《读蟠桃诗寄子美》等，论唐诗，评宋诗，无不如此。

欧阳修诗歌创作的散文化、议论化，对宋诗以文为诗这一特点的形成起了促成作用。但是，在诗中说理过多，多敷陈而少比兴，又影响了诗的形象性。尤其是后来理学家板着面孔说教的枯燥乏味之作进入诗坛，在一定程度上也是受了欧诗以文为诗的影响。

平易疏畅是欧诗在矫正西昆体浓艳晦涩时形成的又一特点。下面再看他那首名作《戏答元珍》：

> 春风疑不到天涯，二月山城未见花。
> 残雪压枝犹有桔，冻雷惊笋欲抽芽。
> 夜闻归雁生乡思，病入新年感物华。
> 曾是洛阳花下客，野芳虽晚不须嗟。

气势流畅，一气贯下，语言平易而不俚俗，意境格外秀美。

总之，欧阳修的诗歌创作，虽然与他的诗歌主张相比还有一定距离，其成就也没有他的散文大；但是，仍然可以看出他的诗歌创作是在努力实践他的主张，并取得了成就，在当时宋诗变革过程中，影响还是颇大的。

三、无一字无来处：黄庭坚

在北宋元祐年间（1086—1094年），黄庭坚与苏轼并称为宋代诗坛的双子星。尽管后来诗坛涌现了许多优秀的诗人，但唯有黄庭坚积极求变，勇于创新诗歌的手法和风格，这使其成为最能代表宋诗特色的诗人之一。黄庭坚的诗歌创作影响深远，引发了许多后来者的效仿，并形成了一个独特的诗派——江西诗派。

黄庭坚（1045—1105年），字鲁直，号山谷道人，又号涪翁。洪州分宁（今江西修水县）人。他出身高官之家，于治平四年（1067年）中进士，后官至著作郎。然而，他因为编修《神宗实录》的过程中被指责不实，于是便被贬谪至涪州（今重庆市涪陵区），其后一生饱受挫折。

黄庭坚作为宋代诗坛的杰出代表，他的诗歌理论主张集中体现在对诗歌创作的追求上。首先，黄庭坚的理论强调诗歌应该"无一字无来处"（《答洪驹父书》），即每一个字句都应该有其来源和内在联系。这种理念意味着诗人在创作时应该注重语言的精准和内涵的丰富，避免空洞和虚无的表达。其次，黄庭坚还追求"点铁成金"（《答洪驹父书》）、"夺胎换骨"的创新，这意味着他希望通过精益求精的精神，将原本平凡的诗句锤炼成为珍贵的艺术品。这种创新精神使得他的诗歌在形式和语言上都具有了独特的亮点，使得他的作品在当时备受推崇，并对后世诗人产生了深远的影响。

然而，黄庭坚的理论也存在一定的局限性。首先，他的理论过于看重词语层面的创新，而忽略了诗歌创作中广泛涉及的艺术规律和现实生活的重要性。诗歌作为文学形式，不仅仅是语言的表达工具，更是情感、思想和生活的反映，如果过分强调词语的创新而忽略了诗歌所要表达的内涵和情感，就容易使诗作变得空洞和无味。其次，黄庭坚的理论虽然在形式上有所突破，但却未能真正触及诗歌创作的更深层次。最后，黄庭坚的理论在一定程度上限制了诗人的创作空间，导致了诗歌创作的狭窄化，容易使人陷入形式主义的泥沼。

黄庭坚的诗作大多以个人情感为主题，包括爱情、离别、怀念、孤独等各种情感的表达，这些作品深刻地展现了他内心世界的丰富和多变，使得他的诗歌作品充满了人情味和生活气息。尽管偶尔也有反映现实的作品，但多是以怨而不怒的方式呈现，这使得他的诗歌作品在表达个人情感的同时，也显得含蓄而不失深刻，如《蚁蝶图》：

　　蝴蝶双飞得意，偶然毕命网罗。群蚁争数坠翼，策勋归去南柯。

在这里，诗中蚁、蝶两种昆虫都被赋予了人性化的特征，代表了当时朝野政治中的两个重要派系，反映了当时社会政治中的腐败与不公，以及人性中的野心与贪婪。

黄庭坚的作品追求新奇、避免陈旧，他以瘦硬的笔触呈现出了雄健有力的形象。这种风格与宋初的西昆诗风和苏轼诗歌中自然宽广的风格形成了鲜明对比，展现了他在诗歌创作中的独特品位和个性风采，如《六月十七日昼寝》：

  红尘席帽乌靴里，想见沧洲白鸟双。
  马龁枯萁喧午枕，梦成风雨浪翻江。

  写梦，而从江湖之念写起，最后才点出"梦"字来，章法构想颇为新奇。而且首句在字词安排上也是颠错的。

  又如《题竹石牧牛》：

  野次小峥嵘，幽篁相倚绿。
  阿童三尺棰，御此老觳觫。
  石吾甚爱之，勿遣牛砺角。
  牛砺角尚可，牛斗残我竹！

  这首诗虽是题画诗，但诗人跳出画面奇想开去，由画面的竹石牧牛，联想到牛的砺角与打斗，进而担心会弄坏山石竹子，以此来写他对竹石的深爱之情。不但构想奇峭，而且在句式上也有变化，不仅有一般五言诗少有的"一上四下"句式，还有"二上三下""三上二下"句式。

  黄诗除了奇峭瘦硬之外，也有清新自然的作品，如《寄黄几复》《雨中登岳阳楼望君山》等。还有一些作品具有幽默诙谐的情趣，如《次韵谢黄斌老送墨竹十二韵》《次韵杨君全送酒》《鄂州南楼书事》《牧童》等，这些作品正如他自己所说："作诗正如作杂剧，初时布置，临了须打诨，方是出场。"（宋·王直方《王直方诗话》）读来自然是有趣有味。

  至于他那些"点铁成金""夺胎换骨"的作品，有的确实以故为新、犹如己出、毫不做作，如《题竹石牧牛》之仿李白《独漉篇》的句式，《雨中登岳阳楼望君山》（其二）之点化刘禹锡《望洞庭》诗句；有的适得其反，倒是点金成铁了，如《次韵吴宣义三径怀友》之点化孟浩然《春晓》中诗句，《次韵晁以道》之点化古诗《迢迢牵牛星》中诗句；还有的只将原作改易一二字，这样的点化与剽窃没有两样。

  总的来看，黄庭坚的诗歌创作有他独特的风格，正如清朝人所说："庭坚出而荟萃百家句律之长，究极历代体制之变，自成一家，虽只字半句不轻出，为宋诗家宗祖，江西诗派皆师承之。"（清·吴之振等《宋诗钞·山谷诗钞序》）

黄庭坚作为一位开派诗人,他的诗歌理论和创作不仅对宋代诗坛影响不小,而且一直影响到以后几个朝代,甚而到清代"大江南北,黄诗价重,部直千金"(清·施山《望云诗话》卷一)。

第二节 宋 词

一、一代大词人柳永

柳永是宋代最具代表性的词人之一,他的词作被人们广为传颂和欣赏。与白居易在唐代诗坛的地位相媲美,柳永在宋代词坛也是独树一帜的存在。据传,凡有井水之地,都有人歌唱柳永的词,这足以说明他的作品在宋代社会中的广泛流行和深入人心。

柳永,原名柳三变,字耆卿,崇安(今福建武夷山市)人。据唐圭璋的《柳永事迹新证》记载,他生于宋太宗雍熙四年(987年),逝世于宋仁宗皇祐五年(1053年)。尽管《宋史》中并没有他详细的传记记载,但柳永与当时的文学巨匠晏殊、欧阳修、梅尧臣等同为一时之英才,共同活跃在宋代文坛上。

柳永自幼聪颖过人,无论是读书还是琴棋,都能轻松掌握。尽管他最初并不精通写词,但据说他曾在墙壁上偶然看到一首无名氏的《眉峰碧》词,读过两遍后他便领悟了写词的技巧,从此能够轻松填词。他在16岁时,便写下了著名的《望海潮》:

　　东南形胜,三吴都会,钱塘自古繁华。烟柳画桥,风帘翠幕,参差十万人家。云树绕堤沙,怒涛卷霜雪,天堑无涯。市列珠玑,户盈罗绮竞豪奢。
　　重湖叠巘清嘉,有三秋桂子,十里荷花。羌管弄晴,菱歌泛夜,嬉嬉钓叟莲娃。千骑拥高牙,乘醉听箫鼓,吟赏烟霞。异日图将好景,归去凤池夸。

在《望海潮》这首词的上阕,柳永通过细腻的描写,将杭州城市的繁华和钱塘江的浩渺展现得淋漓尽致。而在词的下阕,柳永则着重歌颂了西湖的秀丽,"三秋桂子,十里荷花"更是以简洁的语言勾勒出了江南秋景的绚丽和花草的繁茂,令人仿佛能够闻到花香,感受到微风拂过的清凉。这些景象不仅令人心旷神怡,

中国古代诗歌的流变与赏析

也彰显了诗人对美好风光的热爱和对生活的热情。不仅如此,使人还赞扬了地方长官,表达了对社会治理的认可和对政治权力的尊重。这种既有情感色彩又有社会意义的诗作,不仅展现了诗人的艺术才华,也折射出当时社会的风貌和价值观念。

尽管柳永展现了非凡的词作才华,但与他的文学成就形成鲜明对比的是他的求仕无门。尽管当时处于太平盛世,柳永却在进士考试中屡次落榜,这对他来说无疑是一次次的打击和挫败。这种经历使得他深感失落和沮丧,这种情绪也在他的词作中得到了表达,如《鹤冲天》:

> 黄金榜上,偶失龙头望。明代暂遗贤,如何向?未遂风云便,争不恣狂荡?何须论得丧。才子词人,自是白衣卿相。
> 烟花巷陌,依约丹青屏障。幸有意中人,堪寻访。且恁偎红倚翠,风流事、平生畅。青春都一饷,忍把浮名,换了浅斟低唱!

这首词,真实地表现了柳永落第后的心理状态,也充分显示了他狂傲不羁的思想性格。开篇辄言"黄金榜上,偶失龙头望",说明他并不满足于进士及第,而是要夺取"龙头",即殿试的头名状元;已经落榜,他却认作"偶然",已经"见遗",却只说"暂时",可见他是多么自负。然而,既然"未遂风云便",仕途无望,理想落空,他就转向了另一个极端,"争不恣狂荡",表示只要做一个"才子词人""白衣卿相",走出功名场,潜入"烟花巷陌",过起"偎红倚翠""浅斟低唱"的浪漫生活。可以说,科举落第使柳永产生了一种逆反心理,即有意把正统士大夫们所不齿的生活方式和感到刺眼的字眼,正经八百地写进词里,造成惊世骇俗的效果,以保持自己心理上的优势。这是他恃才负气的表现,也是表示抗争的一种方式。

祸与福向来是互相伴随的。柳永仕途受挫,沉沦烟花柳巷,过起浪漫放荡的生活。这一方面固然是不思振作、玩世不恭、消极颓废的表现;另一方面,这种生活经历却帮助他在艺术上成为影响一代词风的文坛巨匠。

他本来就通晓音律、工于诗文,如今落入社会底层,熟悉了下层市民的生活,以他们所喜爱的新鲜活泼的俚语入词,使他的词作出现了别具一格的新面貌。与此同时,他还在乐工妓女的鼓动和要求下,以长调(即慢词)的形式和铺叙的手法，创作了大量适合歌唱的新词，冲破了宋初多唱小令的框框，为宋词的发展开拓了新局面。由于他的词语言通俗有味、音律和谐动听，因而在当时传唱极广、名声很大。叶梦得《避暑录话》即说："教坊乐工每得新腔，必求永为词，始行于世。"柳永的词，如此盛行，自然也传入皇宫。宋仁宗赵祯也很喜欢柳词，每次宴饮，总要让侍宴的宫嫔演唱。不过，一次他听到《鹤冲天》这首词，颇为其中恣狂词语所激怒，宫嫔们还未唱完，便被他喝退了。

人的功名心是很难根除的，有时决心把它抛弃，只是在烈焰上盖了一层厚厚的灰而已，遇到什么事一撩拨，它又会熊熊燃烧起来。柳永名落孙山后，虽然发誓"忍把浮名，换了浅斟低唱"，但考进士的机会真的来了，他又不肯轻易放过。

一次考进士，他兴冲冲地参加了考试，本已考中，临放榜前，名单拿给仁宗过目，仁宗见到他的名字，龙颜顿改，正色说道："柳三变终日花前月下，岂能为官！他好'浅斟低唱'，何要'浮名'？让他填词去吧！"君无戏言，柳永本来已经到手的进士，就这样被取消了。

柳永对此气愤万分，从此更加纵情声色，终日流连秦楼楚馆，和乐工歌伎厮混。每写一首新词，都在下面落款："奉圣旨填词柳三变。"其实，他平日填词所奉的根本不是皇帝的"圣旨"，而是和他亲密交往的歌女舞伎的"芳旨"。他在自己"浅斟低唱"的词下，有意题上这一特别的落款，主要是为了发泄心中的牢骚，表示对皇帝"圣旨"的不敬和抗议。

景祐元年（1034年），柳永已40多岁了，年轻时的"怪诞狂情"已逐渐消退，他又想起了科举仕进，于是便将姓名由柳三变改为柳永，再次去投考进士。这次总算幸运，终于高中黄榜，先后做过睦州掾官、定海晓峰场盐官和屯田员外郎等小官。然而，他多年随便惯了，受不了官场的约束，没干几年，便把乌纱帽给弄丢了。无可奈何，他只好浪迹江湖，从乐工歌伎那里寻求精神上的慰藉。这种生活经历，使吟咏流落天涯的感受，成了他创作的一个重要内容。著名的《雨霖铃》词，堪称他这方面的代表作：

寒蝉凄切，对长亭晚，骤雨初歇。都门帐饮无绪，留恋处，兰舟催发。执手相看泪眼，竟无语凝噎。念去去、千里烟波，暮霭沉沉楚天阔。多情自古伤离别，更那堪，冷落清秋节。今宵酒醒何处？杨柳岸，晓风残月。此去经年，应是良辰好景虚设。便纵有千种风情，更与何人说？

中国古代诗歌的流变与赏析

这首词,写一对恋人饯行时难分难舍的离情别绪,达到了情景交融,一切景语皆情语的极高境界。

"念去去、千里烟波,暮霭沉沉楚天阔",词人黯然神伤的心情,仿佛给辽阔的天容水色涂上了阴影。"今宵酒醒何处?杨柳岸,晓风残月"写词人酒醒梦回,只见晓风吹拂疏柳,一弯残月高挂杨柳梢头,整个画面充满了清幽凄冷的气氛。词末以问句作结,既表达了情人间彼此关切之情,又留有无穷意蕴,让人回味无穷。冯煦在《六十一家词选例言》中论柳永词时说:此词"曲处能直,密处能疏,鼻处能平,状难状之景,达难达之情,而出之以自然"。这是对《雨霖铃》的崇高评价,也是行家里手的中肯之论。

柳永沦落天涯时,穷愁潦倒,以致最后寄食润州(今江苏镇江)寺庙,在贫病交加中逝于僧舍。他大概没有结过婚,终老无子嗣,死后没有家属为其安葬,还是一群平日和他相好的风尘知己们,争着凑些钱掩埋了他的骸骨。以后每逢清明时节,这些可爱的歌伎女郎们都要携酒到他的墓前祭祀一番,一时传为奇闻佳话。《古今小说》里有一篇《众名姬春风吊柳七》,就是根据此事敷衍成篇,描写歌伎们把他尊为唱本的祖师爷,每年寒食节,她们都要到郊外集合,吊唁柳永,以至相沿成风。这说明,一个文学家只要创作出真正为人们喜闻乐见的作品,人们就不会忘记他。

二、千古风流苏东坡

苏东坡,一个在中国历史上独一无二的文学巨匠,他的才华和成就无疑是中国文学史上的耀眼之光。他在诗词文、书法绘画、学术研究等多个领域都取得了杰出的成就,其卓越的才华和深厚的造诣让后人无不敬仰。

他的诗作清新俊逸、意境深远,行云流水之间尽显他的才情风韵。他的词作更是流传千古,被誉为中国古典词的代表之一,其豪放高远、情感浓郁的风格深受后人喜爱。而他的散文也同样优美动人,不论是议论文还是游记,都展现了他卓越的文学才华和深刻的思想。此外,苏东坡还是一位卓越的书法家和绘画家。他的书法工笔秀丽、气韵生动,被誉为"东坡体",成为后世书法艺术的经典。而他的绘画也同样精湛,擅长山水、竹石等各种题材,其笔墨酣畅、意境深远,展现了他在艺术创作方面的非凡造诣。同时,苏东坡还是一位卓越的学者,他在经济、农学等各个领域都有着深入的研究和独到的见解。

苏东坡德才兼备，但并没得到朝廷的重用。宋神宗年间（1068—1085年），有个叫李定的谏官，因和苏东坡有私仇，把他平日写的诗斩头去尾地摘抄下来，说他反对朝廷，使他锒铛入狱。这便是宋代历史上的重大冤案——乌台诗案。后经多人营救，宋神宗亲自过问，苏东坡才得以出狱，但被贬到黄州（今湖北黄冈）任团练副使。

"团练副使"是个闲职，是在定员官吏之外设置的闲官。苏东坡被贬黄州的诏令，明文规定他"不得签书公事"。

黄州是个风景胜地，依山傍水、险峻壮伟，到处都有令人陶醉的风光。它的西北山麓横插江中，峭壁直立、山石赤红。人们传说，这就是当年"火烧赤壁"的古战场。苏东坡为解心中郁闷，曾数次在赤壁山下泛舟。而每次游赤壁，他都不免触景生情，发出无限浩叹。由此，中国文学史上不仅增添了《前赤壁赋》《后赤壁赋》两篇精妙绝伦的散文，更有幸得到了《念奴娇·赤壁怀古》这首气势磅礴的千古佳词：

大江东去，浪淘尽，千古风流人物。故垒西边，人道是，三国周郎赤壁。乱石穿空，惊涛拍岸，卷起千堆雪。江山如画，一时多少豪杰。

遥想公瑾当年，小乔初嫁了，雄姿英发。羽扇纶巾，谈笑间，樯橹灰飞烟灭。故国神游，多情应笑我，早生华发。人生如梦，一樽还酹江月。

这首词，站在俯瞰历史的高度，以纵论古今豪杰的气魄，描绘了三国时期刘备和孙权联军，大破曹操百万之众，火烧赤壁的战斗场景。词中年轻、英俊、潇洒的周公瑾形象，意气风发、栩栩如生，在壮丽江山和炽热战火的映衬下，显得格外光彩照人。然而，在江山如画的祖国山河上，多少曾经称雄一世的著名豪杰，不都被历史的滚滚浪潮淹没了吗？在这里，苏东坡对"大江东去，浪淘尽，千古风流人物"的感慨，又何尝不饱含对他自己被贬乡野、报国无门的悲叹呢！

值得一提的是，苏东坡虽然是个博学多才的人，但在这首词所吟咏的地理位置上，他却出了一个不小的差错。因为黄州赤壁并不是周瑜当年火烧曹操百万大军的地方。三国时期的赤壁之战，发生在现在武汉的上游，而黄州却在武汉下游。不过，苏东坡的这一差错，却使黄州赤壁闻名遐迩。后人为了纪念这位伟大的文

中国古代诗歌的流变与赏析

学家,以及他的《念奴娇·赤壁怀古》这一不朽词篇,就将黄州赤壁又称为"东坡赤壁"。

苏东坡还有一首词《水调歌头·明月几时有》,也很有名:

明月几时有?把酒问青天。不知天上宫阙,今夕是何年。我欲乘风归去,又恐琼楼玉宇,高处不胜寒。起舞弄清影,何似在人间!

转朱阁,低绮户,照无眠。不应有恨,何事长向别时圆?人有悲欢离合,月有阴晴圆缺,此事古难全。但愿人长久,千里共婵娟。

这是一首咏月词,写作者在中秋之夜,对酒赏月时的情景和感想。词的上阕渲染月宫中的寒冷和寂寞,并强调这种寒冷和寂寞"何似在人间",曲折地表现了世道艰辛的酸楚和自己洁身清高的人格。下阕写清澈明净的月光,照得人无法入睡,让人感叹"月圆人不圆",所以作者最后发出了"但愿人长久,千里共婵娟"的冀愿。这两句词,原是苏东坡怀念远在千里之外的弟弟苏辙的,大意是说:但愿我们都能保重身体,即使不能在一起欢聚,也可以在异地他乡共同赏月。由此可见,苏东坡即使在写缠绵悱恻的离愁别恨时,仍然具有自己旷达豪放的格调和积极向上的情怀。

宋哲宗元祐元年(1086年),苏东坡有一次在翰林院里与人谈起柳永词,他的一位通晓音律的幕僚说:"柳郎的词,只应让十七八岁妙龄女郎,手拿精巧的红牙响板,轻敲慢打,柔声细语,唱'杨柳岸,晓风残月';而东坡你的词,就必得关西大汉,执铜琵琶,击铁绰板,放声高唱'大江东去'。"苏东坡听罢,连连点头,拍手叫好。

原来,这简短的几句话,正形象生动地说明了柳永词和苏轼词在艺术风格上的基本差异。其中提到的"杨柳岸,晓风残月",出自柳永的《雨霖铃·寒蝉凄切》。这首词,充分体现了柳词纤巧细密、柔媚清奇、音律婉约的艺术特色。而苏轼词"大江东去",则大气磅礴、豪放刚劲,令人惊心动魄。后人将宋词分为"婉约"和"豪放"两派,把苏轼推为"豪放派"代表之一,是很有道理的。

苏东坡的晚年生活很悲惨。绍圣四年(1097年),他因秉忠直言,被贬远放到儋州(今海南省儋州市)。那时,海南尚属未开化地区,在那里生活,"饮食不具,药石无有",条件极为艰苦。直到元符三年(1100年)宋徽宗即位,他才遇大赦,得以北归。但这时他年事已高，第二年便在常州离开了人世，时年 66 岁。

三、盖世才女李清照

在中国文学史上，不乏有名的才女，如汉代有蔡琰、班昭，唐代有薛涛、李冶等。然而，如果要论及成就最大的女文学家，不得不提及才华盖世的宋代女词人李清照。她以其出色的才华和独特的词风，成为宋代文坛的璀璨明珠，被誉为"千古第一才女"。

李清照（1084—1155 年）出生于一个书香门第，她的父亲李格非是当时有名的学者，母亲又是状元王拱辰的孙女，因此她从小就接受了良好的家庭教育，并在诗词创作领域崭露了头角。

宋徽宗建中靖国元年（1101 年），也就是李清照 18 岁那年，她嫁给了太学生赵明诚。赵明诚学识渊博，对于金石字画有着无尽的热爱，而李清照也同样对金石字画有着浓厚的兴趣，他们一同收集并钻研这些金石字画，相互启发，共同进步。这种共同的兴趣不仅让他们之间的感情更加深厚，也让他们的生活充满了乐趣。

不久赵明诚到外地任职，李清照与他难舍难分。为了表达自己的深情，她特地写了《一剪梅》词一首，写在锦帕上送给赵明诚。其中"花自飘零水自流，一种相思，两处闲愁。此情无计可消除，才下眉头，却上心头"，是历代传诵的名句。

到了重阳节，身处异乡的赵明诚又收到妻子的来信，里面夹有《醉花阴》词一首，写得更为精彩：

> 薄雾浓云愁永昼，瑞脑消金兽。佳节又重阳，玉枕纱厨，半夜凉初透。
> 东篱把酒黄昏后，有暗香盈袖。莫道不销魂，帘卷西风，人比黄花瘦。

睹物思人，赵明诚捧读词作，仿佛看到：云愁雾暗，妻子独坐家中，盯着金兽炉里升起的瑞脑香的袅袅青烟，真是百无聊赖，愁思难解！又是亲人团聚的重阳节了，但深夜只身难眠，头枕玉枕，身盖薄纱，浑身透凉。尽管黄昏时分，她强打精神对酒赏菊，但哪里有陶渊明东篱把酒的兴致呢？西风萧瑟，珠帘乱卷，消愁无计，她觉得自己比花瓣细长、枝干枯细的菊花还要消瘦几分。赵明诚读着妻子的这首词热泪盈眶，深深地沉浸在孤独、寂寞、思念的情感之中……

李清照年近40岁的时候，金兵大举南侵。夫妻俩情深意笃的生活和家庭的艺术气氛，不幸因国难而被完全毁坏了。兵荒马乱之中，他们背井离乡、东躲西藏、颠沛流离、吃尽苦头。在南方流亡几年后，赵明诚忽然得急病而死。这晴天霹雳，使李清照痛不欲生。她含泪埋葬了赵明诚的遗体，也同时埋葬了自己的欢乐。从此以后，她犹如孤鸿独雁，无依无靠、东飘西泊、凄惨悲凉。在这种心境下，她又写下了一些深沉哀婉的词作，具有惊天地、泣鬼神的艺术力量。请看名作《声声慢》：

寻寻觅觅，冷冷清清，凄凄惨惨戚戚。乍暖还寒时候，最难将息。三杯两盏淡酒，怎敌他、晚来风急。雁过也，正伤心，却是旧时相识。

满地黄花堆积，憔悴损，如今有谁堪摘？守着窗儿，独自怎生得黑？梧桐更兼细雨，到黄昏、点点滴滴。这次第，怎一个愁字了得！

这首词，凡是喜爱中国古典文学的人，几乎无不能熟读背诵。家国破亡之痛、身世流离之苦、眼前凄凉景象、心中无限感伤……这种种悲愁之境和忧患之情，是那样淋漓尽致而又曲折有致地表现出来。它既有倾泻无遗的酣畅，又有余韵无穷的含蓄，句句神思妙语，却又毫无斧凿之痕，是那样自然、深切、动人！开头连用十四个叠字，"寻寻觅觅，冷冷清清，凄凄惨惨戚戚"，宛如奇语天降，前无古人，后无来者，为历代诗人词家称道不绝。

从词意看，这首词和李清照的一些早期作品一样，仍是写自己的愁怀。但她早年作品中所写的愁，只是个人的思念之愁、生离之愁、暂时之愁，而这里所写的愁，却超越了个人情感的窄小天地，将个人遭际和国家兴亡联系起来，境界更加阔大，感情更加深沉。这是她晚年饱受战乱沧桑，经历艰辛生活后的重要转变。这种转变，还使她在诗歌创作中写出了一些洗尽女儿气的慷慨之音。《夏日绝句》便是传诵很广的杰出篇章：

生当作人杰，死亦为鬼雄。至今思项羽，不肯过江东。

诗中提到的项羽，是与刘邦争雄的西楚霸王。他垓下一战，为刘邦所败，逃至乌江，本可渡江躲避，以便来日重整旗鼓。但他觉得自己"无颜见江东父老"，在江边刎颈自杀。李清照借用项羽的故事，发出"生当作人杰，死亦为鬼雄"的豪言壮语，无疑是对贪生怕死、怯懦苟安的南宋君臣的谴责和讽刺。这首借古讽今、抒发悲愤的怀古诗，大气磅礴、铿锵有力，英雄气概足可与大家豪放之作比肩，实为难能可贵。

然而，我们的绝代才女，晚年生活一直孤苦伶仃。她本是山东济南人，垂暮之年，很想落叶归根，但始终未能如愿。最后，她在陌生的异乡（浙江金华）寂寞地死去，连卒年都无人知道。

第三节 元代散曲

一、散曲的兴起及其特点

13世纪后期，在我国文学史上，一种新的文学样式，在金、元统治下的北方兴起了，这就是人们把它与"唐诗""宋词"并称的"元曲"（或称"北曲"）。所谓"元曲"，就广义上说，包括两个部分：一是杂剧（即戏剧），有宾白（对话独白）、科介（动作），也有曲文，是专在舞台演出的；二是散曲，没有宾白和科介，和戏剧无关，是一种配合音乐可歌的长短句，和词相近但又有所不同，属于诗歌一类性质，它是继词之后而兴起的一种新诗体。

所谓散曲，原是指分散的单只曲词的意思，是相对剧曲而言的。散曲又称"清曲"或"清唱"。魏良辅《曲律》云："清唱，俗语谓之冷板凳，不比戏场借锣鼓之势。"这是说它只伴有弦索来歌唱，而不伴有锣鼓等大型乐器来扮演。元、明时代，散曲也被称做乐府或词，当时的一些曲集或曲著，就是这样来称谓的。如无名氏的《乐府新声》、张可久的《小山乐府》、杨朝英的《太平乐府》等；称词的如张禄的《词林摘艳》、冯惟敏的《海浮山堂词稿》等。另外，曲有时又被称为"词余"或"余音"，这跟把词称为"诗余"的习惯有关。

散曲的产生是我国诗歌不断推陈出新的结果，也与当时的社会历史有密切的关系。明王世贞在《曲藻》一书中云："三百篇亡而后有骚、赋，骚、赋难入乐而后有古乐府，古乐府不入俗而后以唐绝句为乐府，绝句少宛转而后有词，词不快北耳而后有北曲，北曲不谐南耳而后有南曲。"王世贞这样来谈中国诗体的演变，虽然简单化了一些，但却表明中国的诗歌差不多一直与音乐有着关系，是有合乐

中国古代诗歌的流变与赏析

的传统的,曲是继词而起的一种合乐诗体,它的兴起与词的衰微有直接关系。我们知道,词原本起源于民间俗谣俚曲,中唐以后开始引起文人作家的注意,被引入文坛,作为一种新的音乐文学而兴盛起来,至南宋已经形成了极盛的高峰。但是南宋后期,由于词的曲调逐渐失传,或由于许多词作家并不熟谙音乐,只是按照旧的依谱填词,实际上脱离了音乐,不复可歌、可唱。虽然还有某些懂得乐理的人,继续创作一些新调,称作自度曲,但也逐渐定出许多限制,专门追求格律的细密,文辞风格的典雅、精巧,这样,词就失去了它的群众基础,变成了文人案头的书面文学,因而僵化了。也正在这时,社会生活开始有了重大的变化。金、元少数民族先后在北方中原地区建立了政权,随着女真族、蒙古族的南侵,也把他们特有的音乐文化——粗犷的"胡乐"带入了中原地区。这些北方乐曲作为一种"新声",与汉族原有的音乐相融合,于是一种新的长短句歌词开始产生,形成了新的诗歌形式。明徐渭的《南词叙录》上说:"今之北曲,盖辽、金北鄙杀伐之音,壮伟狠戾,武夫马上之歌,流入中原,遂为民间之日用。宋词既不可被管弦,南人亦遂尚此,上下风靡,浅俗可嗤。"王世贞在《曲藻序》中也说:"曲者,词之变。自金、元入主中国,所用胡乐,嘈杂凄紧,缓急之间,词不能按,乃更为新声以媚之。"徐、王二人以正统文学的眼光来看待"曲",他们的议论虽然有些鄙薄的意味,但都明确地道出了散曲形成的历史原因。当然,散曲的繁荣,也和当时知识分子的不断实践有关。元蒙统治者取得政权以后,把全国人民分为蒙古、色目、汉人和南人四个等级,蒙古人享有政治、经济等多方面的特权,色目人也具有较高的社会地位,汉人与南人则处于社会的最底层,受尽了阶级与民族的压迫。不仅如此,元蒙统治者对知识分子极为轻视,他们在建元后的80年中,停止了科举,断绝了知识分子在政治上的出路,而且还把知识分子列为下九等(按职业不同把人分为十等,第十等为乞丐),可见当时知识分子社会地位的低下,处境的困难。在如此重压之下,为了抒发胸中的不平愤懑之气,表达心中的忧愁苦闷以至濒于完全绝望的情绪,寻求精神上的寄托和安慰,知识分子逐渐地接近下层人民,并且以主要精力从事散曲创作,他们的作品大多数是歌唱山林隐逸和男女风情的,而散曲这种形式又很便于他们自由灵活地表达自己的思想感情,这就使得散曲成为元代文学中具有代表性的文体而兴盛流行起来。

和传统的诗词相比,散曲在形式、用韵、内容、语言、风格等方面都具有自己的特色。在形式上，散曲根据各种曲牌（亦称曲调，包括宫调——具体可见元人周德清《中原音韵》和明人朱权《太和正音谱》及清人《北词广正谱》的记载），有各种不同的腔格，但可以加衬字，有的还可以增句。它不分片，但可以分为小令、带过曲、套数三种形式。小令（又叫"叶儿"）是只曲；带过曲（亦称"合调"）是由一个只曲连缀一二只宫调的其他只曲而成；套数（也称"散套""套曲""大令"）则由两首以上同宫调的曲子相连而成，而且一般要有尾声，要求一韵到底。它的用韵灵活自由，虽然要一韵到底，但平上去三声可以互协，也可重复韵脚。在内容上，散曲题材广杂，特别是它能容俗、善谐谑。在语言上，它以大量的口语方言入曲，通俗易懂，丰富了表现技巧。在风格上，散曲以外露显直、极情尽致为工，具有活跃、泼辣的特点。散曲的兴起，的确促进了我国古代诗歌形式的解放与发展。

二、元散曲的主要作家和作品

元代散曲作家，现在可以考定名姓的有 227 人（据近人任讷《散曲概论》统计）；作品有小令 3853 首，套数 457 套（见近人隋树森《全元散曲》）。在元代那样的社会环境里，可以设想，被埋没的作者和作品一定不少。尽管如此，在仅 90 多年的元代，有这么多的作家作品出现，也算是一时之盛况了。

元代散曲的发展，大致可分为前后两个时期。前期以金末到元成宗大德年间（约 1234—1307 年），作品的风格比较质朴自然，语言通俗活泼，和民间歌曲较为接近，也有一定的社会内容。最初的散曲作家，主要有杨果、刘秉忠、杜仁杰、胡祗遹、王恽等，大部分是位高官显的文人，他们写散曲不过是出于好奇，偶尔为之，对这种形式并不熟悉，只是把传统的诗词略加变化，未能充分体现曲的本色，但一些作品也有艺术价值。杨果（1195—1269 年）现存小令 11 首，套数五套。所作《小桃红·采莲女》8 首最为有名。其中第三首"伤心莫唱，南朝旧曲，司马泪痕多"，寓有对金朝覆亡的浓厚伤感。第四首"到如今，西风吹断回文锦"，表现战乱使夫妇离散，感慨尤其深沉。文辞华丽、手法含蓄，风格与词相近，可说是由词向曲过渡的作品。刘秉忠（1216—1274 年）的《南吕·干荷叶》中"色苍苍""色无多"借当时以"干荷叶"起兴的民间小调，来抒发当时文人的个人不幸或国家兴亡的感慨，表现了民间歌曲向诗人创作转化的共同特征。不甘寂寞与繁华如梦的感慨是文人的，曲调和即物起兴的手法是民间的。杜仁杰（生卒年不详）的套曲《耍孩儿·庄家不识构阑》写庄稼人初次看戏的情形，人物场景，鲜明如画，虽为韵文，纯用口语，显得生动活泼。曲中描写元代勾栏的情况，比较具体，是研究当时杂剧演出的重要资料。胡祗遹（1227—1293年）的《阳春曲·春景》三首，描写鸟语花香的宜人景色，给人一种清新的感受。其中"残花酝酿蜂儿蜜，细雨调和燕子泥"，写景抒情，寓有生活哲理，在元曲中常被引用；但"三月景，宜醉不宜醒"，也表现出大夫的情趣。王恽（1227—1304年）的《黑漆弩·游金山寺》刻画金山寺风光，气象豪迈，近似苏轼。《平湖乐》之一，描绘山河秀美，慨叹国家变易，表现出对元蒙统治者的不满。但作品中也时有消极情绪。

在以上曲作家之后的卢挚、姚燧、冯子振、张养浩等人，虽然还是名公贵人，风格偏于典雅，但因他们对现实有比较清醒的认识，创作的成就也比较大，时有豪放清新之作。卢挚（约1242—1314年）的散曲多借古抒怀之作，文辞偏于华美。《折桂令》八首，吟咏历史传说中的八名美女，寓有兴衰的感慨。《折桂令·箕山感怀》反映了对功名的厌倦和对现实的不满，但情调过于低沉。一些描写农村生活和自然风光之作，如《折桂令·田家》《沉醉东风·秋景》等，自然生动、清新爽朗。《全元散曲》录其小令120首，在前期散曲作家中除马致远外，他是现存作品最多的。前人评其作品"天然丽语""自然笑傲"，表现了初期元散曲作家清丽派的特色，对北散曲的发展有较大的影响。姚燧（1238—1313年）的散曲不少为表现个人情怀或描摹儿女风情之作，文辞浅白流畅。《醉高歌·感怀》四首、《喜春来》《满庭芳》（天风海涛）等，抒发了厌倦官场生活，希望退居田园的深沉感叹。《凭阑人·寄征衣》刻画思妇的矛盾心理，反映对征夫的深切思念，着墨不多，而真挚动人。当时人拿他与卢挚并称，实际上其成就及影响比不上卢挚。但他是那时的士大夫里有意采用散曲这种新诗体来抒情而成就较高的作家，因此对散曲的发展有一定影响。冯子振（1253—1348年）的散曲现存小令44首，内容多写个人闲适生活。《鹦鹉曲·山亭逸兴》《黑漆弩·野渡新晴》等，即景抒怀，风格豪放而潇爽。一些描写农民生活的作品如《鹦鹉曲·农夫渴雨》《黑漆弩·园父》等，反映了作者对劳动人民的感情。贯云石在《阳春白雪序》中说"冯海粟豪辣灏烂，不断古今，心事天与，疏翁不可同舌交谈"，评价颇高。张养浩

（1270—1329年）的散曲收入《云庄休居自适小乐府》中，他是元代有别集流传的少数散曲作家之一。其散曲多讴歌田园隐逸生活，流露出对黑暗政治的不满，也有直接抨击现实、关心民生疾苦之作，风格兼有豪放与清逸。《红绣鞋》九首，或写仕途之险恶，或写隐居之乐趣，既是对现实的批判和揭露，也反映了当时文人矛盾苦闷的心理和消极避世的思想。《山坡羊·潼关怀古》发出了尽管封建王朝改朝换代，百姓都只能遭受痛苦的感慨。吊古伤今，同情人民命运，这在元曲中是少见的。他从险恶的政治斗争中转向平静、明媚的大自然，心情特别愉快，因此一些写景之作境界开阔、明丽生动，给人以美的享受，如《庆东原·即景》《殿前欢·登会波楼》《前调·咏江南》等。

然而，元代前期最有成就的散曲作家还是那些社会地位不高、比较接近人民群众的杂剧家，如关汉卿、白朴、马致远等，他们的主要精力和成就是在杂剧方面，但所写散曲都较为质朴自然，内容也较多现实意义。

关汉卿（约1234—1300年）字汉卿，号已斋（一说一斋），大都（今北京）人，一说祁州（今河北安国市）人。他是一位杰出的杂剧大师，也是一个著名的散曲作家。其散曲现存小令57首，套数14套，成就虽不及杂剧之高，但语言通俗泼辣，形象鲜明生动，富有民间气息。记叙爱情生活，抒发离愁别恨，在关汉卿的散曲中占有较多的数量，如《一半儿·题情》巧妙地通过人物动作的描绘，把一对青年男女幽会时的精神面貌、性格特征逼真而生动地展示出来了，确实是惟妙惟肖；《四块玉·别情》则通过对一位女郎凭栏远眺而慨叹山河阻隔的描绘，把其思念情人的内心活动，生动、形象地表现了出来，语言质朴婉约、情调凄婉幽怨，荡漾着她心灵深处的隐微的波澜。关汉卿描写景物的散曲，也很有生色。如《大德歌·冬景》写荒村雪景，清冷洒落，像一幅水墨画；《前调·杭州景》是一幅杭州的画卷，作者在描绘杭州风物景色的字里行间，渗透着热爱祖国锦绣山河的深厚感情，也寄寓着对江山更替、朝代兴亡的无限感慨。然而，在关汉卿的散曲中，最值得重视的，还是那些自述个人生活和性格的作品。如他的代表作《南吕·一枝花》"不伏老"套曲，就完全是其生活情趣和思想性格的真实写照，是他对自己一生的艺术概括。它意思浅露，完全用口语写成，风格泼辣、诙谐，充分保留了民间通俗文学的特色，确是代表了与传统诗、词不同的新体制——曲的特点。在元代散曲中，这是一首高度性格化的不可多得的作品。

白朴（1226—1306年），字仁甫，一字太素，号兰谷。原籍隩州（今山西河曲），后移居真定（今河北正定）。白朴是元代著名的戏剧家（与关汉卿、马致远、郑光祖齐名），也是一位著名的散曲家。所作散曲现存小令37首，套数四套。由于白朴幼经丧乱，有国亡家破之痛，故其散曲大多抒发个人哀愁，或恬退自适情绪，但也显示不肯与世俗同流合污的生活态度，如《沉醉东风·渔夫》《寄生草·饮》《阳春曲·知几》等便是这方面的作品。而最能代表白朴散曲艺术风格的，还是那些吟唱自然景物和男女恋情的作品。如《天净沙》四首分写四时景色，色调鲜明，特别是其中"秋景"一首，其特色可与马致远"枯藤老树昏鸦"一首媲美。《阳春曲·题情》是一首赞美一个少女对爱情热烈而又顽强追求的爱情诗。它热情奔放，情深而不艳丽，很能代表白朴恋情散曲的特点。名作套曲《点绛唇·金凤钗分》描写闺怨，以景物衬托人物的心理，意境和谐、色彩清丽，为后人所激赏。

　　马致远生卒年不确，号东篱，一说字千里，大都（今北京市）人。马致远是杂剧名家，但其散曲占有更重要的地位。近人辑其散曲为《东篱乐府》一卷，共收小令104首，套数17套，以及残缺的套数五套。在前期散曲作家中，他留存的作品最多。其大部分散曲的基调是消极、低沉的，但在艺术风格上有显著的特色。他在政治上不得志，又没有决心和力量进行斗争，于是便退隐山林，寄情诗酒，故其散曲多为"叹世"一类作品。这类作品的思想感情比较复杂，既有怀才不遇、愤世嫉俗的呼声，也宣扬了隐居乐道、逃避现实的消极思想。套曲《夜行船·秋思》是这方面的代表作。它否定封建社会的功名利禄，表现愤世嫉俗的心情，而又把一切归之于"人生若梦"，强调超然物外、及时行乐，集中反映了他的生活面貌和思想性格。此套曲形象鲜明、音韵和谐、语言精练，为后人所称道。

　　然而，马致远的散曲最为著名的，还是那些描写自然景物的作品。他那首《天净沙·秋思》最为脍炙人口，短短五句28个字，却描绘了一幅绝妙的秋景图。作者把秋天傍晚几种特有的景物集中在一起，创造了一个萧瑟苍凉的意境，很好地烘托出天涯游子彷徨悲苦的漂泊心情。此曲着墨不多而意境和谐，后人誉为"秋思之祖"（周德清《中原音韵·小令定格》）。此外，他还有一些咏唱恋情和其他题材的作品。《寿阳曲·洞庭秋月》写一女子对她心上人的相思，感情十分细腻真切，娓娓动人。《耍孩儿·借马》讽刺爱马如命的吝啬汉，细致入微地刻画了人物的心理情态，是别具一格的佳作。

在元代散曲方面，马致远的成就最大，前人的评价也很高。他是一个专用散曲来抒发自己苦闷心情的文人作家，从他以后，这种体裁便逐渐由民间文学转为文人文学了。他扩大了曲的内容，提高了曲的意境，对散曲的发展起了一定作用。他的作品风格多样，豪放与清逸兼有，语言清新而流畅，抒情写景逼真自然，较多地运用了一些古代文人惯用的词汇和句法，故尤为后世文人所推重。

元代散曲发展到后期（即大德以后，约1308—1368年）已经完全成熟，专业的散曲作者逐渐增多，散曲已成为一种流行的新诗体。一些曲学批评及曲律研究的著作（以周德清的《中原音韵》为代表）、作品编选（如杨朝英的《阳春白雪》和《太平乐府》、无名氏的《乐府新声》《乐府群玉》等）、作家传记（如钟嗣成的《录鬼簿》）相继出现，这说明散曲的创作已经取得成绩，引起了人们的重视。但是，由于大多数作者逐渐脱离人民群众的生活，片面地追求形式格律，使整个散曲的创作出现了日益脱离现实的局面，未能取得更大的进展。张可久、乔吉是这一时期最有代表性的作家。

张可久（约1270—1350年），字小山，一作名伯远，字可久，号小山，庆元（今浙江宁波鄞州区）人。曾做过典吏、首领（管理民间事务的官）之类的小官。因仕途不得意，遂纵情声色、放浪山水。曾漫游江南各地，晚年久居西湖。他一生专写散曲，尤致力于小令。著有《今乐府》《苏堤渔唱》《吴盐》《新乐府》四种，近人辑为《小山乐府》六卷。《全元散曲》辑其小令855首，套数九套，在元代散曲作家中，张可久流传下来的作品是最多的。他与卢挚、贯云石等常相唱和，所作多以山水游乐、风花雪月、男女爱情、来往应酬为内容。语言华丽、风格典雅、意境幽远、形式工整、技巧娴熟，尤以写景抒情见长。《一枝花·湖上晚归》是其代表作，被明人李开先誉为"古今绝唱"。这一套曲写作者与美人偕游的放荡生活，内容毫无意义，但描景状物却相当成功。《小山乐府》中也有少数借古讽今、咏物言志、对元代社会黑暗现实有所抨击的作品，不但思想性较强，艺术性也较高。如《红绣鞋·天台瀑布寺》《醉太平·人皆嫌命窘》等，或揭露当时社会人心险恶，或讽刺崇拜金钱的丑恶风尚，都较具现实意义。《卖花声·怀古》写战争使民生涂炭，表现同情人民的思想，结构完整，寓意深刻。张可久的散曲在当时久负盛名，明清以来一直受到注意散曲创作的文人的推重。这首先由于他散曲中所表现的闲适放逸的情趣，很适合文人的口味；同时也由于他吸收了诗词的声律、句法、辞藻到散曲中去，形成了一种清丽而不失自然的散曲风格，为一些从诗词转向散曲的作者开了一条路。

乔吉（1280—1345年），一作乔吉甫，字梦符，号笙鹤翁，又号惺惺道人，山西太原人。他博学多能，著有杂剧十一种，今存三种。散曲尤为著名，元明时辑有《惺惺道人乐府》《文湖州集词》《乔梦符小令》三种，近人任讷辑为《梦符散曲》三卷，《全元散曲》收其小令209首，套数11套，是仅次于张可久的多产作家。乔吉一生没有做过官，流落江湖，寄情诗酒，自称"江湖醉仙""江湖状元"，故所作散曲多啸傲山水、闲情逸致，但也不乏愤世嫉俗之作。他的风格以清丽见长，注意辞藻和格律的锤炼，少用衬字，表现了典雅化的倾向，但还没有脱尽初期散曲质朴通俗的特点。其《满庭芳·渔父词》都是借渔父生活，抒发摒弃功名的避世思想，人生与景物交相辉映，形象鲜明、生动活泼，有独到之处。《水仙子·重观瀑布》通过种种瑰奇美妙的想象，把瀑布景色形容得淋漓尽致，意境壮丽、文辞清逸，表现了作者写景的艺术才能。明清文人对乔吉的评价很高，甚至把他和张可久比作曲的李白和杜甫，这显然是不恰当的。

元代后期于衰微之中出现了两个突出的散曲作家——刘时中和睢景臣。

刘时中（约1310—1354年），号逋斋，洪都（今江西南昌市）人，从其《代马诉冤》套曲看，可能是落魄潦倒的文人。所作散曲，除上一套曲外，还有套曲《上高监司》两套。后者的前套描写荒年饥民的悲惨生活，谴责富户商人趁火打劫的罪恶行径；后套揭露库藏积弊和胥吏狼狈为奸的情状。这两套曲一扫散曲专为咏景言情的旧习，而代之以写现实政治和劳动人民的生活，深刻地反映了当时的政治黑暗和阶级压迫的残酷，是元散曲中最富有现实意义的作品。这两套曲爱憎鲜明、议论纵横、层次清楚、描写细致，语言平实纯朴，不同于当时清词丽句的习尚。后者长达34调，为元散曲中所罕见。但颂扬高监司，仇视农民起义，是其思想局限。

睢景臣（约1264—1330年），一作舜臣，字景贤，江苏扬州人。他曾写过《屈原投江》等三个杂剧，俱散佚。散曲现存套数三套，断句四句。套曲《哨遍·高祖还乡》是其代表作。它一反正统的历史观点，借农民之口，对汉高祖刘邦进行了辛辣的嘲讽，揭露其装腔作势的可笑嘴脸。此套曲结构严谨、叙事生动、语言通俗、形象逼真。友人钟嗣成《录鬼簿》中说："维扬诸公俱作《高祖还乡》套数，公《哨遍》制作新奇，诸公者皆出其下。"这样的作品，在封建社会确是不可多得的。

元代后期的散曲作家还很多，如贯云石、徐再思、郑光祖、钟嗣成、周德清、张鸣善、曾瑞、薛昂夫等，在当时都是颇有名的。但这时散曲创作的总趋势是走向典雅工丽，讲究格律辞藻，没有多大的现实意义。至此，正如词到了南宋末年一样，散曲遂与元代的灭亡而俱衰了。

第四节　宋元诗歌诗体流派与名作欣赏

一、宋元诗歌诗体流派

（一）婉约词派

婉约词派是我国古代词人的两个流派之一。这一词派有300多年的发展历史。唐、五代以温庭筠为首的"花间派"可谓最早的婉约词派，南唐李煜和宋代的晏殊、柳永、秦观、周邦彦、李清照、姜夔、吴文英、张炎等都是婉约词派著名的词人。婉约词派多写愁情别绪及个人际遇，缺乏重大的社会意义，却讲究音律格调、辞藻色彩，风格清婉绚丽。婉约词派作家在音律发展上所做的贡献，对后世，特别是对清初浙西词派影响很大。

（二）豪放词派

豪放词派是我国古代词人的两大派别之一。以其词风飘逸豪放，故名。它由苏轼开创，辛弃疾完成；同派词人还有黄庭坚、晁补之、陆游、陈亮、刘过、刘克庄等。豪放词派取材广泛，抒写广阔的人生，描绘奇伟的景物，反映的社会生活较婉约派广阔、深刻，格调高昂、健康，但也有人生如梦等消极情绪的流露。有些词作用典和议论过多，韵味淡薄、晦涩难懂。豪放词派对后代，尤其是对清代词坛影响很大。

（三）杨诚斋体

南宋诗人杨万里诗自成一格，杨万里号诚斋，故严羽《沧浪诗话》称之为"杨

中国古代诗歌的流变与赏析

诚斋体"。其主要特点：想象丰富，能抓住景物的特征和变态，把自然景物写得生动逼真；富有幽默诙谐的风趣；语言通俗活泼。

（四）四灵诗派

这是南宋末期较有影响的一个诗派。它包括四位诗人：徐照（字灵晖）、徐玑（号灵渊）、翁卷（字灵舒）、赵师秀（号灵秀）。四人的字号中皆有"灵"字，故名"四灵诗派"。又因他们都是永嘉（今浙江温州）人，而被称为"永嘉诗派"。他们的地位都比较低下，徐照和翁卷以布衣终身，徐玑和赵师秀也只任过县令、推官一类的卑职，故其诗歌创作也自有特点。他们反对江西诗派。内容上多写山水田园和酬答之作，不谈世事；艺术上师法晚唐诗人姚合、贾岛，专事近体，尤擅五律，锐意雕琢文辞、炼字锻句，以清新刻露之词写野逸清寒之趣，表现出安于贫贱、语自清秀的创作倾向。其诗思想平平，而语言却自然圆熟，风格清新淡远，如翁卷的七绝《乡村四月》和赵师秀的七绝《约客》便是颇能代表这个诗派风格的作品。

（五）江湖诗派

南宋后期的一个诗派。当时有个书商陈起，字宗之，自号陈道人，钱塘（今浙江杭州市）人。他喜欢与流浪江湖的诗人交游，并收集他们的诗作，自费刊刻，结集印行，计有《江湖集》《江湖前集》《江湖后集》《江湖续集》《中兴江湖集》等。因此，后人将收入这些诗集中的诗人，合称为江湖诗派。后来，由于兵火频烧、王朝更易，作品散失很多。清《四库全书》辑其残本为《江湖小集》和《江湖后集》。前集收 62 家作品，凡 95 卷；后集录 49 位诗人（其中 17 人与前集重出）的作品，共 24 卷。这派诗人多数是科举落第、仕途不通的士子。他们怀才不遇、生活潦倒、浪迹江湖、彼此唱和，靠献诗卖艺糊口。他们并无统一明确的文学主张，各人作品的思想、艺术成就以至风格，并不相同。所作或为博得时人赏识，或为求赏于名门大宅，成就不高。当然，其中也有少数诗人，怀有政治抱负、关心时事、忧国忧民，写了一些反映现实生活、具有积极意义的作品。戴复古、刘克庄就是他们中较有成就的诗人。

（六）江西诗派

江西诗派，又称江西宗派、江西派或西江派。在黄庭坚那个时代，诗坛上并

164

无江西诗派之说。正式作为一个诗歌流派提出来的，是黄庭坚之后、南北宋之交的吕本中。他在《江西诗社宗派图》中，以黄庭坚为祖师，并列陈师道、潘大临、谢逸、洪刍、饶节、僧祖可、徐俯、洪朋、林敏修、洪炎、汪革、李錞、韩驹、李彭、晁冲之、江端本、杨符、谢薖、夏倪、林敏功、潘大观、何颙、王直方、僧善权、高荷等25人为其宗派的成员。于是，江西诗派之说便出现了。

称他们为"江西诗派"，这是因为他们"其源流皆出豫章也"（宋·胡仔《苕溪渔隐丛话》前集卷四十八），以山谷为始祖，诗风比较相近，主张大致相同，而黄庭坚系江西人，故以江西名派。这一派并不是以作家出生籍贯来划分的，因为其中陈师道、韩驹等近半数作家都不是江西人。

这一派诗人中，除黄庭坚、陈师道大有诗名，韩驹、徐俯小有名气外，大多数人都在诗坛上没有多大影响，而且何颙、潘大临两人有名无诗。

江西诗派由于以黄庭坚为始祖，受黄庭坚的影响，所以作为一个诗歌流派，它的主张与黄庭坚的主张基本上是一致的。他们奉黄庭坚"夺胎换骨"为创作的纲领，并进而提倡"活法""悟人"之说。实质上这也是"夺胎换骨"之意。它所强调的仍是在个别字句的使用技巧上要有新的花样。

在创作上他们提出"宁拙毋巧，宁朴毋华，宁粗毋弱，宁僻毋俗，诗文皆然"的观点（陈师道《后山诗话》），进一步发展了黄庭坚诗歌创作上那种追求奇险、怪僻、生硬的作风。

陈师道（1053—1102年），字履常，又字无己，别号后山居士，彭城（今江苏徐州市）人。他曾任徐州教授、太学博士、秘书省正字等低级小官，一生在穷困中度过。他是江西诗派中仅次于黄庭坚的代表作家，世称黄陈。他以黄庭坚为师，他们又都师法杜甫。但他认为黄庭坚的诗是"过于出奇，不如杜之遇物而奇也"（《后山诗话》）。他似乎想从黄庭坚门里走出来，在学杜甫的方面另走新路。但是，他始终将自己限制在一尘不染的小天地里，"闭门觅句"（黄庭坚《病起荆江亭即事十首》其八），脱离现实生活。所以，他不可能真正学到杜诗的精髓，而只不过是在技巧手法上做一些模仿。尤其是在句法的模仿方面，有时也有"点金成铁"的毛病。如陈师道在《次韵李节推九日登南山》诗中有一句"落木无边江不尽"，就是将杜甫《登高》诗中的"无边落木萧萧下，不尽长江滚滚来"简化而来。这种点化，的确是弄巧成拙。这类例子在陈诗中还不少。

中国古代诗歌的流变与赏析

不过,他也写了一些有真情实感、风格朴实的好诗。如《别三子》:

夫妇死同穴,父子贫贱离。天下宁有此?昔闻今见之!母前三子后,熟视不得追;嗟乎胡不仁,使我至于斯!有女初束发,已知生离悲;枕我不肯起,畏我从此辞。大儿学语言,拜揖未胜衣;唤"爷"我欲去,此语那可思!小儿襁褓间,抱负有母慈;汝哭犹在耳,我怀人得知!

如《春怀示邻里》:

断墙着雨蜗成字,老屋无僧燕作家。剩欲出门追语笑,却嫌归鬓著尘沙。风翻蛛网开三面,雷动蜂窠趁两衙。屡失南邻春事约,只今容有未开花。

由于诗人穷困,不能养活家小,他不得不让妻子与三个子女随丈人到四川去生活,第一首诗就是写他们骨肉分别时的情景。真切的情感、生动的描写、平易朴实的语言,展现了一幅妻离子散的悲惨画面。第二首是陈师道的名篇。一、二句写住处的破烂,生活的穷困。三、四句写自己很想参加到那热烈而欢乐的游春行列里去,但又怕外面的尘沙,所以还是待在家里。在字句的转折中看出内心的矛盾。五、六句从侧面落笔,写蜘蛛、蜜蜂在春天的情态。眼前的景象,牵惹了诗人的情肠,他又怎能安心地坐在家中呢?又怎能老是拒绝南邻春游的约会呢?末二句表明诗人终于决定要出门去看花了。全诗写春天的景象搅动了诗人的情怀,使诗人疏懒的心绪也萌发了生气,表达的感情细致而含蓄。

徐俯(1075—1141年),字师川,号东湖居士,洪州分宁(今江西修水县)人,是黄庭坚的外甥。他的诗早年受黄庭坚影响,故亦被吕本中列入江西诗派。晚年风格有所变化,写的诗比较平易自然。如《春游湖》就是这样一首为人传诵的名篇:

双飞燕子几时回?夹岸桃花蘸水开。春雨断桥人不度,小舟撑出柳阴来。

除此之外,江端友、洪炎等人也写了一些反映现实的诗篇。如江端友的《牛酥行》,写权贵纳贿的丑态,十分生动,讽刺尖刻;洪炎的《山中闻杜鹃》,写金兵入侵,诗人被迫逃难、无家可归的痛苦感受。

江西诗派虽不是黄庭坚自己命名组织起来的,但是自吕本中作《江西诗社宗派图》之后,人们便一直将黄庭坚等25人视为一个诗歌流派。于是,在当时诗坛上就掀起了一股学江西诗派的浪潮。有"近时学诗者率宗江西"（宋·胡仔《苕溪渔隐丛话》前集卷四十九）之说。甚而在南宋一些颇有成就的诗人，如杨万里、陆游、范成大等也多少受其影响。杨万里还亲自为江西诗派的诗作序。当然，这种影响并没有使他们囿于江西诗派的范围，他们对其弊端在创作实践中加以摒除或改造，从而形成了各自独特的风格。江西诗派的正宗风格在人们心目中的印象也日趋淡化。其间虽有一些人还坚守这一流派的习气，但公开起来反对的也大有人在。可以说，江西诗派一出现，即影响着宋代的诗坛。

到元代，方回推尊江西诗派，倡"一祖三宗"（即杜甫为一祖，黄庭坚、陈与义和陈师道为三宗）之说，是江西诗派作风在元代的鼓吹者和继承人。明清以来，不仅对黄庭坚诗歌的推重、学习的人越来越多，而且有的人还直接为吕本中的《江西诗社宗派图》作序录，江西诗派的影响依然存在。正如清人朱彝尊所说："宋自汴京南渡，学诗者多以黄鲁直为师。""盖终宋之世，诗集流传于今，惟江西最盛。"（《重锓裴司直诗集序》）

由于江西诗派打出学习杜甫的旗帜，喊出追求新奇、"点铁成金"等口号，使它的理论主张和创作实践所表现出来的局限性，并不能一下子被人们看清楚。同时，又由于南宋王朝偏安江南，统治阶级过着醉生梦死的生活，他们在文学上、诗歌创作与欣赏上，也自然偏重形式而忽略内容。基于这样的原因，江西诗派的局限性反而容易为一些人所接受，它的消极影响所致，阻碍了诗歌的健康发展。当然，也有一些人在自己的实践中，逐渐认识到江西诗派的局限性，从而摆脱其影响，决意走自己的路，并取得了成就。

二、宋元诗歌名作欣赏

（一）林逋《山园小梅》

原文：

众芳摇落独暄妍，占尽风情向小园。疏影横斜水清浅，暗香浮动月黄昏。霜禽欲下先偷眼，粉蝶如知合断魂。幸有微吟可相狎，不须檀板共金樽。

这是一首千古传诵的咏梅诗。诗人以自己独到的观察和感受，描绘了梅花优美动人的形象，颂扬了梅花孤傲雅洁的性格。诗的开篇两句出语不凡，总写梅

中国古代诗歌的流变与赏析

花在众芳摇落的严冬里灿然开放的孤傲气质，洋溢着诗人对梅花的爱慕之情。中间四句是分写，从各个侧面描绘梅花的风采和神态。其中"疏影横斜水清浅，暗香浮动月黄昏"两句最受人们赞赏，"暗香""疏影"甚至成为梅的代名词。姜夔咏梅的两首著名的自度曲，即以《暗香》《疏影》为调名。这两句一写梅姿之清，以横斜水边的照影衬托梅枝的疏秀清瘦；一写梅香之幽，以黄昏时的朦胧月色烘托梅花香气的清幽淡远，着力表现梅花品格高洁。第五、六两句，诗人用推测的假设语气，以霜禽粉蝶对梅花的神往，进一步衬托梅花的高雅。最后两句是诗人抒发感想：面对幽雅的梅花，用不着唱歌、饮酒来亵渎它，只要用我自己的低声吟诵去亲近它，就很幸运了。

林逋一生不愿做官，也不结婚，隐居在杭州西湖的孤山上，种梅养鹤，过着闲适的生活，被人称为"梅妻鹤子"。他写这首诗是有所寄托的。诗中所赞美的梅花形象，既寄托着他蔑视封建权贵，不肯与之同流合污的高尚情操，也是其洁身自好、孤芳自赏的自我写照。他的梅花诗最著名，开辟了咏梅诗的广阔天地，对后世影响很大。

（二）晏殊《蝶恋花》

原文：

  槛菊愁烟兰泣露，罗幕轻寒，燕子双飞去。明月不谙离恨苦，斜光到晓穿朱户。

  昨夜西风凋碧树，独上高楼，望尽天涯路。欲寄彩笺兼尺素，山长水阔知何处？

这是一首抒写离别相思之情的名篇。

上片写词人在清晨时对室内、室外景物的感受，由此衬托出长夜相思之苦。首句写景物：栏杆里的菊花笼罩着轻烟，好像面带愁雾；兰花上撒满了露水，仿佛是在啼哭。"菊愁""兰泣"既是眼前景，也是心中情，作者运用拟人手法，把菊兰写得多愁善感，从而突出了人的离愁别恨。这一句只有七个字，却写出了地点、季节、景物、时间和人物的情绪感受，无一字多余，堪称精炼。第二、三句写在轻寒遗进的清晨，燕子双双从帘幕中间飞了出去。这里的"轻寒"暗示出人物的心"寒"，"双飞"反衬出人物的孤独，渲染了冷落凄清的气氛。第四、五两句以责怪的口气写明月不懂人间离别之苦,清光从夜到明照射着红色的门户,使人无法入梦。明月本是无情之物,可是作者却赋予它以生命和感情,埋怨其不通人情,这就使景与情交融起来,表现出一种无可奈何的心情。

下片写作者经过一夜相思之苦之后,清晨走出室外,登高望远的感受。当他"独上高楼"的时候,收入眼底的是一片空阔,连远至天涯的路也可以看到尽头。于是回想起在昨天的不眠之夜里,西风猛烈,天气变冷,使绿树都开始凋落了。"独上"是人之寂寞,"望尽"写出离人思念之深切,"天涯"一词使境界极为高远阔大,充分表现出作者的难遣离愁。既然"望尽"天涯路,终不见天涯人,那么相思之情,只有托之于书信了。然而"山长水阔",人究竟在何方?信又往哪儿投呢?结句就含蓄而有力地写出了离情之苦。

这首词以时间变化为经线(从天明写到天黑,又由天黑写到拂晓),以空间转移为纬线(从室内写到室外,又由室外写到天涯),章法结构紧凑井然,步步深入。作者运用点染的方法,善于通过景物描写渲染离别之情,从而很好地表达了离别相思的主题。另外,工于词语、炼字精巧,也是本词的突出特点。

(三)王安石《泊船瓜洲》

原文:

京口瓜洲一水间,钟山只隔数重山。春风又绿江南岸,明月何时照我还?

《泊船瓜洲》是王安石的一篇佳作,相传写于1074年春天。那时,"新法"遭到反对,王安石被迫辞去宰相职务,返回故乡。这首诗就是在他召回金陵途中,泊船瓜洲时写的。

诗的开头两句是说,瓜洲和京口不过"一水之隔",从京口到南京也没有多少路了。钟山是作者的故居,作者对它有深厚的感情。他泊船瓜洲却神往故居,恨不得长上翅膀,霎时间就飞越大江重山回到钟山去。但诗的后两句却把思念故里的心情大力扭转过来,说:"春风又绿江南岸,明月何时照我还?"江南一派灿烂的春光,蓬勃的生机,不禁触发他重返朝廷以实现变法革新理想的强烈愿望。诗中一个"又"字,一个"何时",把作者这种急切的心情刻画了出来。

作者是因为受到顽固派的中伤和排斥才罢相离京的,但他的心却始终关怀着新法运动的前途,决不向顽固派妥协,应召回朝并希望形势好转,重新领导变法运动，把新事业进行到底。在还没有返抵钟山时，既盼望回故居，又渴望着"明月何时照我还"，这种矛盾心理是统一在建功立业、功成身退这一世界观之中的。王安石激赏李商隐的《登安定城楼》："永忆江湖归白发，欲回天地入扁舟"[1]，也就是这种人生态度的自我表白。他在遭受困难和挫折，受到毁谤和打击的时候，决不像历史上那些失意文人，一腔的离愁感伤，雄心壮志往往在小诗中自然流露。这首诗中的"春风又绿江南岸"作为写景的名句历代传诵。它成功的关键在于使用了"绿"字。这可以拿据说王安石曾经在草稿上用过的"到""过""入""满"来对比。"到""过"只写出了春风吹掠的过程；"入"字较"到""过"稍好，写出了春风的驻足江南，较有新意；"满"字又较"入"字好，它使春风有了视觉形象。但它们都比不上"绿"字的生动、形象，它既写出了春天的视觉形象，使人仿佛可以触摸，又写出了江南逐步披上新装的过程，色泽鲜艳、春意盎然，充满了生命的活力。

---

[1] 刘兰英. 中国古代文学词典（第五卷）[M]. 南宁：广西教育出版社，1989：193.

第五章　明清时期的诗歌

第五章为明清时期的诗歌，主要介绍了五个方面的内容，分别是吴中四杰的诗歌，前后七子的探索，遗民诗人、钱谦益与吴伟业，古典诗歌现代化的开端，明清诗歌诗体流派与名作欣赏。

第一节　吴中四杰的诗歌

在明代初年，吴地一带形成了十分发达的文化，出现了不少著名的诗人。这些诗人共同形成了一个诗派，即吴中诗派，以"吴中四杰"为代表。"吴中四杰"包括高启、杨基、张羽和徐贲，他们大都放荡不羁、风流自赏，不走传统仕途，追逐纵情享乐，追求现实人生的价值。因此，他们的诗歌不效仿前代的诗歌风格，也不为形式所约束，取材宽泛，还有着浓郁的浪漫色彩。

一、高启的诗歌

高启（1336—1374年），字季迪，号槎轩，又自号青丘子，长洲（今江苏苏州）人。自小警敏博学，工于诗歌。元代末年，张士诚占据吴地，高启被迫在其部下饶介门下做幕僚。明代建立后，于洪武二年（1369年）被朱元璋召去参与《元史》的编修，并授翰林院国史编修官，后擢户部右侍郎。但不久，高启便以"逾冒进用""年少未谙理财之任"为由辞官，并因此遭到朱元璋的忌恨。洪武七年（1374年），高启被朱元璋借故腰斩于南京。

高启是一位杰出的诗人，一生都致力于学诗写诗，有《吹台集》《江馆集》《凤台集》《姑苏杂咏》《娄江吟稿》等多部诗集，共计存诗2000余首。《四库全书总目提要》评高启诗云："高启诗天才高逸，实踞明一代诗人之上。其于诗，拟汉、魏似汉、魏，拟六朝似六朝，拟唐似唐，拟宋似宋，凡古人之所长，无不兼之。

振元末纤秾缛丽之习而返之于正,启实有力。"

高启兼善诸体诗,其中以乐府诗、歌行、五古和律诗的成就最高。高启的乐府诗有着真挚的感情和质朴的语言,在对现实主义的优良传统进行继承的基础上,生动而形象地反映了当时农村的生活情趣、生产风俗以及农民受压迫、受剥削的痛苦现实,如《养蚕词》:

东家西家罢来往,晴日深窗风雨响。
三眠蚕起食叶多,陌头桑树空枝柯。
新妇守箔女执筐,头发不梳一月忙。
三姑祭后今年好,满簇如云茧成早。
檐前缫车急作丝,又是夏税相催时。

诗中,诗人运用现实主义的手法,对农村蚕忙季节妇女们辛勤劳动的情景进行真实而细致的描绘,从而展现了一幅具有浓郁地方色彩的风俗和劳动生活的画面。但是,诗中的最后一句点明,妇女们的劳动成果最终会被统治者以赋税的形式掠夺走。这既表明当时的农民深受剥削和压迫,也透露出农民对统治者的强烈不满。

高启的歌行有着奔放豪迈的情感和凌厉多姿的语言,颇有李白歌行的气势,最著名的是《登金陵雨花台望大江》:

大江来从万山中,山势尽与江流东。
钟山如龙独西上,欲破巨浪乘长风。
江山相雄不相让,形胜争夸天下壮。
秦皇空此瘗黄金,佳气葱葱至今王。
我怀郁塞何由开,酒酣走上城南台;
坐觉苍茫万古意,远自荒烟落日之中来!
石头城下涛声怒,武骑千群谁敢渡?
黄旗入洛竟何祥,铁锁横江未为固。
前三国,后六朝,草生宫阙何萧萧。
英雄乘时务割据,几度战血流寒潮。
我生幸逢圣人起南国,祸乱初平事休息。
从今四海永为家,不用长江限南北。

这首诗颇有李白的风范，写得奔放豪迈、跌宕起伏。诗人登上金陵雨花台眺望长江，对金陵的全景进行俯瞰，不禁联想起历史和时事，并通过今昔对比歌颂了朱元璋统一中国、不用再因南北分割而起干戈，还暗示着诗人希望明代统治者能吸取历史教训励精图治，不再发生战争。全诗一气呵成，在苍凉沉郁之中隐藏着豪迈之气。

高启的五古大多是倾吐人生的怅惘与忧伤，真实、质朴，别有一番特色。如"惆怅未眠人，空斋几回听"（《闻钟》），"时物岂不好，人事诚多乖"（《春日言怀》），"两事不可齐，人生苦难足"，"不向此乡居，飘零复何处"。

高启律诗的特色可以用"清华朗润"来概括，有着清丽的辞采、清脆的音节、凝练的描述和精细的刻画。同时，高启的律诗以七律最为出色，如《送何明府之秦邮》：

> 马前风叶助离声，楚驿都荒不计程。
> 一令尚淹三县事，几家曾见十年兵。
> 夕阳远树烟生戍，秋雨残荷水绕城。
> 父老不须重叹息，君来应有故乡情。

对于这首诗，赵翼曾在《瓯北诗话》中评价道："盖其用力全在使事典企切，琢句浑成，而神韵又极高朗，此正是细腻风光，看是平易，实则洗练功深。观唐以来诗家，有力厚而太过者，有气弱而不及者；惟青丘适得诗境中恰好地步，固不必石破天惊，以奇杰取胜也。"

高启的诗歌从艺术手法方面来看，颇喜用典故，如《狮子峰》《阖闾墓》等。这里以《阖闾墓》为例进行分析：

> 水银为海接黄泉，一穴曾劳万卒穿。
> 谩说深机防盗贼，难令朽骨化神仙。
> 空山虎去秋风后，废榭乌啼夜月边。
> 地下应知无敌国，何须深葬剑三千。

诗中，诗人浓缩了阖闾墓的建造过程以及墓地"虎丘剑池"的传说，从而极大地扩展了诗歌容量，同时更加强烈地传达出诗人的感情。而且，诗中典故的运用极为自然，完全没有突兀之感。

二、杨基的诗歌

杨基（1326—1378年），字孟载，号眉庵，原籍嘉州（今四川乐山），生长于吴中（今江苏苏州）。元代末时曾入张士诚幕府，未几谢去，又客饶介所。明代初年，他被起为荥阳知县，累官至山西按察使，后被谗夺官，谪服劳役，卒于工所。著有《眉庵集》。

杨基在"吴中四杰"中的诗名仅次于高启，是一位十分敏感的诗人。他的不少诗作都表现他当时的生活遭际及复杂心态，如《征赴京》以及组诗《感怀》《江村杂兴》等。这里以《感怀》（其十二）为例进行具体分析：

　　剑可敌一人，书足记姓名。
　　学之十二年，书剑两不成。
　　归来吴楚间，豪杰已起兵。
　　揽镜照须眉，一二白发生。
　　老母在高堂，未敢即远行。
　　太息长在夜，鸡鸣星斗横。

诗人自认为文武双全，想要成就一番事业，可在豪杰起兵之时，却发现自己已经白发生，还有年老的母亲需要奉养，事业只能搁置。可以说，诗中形象而生动地表达了诗人因无法完成一番事业而产生的叹息、无奈之情。

杨基在作诗时，也是诸体兼备，其中写得最好的是律诗，尤其是五律，如《岳阳楼》：

　　春色醉巴陵，阑干落洞庭。
　　水吞三楚白，山接九疑青。
　　空阔鱼龙气，婵娟帝子灵。
　　何人夜吹笛，风急雨冥冥。

此诗描写的洞庭湖可谓气象壮阔、气势磅礴，再加上诗中的情感真切自然，历来受到人们的称赞。胡应麟在《诗薮续编·国朝上》中称此诗"壮丽欲亚孟浩然"，沈德潜在《明诗别裁集》中称此诗"应推五言射雕乎，起结尤入神境"。

杨基的诗歌在语言上也很有特色，即以词为诗，呈现出雅丽纤蔚的文采、流畅婉转的音韵、新巧华美的意象。如《忆左掖千叶桃花》一诗的语言就像"玉袖临春，翩翩自喜"，纤细而秾丽。

三、张羽的诗歌

张羽（1333—1385年），字来仪，浔阳（今江西九江）人。他在元代末年曾出任安定书院山长，进入明代后被擢太常司丞，兼翰林院同掌文渊阁事。洪武七年（1374年），他奉朱元璋的命令到临濠祭陵。洪武十八年（1385年），他因得罪朱元璋被贬谪岭南，途中投龙江而死，终年53岁。有《静居集》存世，但仅录其诗而文不存。

张羽的诗风有着自然浑脱的特色，而且五古和乐府歌行都写得十分出色。他的五古多描写景观，抒写胸怀抱负，如《金川门》一诗。这首诗作于诗人去临濠祭陵途中，吟咏的是南京北门偏西的金川门。诗中，诗人将景观描写与自己的感慨有机融合在一起，写得深沉而劲健。他的歌行多是题画诗，注重对画的意旨、意境、构思特点以及鉴赏等问题进行说明与探讨，如《米元晖〈云山图〉》：

> 前代几人画山水，逸品只数南宫米。
> 海岳楼前北固山，顷刻云烟生满纸。
> 古云丘壑起心胸，恍惚似与神灵通。
> 素壁高悬卧清昼，耳边恍若闻松风。
> 怪底青山起毫末，森沉绿树临溪活。
> 仙人道士拟可招，芝草琅玕俯堪掇。
> 千里能移方寸间，天机挥洒过荆关。
> 如今画史空无数，对此高踪讵敢攀。

诗中，诗人将米芾以及其子米元晖的绘画特点与北宋山水画的主要特点进行了对比，并特别指出米芾以及其子米元晖的绘画水平在当时是无人能及的。

四、徐贲的诗歌

徐贲（1335—1380年），字幼文，祖籍四川。他在元末时曾被张士诚辟为僚属，进入明代后曾一度做官，累官至河南左布政使，后因办过境兵差不力而被处死。有《北郭集》存世。

徐贲诗歌的一个重要特色,便是无论写何种题材,都呈现出较为浓郁的悲凉色彩。以《羊肠坂》一诗来说:

> 盘盘羊肠坂,路如羊肠曲。
> 盘曲不足论,峻陡苦踯躅。
> 上无树可援,下有石乱蹙。
> 一步一嗟吁,何以措手足。
> 途人互相顾,屡见车折轴。
> 少时徒耳闻,今日亲在目。
> 不经太行险,那识安居福!

这首诗作于诗人在洪武九年(1376年)奉命到山西体察民情的途中,形象表达了诗人心烦的情绪。顾起纶在《国雅品》中评此诗说:"词彩遒丽,风韵凄朗。殆如楚客丛兰,湘君芬杜,每多惆怅。"

第二节 前后七子的探索

在明代前期,程朱理学严重束缚人们的思想,文坛中台阁体粉饰太平,纷芜靡蔓,这引起了有识之士的极大不满。李东阳在诗论中倡导"格调",想以雄浑之体改变当时的萎靡文风,但是成就不大。弘治年间(1488—1505年),"前七子"掀起了声势浩大的文学复古运动。"前七子"以李梦阳、何景明为首,还包括徐祯卿、边贡、康海、王九思、王廷相诸人。到了嘉靖、隆庆时(1522—1572年),又有"后七子"兴起,使复古思潮重整旗鼓,在文坛占据了统治地位。"后七子"以李攀龙、王世贞为首,还包括谢榛、宗臣、梁有誉、徐中行、吴国伦五人。前后七子的文学主张并不完全相同,但提倡复古的基本倾向是一致的。

一、"前七子"的诗歌

"前七子"在诗歌创作方面,主张作古诗要学习汉、魏,作近体诗要宗法盛唐。在他们看来,只有通过这种入门须正、直截根源地学习和模拟,才能使诗歌创作走向正道，才能克服诗歌"萎靡"的现象。在"前七子"的复古诗歌创作中，以李梦阳和何景明的成就最高。

（一）李梦阳的诗歌

李梦阳（1473—1530年），字献吉，号空同子，庆阳府安化县（今甘肃庆城县）人。明孝宗弘治六年（1493年）举陕西乡试第一，次年中进士，并出任户部主事，后迁郎中。弘治十八年（1505年）因上书抨击朝政腐败而触怒明孝宗被判入狱，并罚俸禄三个月。出狱后，他又因参与韩文等反刘瑾宦官集团的斗争而再次入狱，差点被杀，经康海营救才得免。在刘瑾死后，因朝廷起用故官，他升任江西提学副使，后罢官回开封。明世宗嘉靖九年（1530年），李梦阳卒。

李梦阳在进行诗歌创作时，极力表现了他的诗学主张，即古体诗要学汉魏，近体诗当学盛唐，并取得了较高的成就。他的诗歌有不少大胆揭露人民现实生活的诗作，如《朝饮马送陈子出塞》通过描述劳动人民的悲惨生活及命运，深刻揭露了明代军队的腐败；《空城雀》以麻雀啄尽弱者的谷穗为喻，抨击了贵族大地主集团掠夺劳动人民果实的现象；《自从行》直言现实中的政治弊端，充满了愤懑之情；《君马黄》栩栩如生地刻画了宦官的骄横以及统治者的腐败等。

李梦阳的诗歌诸体兼备，其中乐府诗比较有新意。如他把记录的一首民歌《郭公谣》编入诗集，并且加了"使人知真诗果在民间"的暗语。这首诗本身并不高明，但是它成功引起明代复古主义肇始者李梦阳的关注，就不能不说是难能可贵的了。《禽言》则更接近于民歌，却不大能看出诗人的本色。他的七律取得了最高成就，其七律十分擅长开阖变化和突兀作结，从而极大地开拓了诗境、寄托了深意，也表现出诗歌的崇高美，如《秋望》：

> 黄河水绕汉宫墙，河上秋风雁几行。
> 客子过壕追野马，将军弢箭射天狼。
> 黄尘古渡迷飞挽，白月横空冷战场。
> 闻道朔方多勇略，只今谁是郭汾阳？

这首诗写得壮阔苍劲、纵横变化、跌宕有致，表达了诗人渴望建功立业的情感。最后一句"闻道朔方多勇略，只今谁是郭汾阳"的诘问，更是耐人寻味。

李梦阳的诗歌在艺术方面，最显著的特点便是很有力度和气魄。以《石将军战场歌》一诗来说，这首诗作于明武宗正德四年（1509年），通过刻画和赞颂血洗刀刃、战功赫赫的石将军形象，表达了诗人的希望，即能够再出现像石将军那样的英雄人物来保家卫国，寄托了自己的爱国情怀。全诗写得质朴雄健，音节激昂慷慨，笔力千钧，是不可多得的佳作。

（二）何景明的诗歌

何景明（1483—1521年），字仲默，号白坡，又号大复山人，信阳（今河南）人。16岁举于乡，20岁中进士，授中书舍人，与李梦阳等相互交游，倡言复古。后因上书抨击宦官刘瑾而被免官。明武宗正德九年（1514年），针对各种弊端，上奏《应诏陈言治安疏》。久之，进吏部员外郎，后又任西提学副使。正德十六年（1521年），何景明因病辞官，回归故里，6天后病故。

何景明在诗歌创作上，与李梦阳一样，标举高格，并主张诗歌"推类极变，开其未发"，并鼓励"自创一堂室，开一户牖，成一家之言"。这较为正确地解决了文学中继承与创新、学习与创造之间的关系。何景明能在创作中较好地贯彻这样的观点，因此其诗作也取得了较高的成就。

何景明的诗歌对当时社会的种种弊端进行了深刻揭露和批判，如歌行体诗《玄明宫行》对官吏窃权、作威作福的情况进行了生动的描述；《岁晏行》抨击时政，表达诗人对民生疾苦的关心；《鲥鱼》讽刺皇帝的昏庸兼及宦官的得宠；《点兵行》揭露了"富家输钱脱籍伍，贫者驱之充介胄"的征兵弊端，同时又讥讽了明武宗调边军防守京师的荒唐；《猎游篇》对猎游这种玩物丧志的做法表示不满："腐儒为郎不扈从，愿奏相如《谏猎篇》。"由此可见，何景明是一位现实感很强的诗人。

何景明的绝句也写得十分出色，骨清神秀，不乏精警之作，如《秋日杂兴十五首》（其二）："雨花风叶总堪怜，海燕江鸿各渺然。莫向高楼空怅望，暮蝉多在夕阳边。"《别相钱诸友》："双井山边送客时，满林风雪倍相思。西行万里遥回首，太华终南落日迟。"两首诗皆状物，但其情却寓于其中，尤其后一首，深得沈德潜欣赏，他在《明诗别裁集》评论说："只写景而离情自见，得唐贤三昧矣。"

二、"后七子"的诗歌

明代"前七子"的文学活动于嘉靖（1522—1566年）前期逐渐偃旗息鼓。嘉靖、隆庆年间，以李攀龙、王世贞为首的"后七子"登上文坛，再树复古旗帜，声势赫然，为众人所瞩目。他们继续提倡复古，主张文必秦汉，诗必盛唐。

（一）李攀龙的诗歌

李攀龙（1514—1570年），字于鳞，号沧溟，历城（今山东济南）人。其幼年家贫，刻苦好学。嘉靖二十三年（1544年）李攀龙被赐同进士出身，历任刑部郎中、陕西提学副使、河南按察使。隆庆四年（1570年），因暴疾而卒。

李攀龙认为"文自西京、诗自天宝而下，俱无足观"[①]。他推崇汉、魏古诗和盛唐近体，在复古上主张严守古法，其古乐府及古体诗大多有明显的临摹痕迹，故被王世贞以"临摹帖"指责。不过，他的一些七律七绝被人称作"高华矜贵，脱弃凡庸"，尤其是七绝，"有神无迹，语近情深"。如《和聂仪部〈明妃曲〉》：

  天山雪后北风寒，抱得琵琶马上弹。
  曲罢不知青海月，徘徊犹作汉宫看。

这首诗写天际一片凄冷，月亮高悬空中，昭君坐在和亲的马上，在天山上弹起了琵琶，一曲终了，来往徘徊，将"青海月"犹作"汉宫看"，以形象的语言寄托着诗人的爱国主义情思。此诗虽然选取的是昭君出塞的一个片段，但这巍巍天山、弥天大雪、劲吹北风、刺骨寒冰、无边冷月，无一不寄寓了昭君对汉宫的眷恋，风格自然、富有情韵。特别是"曲罢不知青海月，徘徊犹作汉宫看"诗句含蓄蕴藉，比一切议论来得动人，所以沈德潜在《明诗别裁集》中评论此诗："不著议论，而一切议论者皆在其下，此诗品也。"

李攀龙的诗歌从内容上来看，有的抒发了自己宦海浮沉的哀怨和牢骚："天涯谁借穷交泪，海内空传拙宦名"（《冬日登楼》）；有的表现了自己向往隐居、孤芳自赏的傲气："只今海内无同调，高枕从君老物华"（《和余德甫江上杂咏》）。这些诗取材虽不甚广泛，但皆有些真情实感，还能注意形象性。无论是状物，还是写人，都能注意描写对象的特征，以锤炼的精美语言表现出来。

（二）王世贞的诗歌

王世贞（1526—1590年），字元美，号凤洲，又号弇州山人，太仓州（今江苏

[①] 赵山林. 大学生中国古典文学词典[M]. 广州：广东教育出版社，2003：445.

中国古代诗歌的流变与赏析

太仓市）人。少时便异常聪明,读书过目便能终生不忘。明世宗嘉靖二十六年（1547）中进士,授刑部主事,迁员外郎、郎中,累官至刑部尚书。后因病辞归,卒年65岁。

王世贞极其推崇盛唐的诗歌,但又强调诗歌要以格调为中心,而且要将格调和才思有机地结合起来,从而避免单纯地从形式上对古人的诗作进行模拟,达到"气从辞畅,神与境合"的地步。因此,王世贞的诗作虽然有着较为浓重的拟古习气,但气势雄厚、锻炼精纯、构思精妙,还时寓变化。以《伤卢柟》一诗来说:

北风摧松柏,下与飞蓬会。
词人厄阳九,卢生亦长逝。
桐棺不敛胫,寄殡空山寺。
蝼蚁与乌鸢,耽耽出其计。
酒家惜馀负,里社忻安食。
孤女空抱影,寡妾将收泪。
著书盈万言,一往恐失坠。
唯昔黎阳狱,弱羽困毛鸷。
幸脱雉经辰,未满鬼薪岁。
途穷百态攻,变触新语至。
词场四五侠,往往走馀锐。
大赋少见赏,小文仅易醉。
醉后骂坐归,还为室人詈。
我昔报生札,高材虚见忌。
自取造化馀,何关世途事。
呜呼卢生晚,竟无戢身地。
哭罢重吞声,皇天有新意。

诗中,诗人运用真实而感伤的笔触,对卢柟生前的困厄遭遇以及死后的凄凉境况进行了生动描绘,并在字里行间传达出自己对这位生前不得志且过早离世的才士的深切同情。全诗的感情真挚自然,完全不同于其他刻板拟古的诗作。

王世贞的诗歌从题材内容方面来说,取材广博,但多表现现实的社会生活以及自己的真情实感,如《钧州变》对贵族藩王的残暴荒淫进行了深刻的揭示;《袁

180

江流铃山冈当庐江小吏行》对严嵩父子的横行不法和累累罪行进行了无情的揭露；《大地变》反映山西一带发生的地震；《黄河来》既表明了对受到迫害的正直臣僚的同情，又抨击了当朝政治统治的腐败；《过长平作长平行》通过对战争残酷性的反复咏叹，表达了"使穷兵黩武者知戒"的希望。

第三节　遗民诗人、钱谦益与吴伟业

　　遗民诗人的诗歌是清初最富有时代精神的诗歌，他们用血泪写成的诗篇，或谴责清兵，或讴歌贞烈，或悲思故国，或表白气节，具有抒发家国之悲和同情民生疾苦的共同主题，感情真挚，反映了易代之际惨痛的史实与民族共具的感情，沉痛悲壮，笔力遒劲，开启了清代诗歌发展的新篇章。除了著名的遗民诗人外，清初诗坛还有两个非常重要的诗坛领袖——钱谦益和吴伟业。他们在明末时的诗歌就已负盛名，入清后更是主盟诗坛。本节将对清初遗民诗人的诗歌以及钱谦益和吴伟业的诗歌创作进行简要分析。

一、遗民诗人的诗歌

　　清初的遗民诗人深受传统民族思想、爱国主义的熏陶，反对清朝的民族压迫与歧视，入清不仕，有不少人还参加过反清复明的斗争，始终以遗民的身份处世。因此，他们的诗歌具有很强的时代精神和爱国精神，包含着反对压迫和侵略的正义性，不仅在当时激励了汉族人民的反抗斗争，也对后世产生了积极的影响。顾炎武、黄宗羲和王夫之是清初遗民诗人的典型代表。

（一）顾炎武的诗歌

　　顾炎武（1613—1682年），初名绛，明亡后改炎武，字宁人，学者称亭林先生，江苏昆山人。明亡后，曾在家乡一带参加抗清斗争。失败后，离乡周游各地，秘密串联，企图再起。他多次拒绝清政府的收买，受到监视，并曾因为文字狱而被囚禁，但他始终不屈，表现了崇高的民族节操。

　　顾炎武一生作诗400多首，大多是抒发自己的民族感情和爱国思想，反清复明和坚守气节是其诗歌突出的色调，如《精卫》：

>　　万事有不平，尔何空自苦；
>　　长将一寸身，衔木到终古？
>　　我愿平东海，身沉心不改；
>　　大海无平期，我心无绝时。
>　　呜呼！君不见，
>　　西山衔木众鸟多，鹊来燕去自成窠。

这首诗政治色彩极为强烈，讽刺了专营安乐窝的燕雀之辈，表示"我愿平东海，身沉心不改"的决心。

顾炎武倾向现实主义的诗风，缘事而发，直抒胸臆，激越苍凉，质朴浑厚，如《秋山》（其一）：

>　　秋山复秋山，秋雨连山殷。昨日战江口，今日战山边。
>　　已闻右甄溃，复见左拒残。旌旗埋地中，梯冲舞城端。
>　　一朝长平败，伏尸遍冈峦。北去三百舸，舸舸好红颜。
>　　吴口拥橐驼，鸣笳入燕关。昔时鄢郢人，犹在城南间。

这首诗主要写了江南人民的反清斗争和清兵屠戮烧杀的罪行，构思奇巧工致，结构井然有序，借亡国男女的悲惨命运，震慑人心，呼唤着民族精神的勃发。

随着时间的消逝和希望的幻灭，顾炎武逐渐认清了局势，知道自己的希望永远无法实现了，他感伤沉郁的情绪稍增，但他不灰心，至死犹坚，所以他所创作的诗仍然雄浑有力、慷慨悲壮。如《五十初度时在昌平》：

>　　居然濩落念无成，隙驷流萍度此生。
>　　远路不须愁日暮，老年终自望河清。
>　　常随黄鹄翔山影，惯听青骢别塞声。
>　　举目陵京犹旧国，可能钟鼎一扬名。

又如，《又酬傅处士次韵》（其二）：

>　　愁听关塞遍吹笳，不见中原有战车。
>　　三户已亡熊绎国，一成犹启少康家。

苍龙日暮还行雨，老树春深更著花。
待得汉廷明诏近，五湖同觅钓鱼槎。

综观顾炎武的诗，不难发现，他的诗与杜甫的诗非常接近，在他崇高的人格和深厚的学力之下，诗歌质实坚苍、沉雄悲壮。正是因为这种格调，顾炎武在当时的诗坛上有着非常大的影响，他为一代清诗树立了笃实、高阔的峰标。

（二）黄宗羲的诗歌

黄宗羲（1610—1695 年），字太冲，一字德冰，号南雷先生，别号梨洲老人、梨洲山人、双瀑院长、鱼澄洞主、蓝水渔人、古藏室史臣等，学者称梨洲先生，浙江余姚人。与顾炎武、王夫之并称"明末清初三大思想家"，或称"清初三大儒"；与弟黄宗炎、黄宗会号称"浙东三黄"；与顾炎武、方以智、王夫之、朱舜水并称为"明末清初五大家"，亦有"中国思想启蒙之父"之誉。明末以反对阉党著名，清兵入关，积极投身抗清斗争，后隐居著述，屡拒清廷征召。

黄宗羲关心天下治乱安危，以学术经世，论诗称"情者，可以贯金石，动鬼神"[1]，强调诗要写现实。他比较推崇宋诗，曾和吴之振等人选辑《宋诗钞》，扩大了宋诗影响。黄宗羲的诗歌沉着朴素、感情真实，具有爱国精神和高尚情操。如《山居杂咏》：

锋镝牢囚取决过，依然不废我弦歌。
死犹未肯输心去，贫亦岂能奈我何！
廿两棉花装破被，三根松木煮空锅。
一冬也是堂堂地，岂信人间胜著多。

这首诗充分表现了诗人对抗逆境的顽强意志和坚持道德操守的民族气节，表达了诗人的乐观主义精神和追求正义的决心。

黄宗羲也常常借古喻今，通过古今的对比来抒发自己的感情。如《钓台怀谢皋羽》：

曾注西台恸哭记，摩挲老眼见嵬嵬。
当时朱鸟魂间返，今日谁人雪后来。

---

[1] 于民，孙通海. 中国古典美学举要[M]. 合肥：安徽教育出版社，2000：805.

江上愁心丝百尺，平生奇险浪千堆。

欲修故事如皋羽，同志方吴安在哉！

在这首诗中，诗人在钓台想到了南宋谢翱登严子陵钓台哭祭民族英雄文天祥的事，同时也想到了郑成功、张苍水北征失败的事，预感到反清复明的难度很大，但他依然不改其志，表达出了一种不甘失败的不屈意志。

总体来说，黄宗羲的诗歌体现出了身处逆境而不低头的顽强精神，并有浩然正气，体现出大师风范，对后世具有重要影响。

（三）王夫之的诗歌

王夫之（1619—1692年），字而农，号姜斋，别号一壶道人，湖南衡阳人。明末清初思想家、哲学家。与顾炎武，黄宗羲同称"明末清初三大思想家"，或称"清初三大儒"。王夫之是明崇祯举人，曾从永历桂王举兵抗清，南明灭亡后隐遁归山，埋首著述，贡献卓著，学者称船山先生。

王夫之生于"屈子之乡"，受楚辞影响，步武《离骚》，用美人香草寄托抒怀，借舒草之心"不死"，喻坚韧不拔之志和恢复故国"春色"的理想，如《绝句》：

半岁青青半岁荒，高田草似下田荒。

埋心不死留春色，且忍罡风十夜霜。

王夫之充满了报国情怀，但是南朝政权日益腐朽，而清朝的政权又逐渐巩固，这些都导致了他满腔的复国希望无法实现，心灰意冷的王夫之誓不剃发，潜藏深山，但是大自然美景的赏心悦目并没有让王夫之忘记自己的抱负，深深的爱国之情，时时萦绕于怀，这些在《落日遣愁》一诗中可以得到充分体现：

落日群峰外，青空邀晚红。

晴山添雪色，远树缓霜鸿。

心放闲愁后，生凭大化中。

天年聊物理，楚国想遗风。

在爱国主义思想的激励下，王夫之曾经参加过多次反清复明的斗争，却屡遭挫折，但他以朴素的唯物辩证法的思想观察社会，相信民族的复兴总是有希望的。这在他的《又雪同欧子直》一诗中可以清楚地体现出来：

溪边林外转霏微，几处新莺禁不飞。
即次青春欺白发，丁宁酒力试寒威。
连天朔雪悲明月，昨日西清忆落晖。
为报春光多蕴藉，来朝一倍报芳菲。

由于亲身经历了家破国亡之乱，饱受了亲人离合之悲，王夫之心中充满了遗民的悲愤之情，坚决反对凶残的民族压迫，表现出如屈原一般的爱国之心。这种爱国之心也体现在他的诗作之中，如《杂诗四首》之四：

悲风动中夜，边马嘶且惊。
壮士匣中刀，犹作风雨鸣。
飞将不见期，萧条阴北征。
关河空杳霭，烟草转纵横。
披衣视良夜，河汉已西倾。
国忧今未释，何用慰平生。

该诗把一个英雄壮士无法实现报国的情绪表达得淋漓尽致。总体来说，王夫之在诗歌创作方面的成就是巨大的，王夫之的诗，在某些方面超越了明代前后"七子"，尤其是他抒写爱国情怀的诗篇，既表现了他的故国孤忠，又体现了他的高风亮节。

二、钱谦益的诗歌

钱谦益（1582—1664年），字受之，号牧斋，晚号蒙叟、绛云老人、东涧老人等，江苏府常熟县（今江苏张家港市）人，人称虞山先生。他曾是东林党人，也是复社后期重要人物。清兵渡江兵临城下时，他归顺了清廷，被授礼部侍郎管秘书院事，充修明史副总裁。归顺清廷后，钱谦益有感于自己丧失大节，因此又和南明政权的抗清力量暗中联系，秘密参加反清活动，并一再忏悔自赎，希望取得世人的谅解。著有《初学集》《有学集》《投笔集》等。

钱谦益的诗歌创作以仕清为界可以分为前后期，前期时他有感于仕途坎坷、明朝的内忧外患，因此诗歌中多感叹、愤慨之情。如《费县道中三首》《天启乙丑五月奉诏削籍南归自路河登舟两月方达京口途中衔恩感事杂然成咏凡得十首》

中国古代诗歌的流变与赏析

《狱中杂诗三十首》等诗,都表达出失意者的感喟与清正之士的孤愤,并和忧虑国事融为一体。他还曾写了《葛将军歌》讴歌了市民领袖葛成,把他与反抗阉党而牺牲的苏州五义士并列。

后期时他因为经历了故国沧桑、身世荣辱的巨大变故,因此诗歌中多悼念亡明,指斥新朝暴行,对反清复明活动进行歌颂。如《金陵秋兴八首次草堂韵己亥七月初一作》(其一):

龙虎新军旧羽林,八公草木气森森。
楼船荡日三江涌,石马嘶风九域阴。
扫穴金陵还地肺,埋胡紫塞慰天心。
长干女唱平辽曲,万户秋声息捣砧。

这首诗以欣喜若狂之情写水师的军威和民众的支持,表达了强烈的反清复明的愿望,气势宏大、慷慨昂扬。随着军事的失利,钱谦益的激愤之情不可遏止,连叠十三韵,记录郑成功与南明永历政权的军事斗争,以及他和柳如是的抗清活动,实为一部"诗史"。

此外,钱谦益也通过诗歌创作表达了自己仕清之后的复杂心情。特别是《西湖杂感二十首》通过寄情于景的方式,表达了自己的悔恨之情。如《西湖杂感二十首》(其二):

潋艳西湖水一方,吴根越角两茫茫。
孤山鹤去花如雪,葛岭鹃啼月似霜。
油壁轻车来北里,梨园小部奏西厢。
而今纵会空王法,知是前尘也断肠。

在这首诗中,诗人描写了西湖的景色,通过对往事的回忆表达了"知是前尘也断肠"的悲叹。

钱谦益能汇唐宋诗歌风格于一炉,形成"情真而体婉,力厚而思沉,音雅而节和,味浓而色丽"的特色。收在《投笔集》中和杜甫《秋兴》的104首诗,寄托心迹,表达忧国之情,如《后秋兴》(十三):

海角崖山一线斜,从今也不属中华。

> 更无鱼腹捐躯地，况有龙涎泛海槎？
> 望断关河非汉帜，吹残日月是胡笳。
> 嫦娥老大无归处，独倚银轮哭桂花。

这首诗通过比喻、象征式的意象和双关语，以失去归所的嫦娥自比，以"桂花"喻桂王，在桂王政权覆灭后，孤苦无依的失落感中，寄寓了对故国的悲悼之情，表达了清室巩固后汉族文人复国无望的深切悲哀。在艺术上，诗歌构思精巧，语言华艳而又沉郁，富有形象性和暗示性，代表了他后期诗歌的最高水准。清代诗歌的宗宋倾向和感伤思潮，都是从钱谦益开始的。

总体来说，钱谦益当时的地位和声望是无人能比的，正是从他开始，明诗告退，清诗开始迈向历史的新纪元。

三、吴伟业的诗歌

吴伟业（1609—1672年），字骏公，号梅村，江苏太仓人，明崇祯进士。吴伟业自少聪颖，师从张溥，为复社骨干。明崇祯四年（1631年）中进士，授翰林院编修。后仕途风顺，官至宫詹学士。南明时任少詹事，因与权奸不和，旋辞归故里。清兵南下后，继续隐居不仕，以复社名宿主持东南文社，声望甚高。清顺治十年（1653年），因姻亲朝荐，被迫应诏出仕，授秘书院侍讲，升国子监祭酒。三年后，以丁母忧南归，从此不复出仕，直至终老。

吴伟业爱梅，他从明代大诗人王世贞之子王士骐那里购得一处别墅，取名为"梅村"，隐居生活几乎都在那里度过，并曾写有《梅村》诗，记其闲适散淡、间有风云初歇后的落寞情怀：

> 枳篱茅舍掩苍苔，乞竹分花手自栽。
> 不好诣人贪客过，惯迟作答爱书来。
> 闲窗听雨摊诗卷，独树看云上啸台。
> 桑落酒香卢橘美，钓船斜系草堂开。

"梅村体"用典比较频繁，这与吴伟业学识渊博有很大关系。他对很多典故都烂熟于胸。从这一方面来看，以典故做障眼，蒙蔽清廷的监视，确实是不得直抒胸臆时选择的权宜之法。吴伟业用典大多贴切，融化篇章不留痕迹，没有佶屈生涩的毛病。如《圆圆曲》"遍索绿珠围内第，强呼绛树出雕栏"句，"绿珠""绛树"本是魏晋时期两个色艺俱佳的女子，此处借指陈圆圆，但又化入句中天衣无缝，读诗者即使不知此典也毫不损害对诗意的理解，而且设色鲜艳缤纷，若非大家真难出此句。又如"君不见馆娃初起鸳鸯宿，越女如花看不足。香径尘生鸟自啼，屧廊人去苔空绿"，馆娃宫里，西施曾住；雕栏落寞，吴国已亡。这里借古事暗示吴三桂的命运，非常耐人寻味。

《圆圆曲》是富有历史兴亡感、记叙重大历史事件和人物的优秀诗作。全诗通过陈圆圆的传奇式经历，讽刺了吴三桂不顾民族大义而投降清廷的行为，将明清之际的历史巨变清楚地展现了出来。在艺术构思和艺术表现上，诗人颇费心思。一方面，诗人以诗写实，在史实的基础上采用戏剧性的、关系国家存亡的事件来统摄全诗，既达到了讽刺鞭挞的主旨，也产生了巨大的艺术魅力。另一方面，诗人将讽喻寓于婉转绮丽的爱情叙事中，不仅更为强烈地凸显了吴三桂叛国离君的行为，而且使诗韵味隽永、意味深长。此外，该诗突破了按照时间顺序线性发展的古典叙事长诗的传统布局，采用跳跃式的倒逆性结构，大开大合而又圆转自如，错综运用铺叙、倒叙、插叙等叙事手法，使情节叙述曲折生动。

吴伟业的诗歌对于社会现实也有着极高的关注度，有不少诗都描绘了在战乱中人民的疾苦，再现了时代的社会生活。如《捉船行》：

> 官差捉船为载兵，大船买脱中船行。
> 中船芦港且潜避，小船无知唱歌去。
> 郡符昨下吏如虎，快桨追风摇急橹。
> 村人露肘捉头来，背似土牛耐鞭苦。
> 苦辞船小要何用？争执汹汹路人拥。
> 前头船见不敢行，晓事篙师敛钱送。
> 船户家家坏十千，官司查点侯如年。
> 发回仍索常行费，另派门摊云雇船。
> 君不见官舫魋峨无用处，打彭插旗马头住。

在这首诗中，诗人记叙了清军捉民船载兵勒索百姓的情景，并对这种野蛮的行径进行了批判。

总体来说，虽然吴伟业的诗歌在不同时期、不同心境下，内涵深浅不一，但就他遣词造句的技巧来看，那绮丽高古、流转自然的种种妙处，就足以成为清代诗坛上的一员大将。

第四节　古典诗歌现代化的开端

晚清同治、光绪年间，随着民族危机的进一步加深，出现了一股进步爱国的社会思潮，形成了一个相当广泛的维新变法运动，1898年的"百日维新"就是这一运动的高潮。诗界革命就是为了适应这一运动，反对同光体的诗歌主张而产生的。它是改良派兴起的一个诗歌改良运动，是中国近代资产阶级改良派维新变法的思想运动、政治运动和文化运动的有机组成部分。这一革命促进了近代以来诗歌潮流的进一步发展。1868年，黄遵宪在《杂感》诗中喊出了诗界革命的第一声口号，即"我手写我口，古岂能拘牵"[①]。1891年，黄遵宪又在《人境庐诗草序》中提出，诗歌要表现"古人未有之物，未有之境"。1896年，他把自己的诗歌称为"新派诗"。接着，"新学"派人物夏曾佑、谭嗣同、梁启超等，大量采用新名词、外来术语、外国典故写诗，被称为"新诗"。虽然这些诗歌大多稚拙生硬，堆砌了不少新名词和译音，未能广泛流传，但这种对新思想、新文化的要求和探索，为诗界革命拉开了序幕。1898年以后，改良派人士及其同情者创作了大量的"新派诗"，一般具有高昂的爱国热情和鲜明的政治色彩，并汲取外来文化的营养，吸收不少新事理，语言也比较通俗了。1899年，梁启超正式提出"诗界革命"的口号，主张诗歌要在旧的风格之上包含改良主义的新思想和新内容。为了大力鼓吹这些主张，他还在《新民丛报》上专门开辟出《饮冰室诗话》这一专栏。接着，许多报刊陆续发表了百来位作者的"新派诗"，并将它们称为"新体诗"，一时之间，一个声势浩大的诗歌运动呈现在诗坛上。作为古典诗歌现代化的开端，"诗界革命"虽然不是很彻底，在内容和形式方面还没有摆脱旧传统的束缚，但在解放传统思想、扩大诗歌题材、发展诗歌的积极浪漫主义精神方面还是有非常积极的意义的。诗界革命中的代表诗人主要有丘逢甲、黄遵宪、夏曾佑、谭嗣同、梁启超、康有为、蒋智由、秋瑾等。这是一批政治诗人，他们生于国难当头之际，

[①] 陈洪，乔以钢. 诗词名句手册[M]. 天津：南开大学出版社，2009：207.

中国古代诗歌的流变与赏析

大多以天下为己任,所以在诗歌创作上常常不顾个人得失,而关心万家忧乐。诗作多以血泪写成,所以人们应当以超审美的标准对其进行评价。下面主要对黄遵宪和丘逢甲的诗歌创作进行一定的分析。

一、黄遵宪的诗歌

黄遵宪(1848—1905年),字公度,号人境庐主人,广东嘉应州(今广东梅州)人。1876年中举人,当过20多年的外交官,是维新运动的积极参加者。在诗歌创作方面,他坚决反对据守六经、模拟古人的宋诗派和同光体,喜欢以新事物熔铸入诗,被人们称为"诗界革新导师"。此外,黄遵宪还在批判旧诗传统的基础上,提出了"我手写我口"的创作原则,强调写诗要能表达自己的真情实感,反映现实生活。

黄遵宪的诗歌作品题材广泛、内容丰富,涉及政治风云、民族战争、异乡情趣、声光化电等,善于用艺术手段生动地展现中国近代社会的历史变迁,表达了他的民族义愤。如《逐客篇》揭露了美国掠夺华工、虐待华侨的罪行;《冯将军歌》赞扬了爱国将领冯子材率部英勇抗击法国侵略军的英雄事迹;《台湾行》则以十分沉痛的心情描写了中国台湾人民暂时离开祖国的痛苦,热烈地歌颂了他们高昂的爱国热情。描写海外世界以及伴随近代科学发展而涌现的新事物也是黄遵宪的诗歌"新"的一面的体现。他的《今别离》四首分别吟咏在出现轮船、火车、电报、照相和已知东西两半球昼夜相反的条件下离别的滋味,别开生面,令人耳目一新,如其一:

别肠转如轮,一刻既万周。

眼见双轮驰,益增中心忧。

古亦有山川,古亦有车舟。

车舟载离别,行止犹自由。

今日舟与车,并力生离愁。

明知须臾景,不许稍绸缪。

钟声一及时,顷刻不少留。

虽有万钧柁,动如绕指柔。

岂无打头风?亦不畏石尤。

送者未及返,君在天尽头。

望影倏不见，烟波杳悠悠。
去矣一何速，归定留滞不？
所愿君归时，快乘轻气球。

二、丘逢甲的诗歌

丘逢甲（1864—1912年），字仙根，号蛰庵，进入民国后以仓海为名，中国台湾彰化人。清光绪进士，官至工部主事。甲午中日战争后，在乡督办团练。因抗日兵败回广东，创办学校，推行新学。民国成立后曾被举为参议院参议员。诗集有《岭云海日楼诗钞》等。

丘逢甲的论诗主张"诗无今古真为贵"，并提出"米（美）雨欧风作吟料"(《论诗次铁庐韵》十首）。他也主张把诗歌创新作为改造社会的武器："完全主权不曾失，诗世界里先维新。"(《海中观日出歌，由汕头抵香港作》)

丘逢甲的歌行体诗非常富有新意。如《七洲洋看月放歌》把失去故土的切肤之痛，与李白、杜甫未曾经历的境界，加上奇妙的幻想，熔铸于写景、抒情和议论之中，显示了他的创新才能；《汕头海关歌寄伯瑶》，抒写在不平等条约下对帝国主义经济侵略后果的深切忧虑，叙事、议论、抒情完美结合，具有发人深思、警醒世人的力量。

丘逢甲的近体诗多表现因台湾沦陷而引发的悲愤感情和志在光复失地的豪迈情怀，风格雄直劲健，充满阳刚之美。如作于光绪二十二年（1896年）的《春愁》：

春愁难遣强看山，往事惊心泪欲潸。
四百万人同一哭，去年今日割台湾。

该诗可以说是爱国志士的悲壮之鸣，一方面怀有极深的忧患意识；另一方面则热血沸腾，有壮志未酬誓不罢休之气，十分鼓舞人心。

绝句《去岁秋初抵鮀江，今仍客游至此，思之怃然》以隐约的意象表现出了自己如江涛海潮般汹涌澎湃的恢复之志：

琴剑萧然尚客游，海天容易又经秋。
渡江人物消沉尽，谁识当时第一流？

中国古代诗歌的流变与赏析

沦落天涯气自豪，故山东望海云高。

西风一掬哀时泪，流向秋江作怒涛。

总体来说，丘逢甲的诗笔雄健凌厉、气足势刚，很受当时人的称誉。梁启超曾称他为"诗界革命一巨子"（《饮冰室诗话》），柳亚子甚至说："时流竞说黄公度，英气终输仓海君。"（《论诗六绝句》其五）

第五节　明清诗歌诗体流派与名作欣赏

一、明清诗歌诗体流派

（一）江右诗派

明初江西诗派。明胡应麟《诗薮·续编》卷一："国初……江右诗派昉于刘崧子高。"又称"西江派"。《明史·刘崧传》：崧"善为诗，豫章人宗之为'西江派'云。"刘崧诗辞采鲜媚，骨格未遒，受温庭筠影响较深，成就并不高。

（二）吴诗派

明初吴中诗派。胡应麟《诗薮·续编》卷一："国初吴诗派昉高季迪。""吴诗派"作品内容虽不丰富，格调也不高，但取法广泛、不拘一家，又崇尚风骨，在明初诸诗派中影响较大。主要作家是高启、杨基、张羽、徐贲、高逊志、唐肃、宋克、余尧臣、吕敏等。

（三）越诗派

明初浙江诗派。胡应麟《诗薮·续编》卷一："国初……越诗派昉刘伯温。"刘基（字伯温）外，尚有胡仲申、苏平仲、宋景濂、王于充以及方希古、张孟兼、唐处敬等。越派诗人所写不满新朝、同情民生的诗歌，有较强的现实意义，但各人诗风并不一致，而以刘基最为突出，其诗古朴雄放，在明初影响仅次于高启。

（四）岭南诗派

明初广东诗派。胡应麟《诗薮·续编》卷一："国初……岭南诗派昉于孙贲仲衍。"岭南诗派推崇盛唐，反对宋元，诗风昂扬通畅，其代表诗人为孙费、王佐、赵介、李德、黄哲。

（五）闽诗派

明初福建诗派。胡应麟《诗薮·续编》卷一："国初……闽诗派昉林子羽。"闽诗派极力崇盛唐，主格调，开明前后七子文学复古运动之先河。主要诗人为林鸿、王恭、王偁、陈亮、郑定、王褒、唐泰、周玄、黄玄及蓝仁、蓝智等。

（六）云间诗派

明末清初诗派之一。陈子龙、李雯倡导，夏完淳、黄淳耀、宋征舆等参加。因都为云间（今上海松江区）人，故名。云间派论诗倾向明后七子王世贞，反对公安、竟陵的抒写性灵说，主张模拟，追求形似。诗作大都内容狭窄、辞采瑰丽，模拟痕迹明显，没有跳出七子的藩篱。但云间派不少诗人，如陈子龙、夏完淳等都投入了明末几社的正义斗争及抗清活动，文学主张有所改变，写出了许多反映民生疾苦、民族压迫的诗篇。

（七）虞山诗派

明末清初诗派之一。钱谦益开创，主要作家有冯舒、冯班、钱曾、严熊、杨焰等。钱谦益为江苏常熟人，常熟西北有虞山，故名。虞山派诗人极力反对明七子的文学主张，同吴伟业为首的娄东诗派相对立。诗作能摆脱模拟汉魏盛唐余习，兼学唐、宋、元各大家；又只求精神，不取形似，较具特色。既有改朝换代的抒写，也有民生疾苦的描绘；诗风近于晚唐、宋诗。该派诗歌，因钱谦益后降清事敌，有亏民族气节而不为人们注意，然其崇宋倾向对清越派诗人颇有影响。

二、明清诗歌名作欣赏

（一）于谦《石灰吟》

原文：

千锤万凿出深山，烈火焚烧若等闲。
粉骨碎身浑不怕，要留清白在人间！

中国古代诗歌的流变与赏析

《石灰吟》是咏物诗的上品。作者以石灰自况,抒写了自己不惧千锤万凿,不怕烈火焚烧,不惜粉身碎骨,而保持其清白品格的坚定意志。

本诗取材新颖,立意高远。它句句写的都是石灰,从采石写到烧炼,从使用前的粉碎写到使用后留下的清白。然而,又句句是在咏怀,主要在于用石灰的烧制过程来体现诗人自己的高尚情操。这样,全诗咏物言志,确是达到了一种"不即不离"的地步;全诗明白如话,而诗意却很含蓄。

(二)查慎行《舟夜书所见》

原文:

月黑见渔灯,孤光一点萤。
微微风簇浪,散作满河星。

这首小诗写夜舟孤灯,事物平凡,却写得奇丽多姿、境界壮阔,诗意盎然。作者观察细微,捕捉了微风细浪、波光闪烁如满河繁星这一转瞬即逝的生动景象。纯用白描,比喻新奇,朴实自然,有"清水出芙蓉"之韵味。

参考文献

[1] 栾锦秀. 咬文嚼字读《论语》[M]. 北京：中国青年出版社，2011.

[2] 张丰乾. 训诂哲学 [M]. 成都：巴蜀书社，2020.

[3] 戴楠，任仲才. 论语 [M]. 北京：西苑出版社，2011.

[4] 孙立权，姜海平. 论语注译（最新修订版）[M]. 长春：吉林文史出版社，2011.

[5] 蔡先金. 孔子诗学研究 [M]. 济南：齐鲁书社，2006.

[6] 宋立林. 洙泗：早期儒家文献与思想研究 [M]. 济南：山东教育出版社，2022.

[7] 潘运告. 美的神游：从老子到王国维 [M]. 长沙：湖南美术出版社，2004.

[8] 李玉保. 零极限 [M]. 北京：中国书籍出版社，2021.

[9] 刘利，纪凌云. 左传 [M]. 武汉：长江文艺出版社，2020.

[10] 左丘明. 左传 [M]. 蒋冀骋，点校. 长沙：岳麓书社，2006.

[11] 傅庚生，傅光. 国学指要 [M]. 北京：生活·读书·新知三联书店，2019.

[12] 上海辞书出版社文学鉴赏辞典编纂中心. 李白诗歌鉴赏辞典 [M]. 上海：上海辞书出版社，2012.

[13] 黎娜. 诗经·楚辞 [M]. 南昌：江西美术出版社，2018.

[14] 王缁尘. 国学讲话 [M]. 北京：生活·读书·新知三联书店，2022.

[15] 朱杰人，严佐之，刘永翔. 朱子全书（第1册）[M]. 上海：上海古籍出版社，2002.

[16] 焦金鹏. 诗经 [M]. 南昌：二十一世纪出版社集团，2015.

[17] 上海辞书出版社文学鉴赏辞典编纂中心. 诗经三百篇（上）[M]. 上海：上海辞书出版社，2020.

[18] 傅斯年. 诗经讲义稿 [M]. 南昌：江西教育出版社，2022.

[19] 乔力. 先秦两汉诗精华 [M]. 桂林：广西师范大学出版社，1996.

[20] 木斋. 古诗评译 [M]. 北京：京华出版社，1999.

[21] 木斋. 苏东坡研究 [M]. 桂林：广西师范大学出版社，1998.

[22] 朱光潜. 诗论 [M]. 上海：华东师范大学出版社，2018.

[23] 顾炎武. 日知录（四）[M]. 谦德书院，注译. 北京：团结出版社，2022.

[24] 徐陵. 诗经 [M]. 上海：上海古籍出版社，2013.

[25] 黄玉顺. 儒家文学史纲 [M]. 深圳：海天出版社，2020.

[26] 王育颐. 中国古代文学词典（第四卷）[M]. 南宁：广西教育出版社，1989.

[27] 宋安群. 元曲鉴赏 [M]. 2版. 成都：四川辞书出版社，2022.

[28] 孙立. 明末清初诗论研究 [M]. 广州：广东高等教育出版社，2011.

[29] 游光中，黄代燮. 中外诗学大辞典 [M]. 成都：四川辞书出版社，2020.

[30] 肖振鸣. 鲁迅评点古今人物 [M]. 福州：福建教育出版社，2010.

[31] 王一娟. 乐府 [M]. 石家庄：河北教育出版社，2022.

[32] 黄霖，蒋凡. 中国古代文论选编（上）[M]. 上海：复旦大学出版社，2022.

[33] 罗宗强，陈洪. 中国古代文学作品选（第二卷）：魏晋南北朝隋唐五代卷 [M]. 北京：高等教育出版社，2004.

[34] 周掌胜，彭万隆. 新编千家诗评注（全图本）[M]. 杭州：浙江古籍出版社，2018.

[35] 林久贵，周玉容. 曹植全集 [M]. 武汉：崇文书局，2019.

[36] 宋效永，向焱. 三曹集 [M]. 合肥：黄山书社，2018.

[37] 郭预衡. 中国古代文学史长编（2）[M]. 上海：上海古籍出版社，2007.

[38] 徐昌盛. 《文章流别集》与魏晋学术新变 [M]. 上海：上海交通大学出版社，2021.

[39] 穆克宏. 魏晋南北朝文论全编 [M]. 上海：上海远东出版社，2012.

[40] 钟嵘. 诗品：全译 [M]. 徐达，译注. 贵阳：贵州人民出版社，2021.

[41] 李秀花. 陆机的文学创作与理论 [M]. 济南：齐鲁书社，2008.

[42] 白寿彝，等. 文史英华·文论卷 [M]. 长沙：湖南出版社，1993.

[43] 钟嵘. 诗品：注释 [M]. 向长清，注. 济南：齐鲁书社，1986.

[44] 黄明，郑麦，杨同甫，等. 魏晋南北朝诗精品 [M]. 上海：上海社会科学院

出版社，1995.

[45] 江蓝生，陆尊梧. 实用全唐诗词典 [M]. 济南：山东教育出版社，1994.

[46] 黄侃. 黄侃文学史讲义 [M]. 北京：当代世界出版社，2017.

[47] 丁国成，迟乃义. 中华诗歌精萃（上）[M]. 长春：吉林大学出版社，1994.

[48] 程皓月. 新古诗：在历史与哲学的长廊之间 [M]. 北京：文津出版社，2022.

[49] 冯达文. 道家哲学略述 [M]. 成都：巴蜀书社，2015.

[50] 黄本骐. 贤母录 [M]. 谦德书院，校注. 北京：团结出版社，2023.

[51] 崔宇锡. 魏晋四言诗研究 [M]. 成都：巴蜀书社，2006.

[52] 韩秋月. 中国古代诗歌赏析教程：诗歌也可以这样读 [M]. 天津：南开大学出版社，2012.

[53] 种惺，谭元春. 诗归（上）[M]. 武汉：湖北人民出版社，1985.

[54] 张庆利，米晓燕. 中国古典文学鉴赏论 [M]. 北京：现代出版社，2014.

[55] 萧涤非. 汉魏六朝乐府文学史 [M]. 北京：人民文学出版社，1998.

[56] 林久贵，胡涛. 曹丕全集 [M]. 武汉：崇文书局，2021.

[57] 常振国，绛云. 历代诗话论作家（下）[M]. 北京：华龄出版社，2013.

[58] 贾文昭. 中国古代文论类编（下）[M]. 福州：海峡文艺出版社，1988.

[59] 陈柱. 中国散文史 [M]. 南昌：江西教育出版社，2018.

[60] 萧子显. 南齐书 [M]. 周国林，等校点. 长沙：岳麓书社，1998.

[61] 刘兰英. 中国古代文学词典（第五卷）[M]. 南宁：广西教育出版社，1989.

[62] 赵山林. 大学生中国古典文学词典 [M]. 广州：广东教育出版社，2003.

[63] 于民，孙通海. 中国古典美学举要 [M]. 合肥：安徽教育出版社，2000.

[64] 陈洪，乔以钢. 诗词名句手册 [M]. 天津：南开大学出版社，2009.

[65] 冯源. 论陆机诗歌中的叹逝之悲及超脱之怀 [J]. 内江师范学院学报，2017，32（5）：44-47.

[66] 顾友泽，袁昕澄. 论中国古代诗歌的交际性传统 [J]. 江苏社会科学，2021，（5）：181-189.

[67] 张英. 论中国古代诗歌功用的作者之维 [J]. 济南大学学报（社会科学版），2020，30（3）：82-90.

[68] 殷学明. 中国古代诗歌发生学研究 [J]. 东方论坛，2019，（6）：48-56.

[69] 张林. 谈中国古代诗歌艺术的哲学智慧 [J]. 文学教育（下），2019，(1)：20–21.

[70] 于瑞哲. 从文化基因角度解析中国古代诗歌中的鲤文化 [D]. 新乡：河南师范大学，2021.

[71] 梁婧涵. 中国古代诗歌经验对句子语义加工的影响：来自行为与 ERP 的证据 [D]. 南京：南京师范大学，2021.

[72] 王雪梅. 新课程背景下中国古代诗歌阅读教学研究 [D]. 成都：四川师范大学，2013.

[73] 王金根. 中国古代诗歌情景论研究 [D]. 南昌：南昌大学，2007.

[74] 温静. 接受美学与中国古代诗歌意象翻译 [D]. 天津：天津理工大学，2007.

[75] 邓伟龙. 中国古代诗学的空间问题研究 [D]. 上海：华东师范大学，2009.